大步向前

修 瑞◎著

时代文艺出版社

图书在版编目（CIP）数据

大步向前 / 修瑞著 . —长春：时代文艺出版社，2020.8（2021.5重印）

ISBN 978-7-5387-6494-9

Ⅰ . ①大… Ⅱ . ①修… Ⅲ . ①长篇小说－中国－当代 Ⅳ . ①I247.5

中国版本图书馆CIP数据核字（2020）第145901号

出 品 人　陈　琛
责任编辑　李荣鉴
装帧设计　孙　利
排版制作　隋淑凤

大步向前

修瑞 著

出版发行 / 时代文艺出版社
地址 / 长春市福祉大路5788号　龙腾国际大厦A座15层　邮编 / 130118
总编办 / 0431-81629751　发行部 / 0431-81629755
官方微博 / weibo.com / tlapress　天猫旗舰店 / sdwycbsgf.tmall.com
印刷 / 保定市铭泰达印刷有限公司
开本 / 710mm×1000mm　1 / 16　字数 / 213千字　印张 / 15.5
版次 / 2020年8月第1版　印次 / 2021年5月第2次印刷　定价 / 49.80元

一

何文第一次进城的时候，那年他二十八岁。确切地说，那次并不是他第一次进城。在那之前，他去过好多次新宾县城。县城虽小，虽偏居一隅，虽在很多城里人看来，那不过是一个被几十座鸡犬相闻的土灰色村庄和群山洋葱一般层层包裹着的寥寥几万人的聚居地，无论建筑规模还是人口总量，都不及城市的十分之一，但毕竟它是一座县城。县城也是城，也有一个"城"字。况且，那并不是一个普通的县城，清太祖努尔哈赤就是自幼在那座县城辖域里挖棒槌，挖出来了一个大清朝。作为清朝故里，新宾县在中国历史上都有着浓墨重彩的一笔，怎么可能连一个"城"字都担不起来呢。即便不说县城，就是抚顺城和沈阳城这些无可置疑的城市，何文也去逛过几次那里的商场。何文还在抚顺城里的技校学习过几年。但真要是较真掰扯，逛商场和进城终究又还是两码事。前者更像是打马路过，后者至少是要打尖住上几晚。

何文那次进的"城"不是抚顺城，也不是沈阳城，更不是新宾县城，而是北京城。前一个周六上午九点多下的火车进城，后一个周六上午十点前上的火车出城，不多不少，刚好住了一个星期。

第一次进城，何文多少是有些紧张的。前一天早晨还在农村老家的炕头上吃着煎饼卷大葱，第二天一早，人就出现在了几百公里以外的大都市北京的火车站出站口。独在异乡便是异客，或者对于他来说，根本谈不上"客"字。虽是应了好朋友潘老二的邀请，来北京玩上几天，但潘老二做不了北京的主。他既不是北京的主，何文也就算不得他请来的客。确实，潘老二不过就是在北京城一家小饭店里端盘子的打工仔，到北京还不到一年，没个稳定的落脚地方。先是跟湖北的一对小情侣和三个单身汉合租了一个三十几平方米的房子，后来认识了两个从抚顺过去的老乡，就又跟老乡合租了一间二十多平方米的地下室。潘老二自己在北京还没站稳脚跟，或者可能这辈子都没有办法在北京站稳脚跟，所以对他来说，和何文一样，北京是异乡，他是北京这个异乡的异客。不，不是客，是路人，路人甲乙丙，随便哪个。

　　出了车站，何文并没有马上见到潘老二。他从抚顺站上火车前，潘老二给他打电话，约好第二天去北京站接他，就在出站口旁边的肯德基店门口碰面。等到何文准备下车的时候，潘老二又打来电话，何文没敢接，直接给挂断了。跨省电话，长途加漫游，一分钟通话，两个大肉包子的钱就没了。何文发短信给潘老二问打电话什么事，潘老二回短信，说是出租车堵在了去车站的半路上。2002年，北京城的大街虽不比如今这般堵车堵得让人抓狂，但堵上个把小时已是不足为奇。在那次去北京城之前，何文的脑海里对"堵车"这个词是没有概念的。那些年，跑在县城马路上的小汽车也陆陆续续多了起来，但也仅仅是多了起来，并没有多到拥挤的程度。而眼看着北京城大街上望不见首尾的屁股不停冒着青烟的小汽车走走停停，比他赶了五六年的老牛车走得还慢，便理解了原来在大城市里开车，也会像人吃饭一样，嘴里塞多了饭菜，下咽的时候会在喉咙处噎住，进不去也出不来。何文就蹲坐在出站口旁边的肯德基店门口，左右手里紧紧攥着从几百公里以外的农村老家带过来的几个装得鼓鼓囊囊的塑料袋子，袋子里装了一些晾干了的山野菜、松子之类的山货。有一个深黑色塑料袋偶尔动上一两下，发出哗啦哗啦的声响，声音很低，淹没在嘈杂的人群中。那里面装的是五十只带子的河蛤蟆。何文知道，潘老二喜欢吃河蛤蟆。话说回来，那东西肉紧味鲜，营养价值还极高，谁会不喜欢吃呢？除了喜欢吃河蛤蟆，潘老二还喜欢吃老家的土鸡。何文原想着也拎上一只土鸡，但转念一想，拎着一只活鸡坐火车进城，不仅土鸡土，连带着自己也显得土。于是，带土鸡进城的念头就打消了。也是多亏了何文的这个怕"土"的念头，那只被他妈五花大绑了的土鸡一直活到了第二年的中秋节，多活了将近一年时间。

何文最终见到潘老二是在一小时三十七分钟零二十一秒以后，也可能是一小时三十七分钟零二十二秒以后。就好像他是第一次进城知道城市的大一样，他也是第一次知道原来时间是可以过得那样的慢，慢到分秒在他腕上的表盘里比北京城大街上拥堵的车还拥堵。他蹲坐着，一步也不曾离开。人群打他的视线里出出进进，一张熟悉的面孔都没有。城市太大，大到远远超出了他的想象；城市太繁华，繁华得让他眼花缭乱，不辨南北东西。他怕一旦走进去，哪怕只是一小步，就可能把自己给弄丢了。不想弄丢自己，最好的办法就是等在原地，等潘老二来找他。可是等久了难免尿急，因为是第一次出远门，第一次进北京城，免不了紧张，一紧张就忘了在火车上撒尿了。十几个小时没撒尿，又焦急地等了那么久，能不尿急嘛，但尿急也得先憋着。

潘老二走到何文跟前，上下打量了一番起身相迎的何文，忍不住扑哧一声笑了。潘老二笑，不是因为见到了从老家来的快有小半年时间没见面的好朋友，也不是因为让何文久等，等得他眼圈都急红了。他是个躁性子，从不等人，也从没让人等过。真难为他破例等了一个半小时还多。潘老二笑，是笑何文一身的穿着太老土。深黑色的西服，裤子上的裤线清晰可见。那身西服潘老二见过，在何文的婚礼上。何文平时不穿那身西服。在农村整天跟牛车和黑土地打交道，穿西装跟过日子风马牛不相及。潘老二看到何文在婚礼上穿那身西装，那是何文第一次穿它，五年前的事了。潘老二在北京火车站看到何文穿那身西装，是何文第二次穿它。只穿过两次，都被潘老二给看到了。十一月的北京，虽不比东北那样寒冷，但毕竟是北方城市，人们大都已经穿上了厚毛衣或者羽绒服，大概也就只有年轻人有的还穿着西服。不过年轻人穿西服，西服里面还穿棉衬衫。何文穿西服，里面穿的却是他五年前婚礼那天穿的浅粉色单衬衫，还扎了一条花领带，也是婚礼上扎的那条。最要紧的是，何文大冬天穿西装，却蹲在北京火车站人来人往的出站口。因为裤子紧，不得不把腿叉开老大，裤裆里的那坨肉把裤裆撑得老高，看着格外显眼。原本打消了带土鸡进城的念头是为了显得不土气，却不想土鸡没带，却仍然逃不过一个"土"字。多年以后，何文再想起那个情景，便明白了一个人土与不土，跟拎或者不拎一只土鸡无关，至少是关系不大的。

"文哥，刚才你在那儿蹲着，我老远就看见你的鸟快钻出来了。"潘老二笑嘻嘻地指着何文被撑起老高的裤裆说。

何文低头看了一眼自己的裤裆，脸腾地一下红了，忙解释说："裤子瘦了，裤子瘦了。"

潘老二没注意到何文的尴尬，一边笑一边又把何文端详了一番，说："你这是第一次来北京吧？就算是第一次来，也没必要搞得跟大姑娘上花轿似的，你这穿得也太夸张了吧。"潘老二边说边笑，又说："你带别的衣裳了没？"见何文摇头，又说："我的衣裳你肯定是穿不上，待会儿我领你去动物园买套衣裳，把你身上的给换下来。"

何文越发觉得困困，继而又生出了几分微怒。之所以微怒，一来是潘老二嘲笑他土，嘲笑也就嘲笑了，还没完没了了。虽然他自己也察觉到了自己的穿着在那个早冬时候北京城的街头，确实于时于地于人于景都有些不相适宜，但好在没有人认得他，嘲笑过了也就罢了。可别人没嘲笑他，偏偏是他在北京城唯一认得的潘老二嘲笑他。潘老二也不过就是从东北农村刚来城里不到一年时间，就真把自己当成城里人，开始瞧不起农村人了？当年在村子里，潘老二是何文的跟班，人前人后都是哈着腰赔笑脸。可如今不是在农村，离开了自己的地盘，在北京城人生地不熟，何文反过来多少还是要看一点潘老二这个当初的小跟班的脸色，有种虎落平阳被犬欺的感觉。二来还是跟潘老二嘲笑他土有关。土归土，嘲笑归嘲笑，潘老二说要带他去买一身新衣裳，他也没什么意见。问题出在潘老二说的是带何文去动物园买新衣裳。什么意思？买衣裳为什么要去动物园？这是挑明了没把他当人看？这就不是嘲笑他土这样简单的事情了，而是带有了一种侮辱意味。

潘老二见何文有些不高兴，一双小眼睛滴溜儿转了几圈，大约知道了何文为什么不高兴，便解释说："动物园是北京城里一个服贸批发市场，跟咱们县里过了彩虹桥那疙瘩差不多，不过比那可大多了。那疙瘩衣服卖得贼便宜，比县里便宜。"

听潘老二这样一说，何文拧紧的眉头舒展了许多，接话说："这北京城里的衣服还能比老家县城卖得便宜？"说着，何文隔着上衣，下意识地摸了摸衣服内侧的衣兜，里面装着他的身份证和这趟进城带着的一百五十三块钱。

潘老二说："一会儿去了你就信了。这事我骗你干啥。"说完，想了想又说："放心，一会儿买衣裳，我掏钱。"

何文赶忙赔着笑脸说："那可使不得，使不得。"

又说："买衣裳我有钱。再说，其实买不买衣裳都行。我在这儿就待几天，除了你，别人也不认识。我穿这身衣裳，谁爱笑话就让谁笑话吧。"

潘老二说："我还想着领你在城里城外可劲儿逛逛呢。天安门、故宫、颐和园和天坛得去吧。还有长城，不是都说不到长城非好汉嘛。你总不能穿成这样去爬长城吧？来了这儿就听我的。买件衣裳看把你给急的，跟我这么见外，还把不把我当兄弟了？"

何文深吸了一口气，想说些什么，嘴张到一半却又合上了。

"你这大包小包的，都拎的什么呀？"潘老二刚才只顾着嘲笑何文的土，说了好一阵子话，才终于发现何文两只手里都拎着装得鼓鼓的塑料袋子。

何文哦了一声，好像也是突然才想起来，手里还拎着从老家带来给潘老二的东西。何文把左手拎着的袋子举到潘老二面前，说里面是给他带的干野菜，有刺老芽、蕨菜、猴腿。还有两个袋子，一个里面装着松伞蘑，另一个里面装的是松子。说完，何文放下左手，又把右手拎着的袋子举到潘老二面前，说红色袋子里装的是从小石头沟里抓的蝲蛄，黑色袋子里装的是五十只带子的河蛤蟆。

"本来还想给你拿只活鸡过来，鸡都装了袋了，后来想想，那东西拉屁屁太臭，要是在火车上拉了屁屁，我是闻习惯了，别人不一定能受得了。"

何文没说不带土鸡是为了不显得土。如果那样说了，怕是会把刚刚转移开的话题又引回到他的穿着土气上来，然后又接上了去动物园买衣裳的话茬儿。虽然知道了潘老二说的动物园是卖衣裳的地方，但终究还是觉得有些别扭。中国汉字那么多的文字组合，好听的、好玩的、新奇的、猎奇的、寓意美好的、搞怪逗趣的，随便用哪个来给一个服贸市场取名字都可以，可偏偏用了"动物园"这三个字。何文觉得，当初给那个服贸市场取名字的那个人，他在取名字的时候，内心里是邪恶的，他是把去那里买衣裳的和卖衣裳的人都当成了动物。想到这一层，再想到待会儿潘老二会带着他去那里买衣裳，由此，自己也被取名字的那个人骂成了动物，忍不住朝地上啐了口唾沫。

"×！"

"咋地了？"潘老二滴溜儿转着他的小眼睛问。虽是瞪着眼，看起来还是跟普通人眯着眼差不多。

"没咋地。吐唾沫吐到鞋上了。"何文低头看了一眼，指甲盖大小的一块唾沫粘在了黑亮的皮鞋鞋面上，唾沫上还漂着一小片韭菜。想是何文早上在火车上吃从家里带出来的韭菜鸡蛋馅包子，吃完没有漱口，那片韭菜就贴在了他的牙齿上，或者嵌在了齿缝中。吐唾沫的时候，那片韭菜就一并给带了出来。何文用力跺了跺脚，没有把唾沫跺掉，便又弯下身子，把右手拎着的袋子转移到左手上，从兜里摸出一截卫生纸，把鞋面上的漂着韭菜的唾沫擦掉。

何文捏着擦唾沫的卫生纸四下搜寻了一番，左前方穿过人群，大约五十米外有一个垃圾箱。正在犹豫要不要走过去把卫生纸扔掉，潘老二开口道："就扔地上吧，没人管。"

"能行吗？"何文问。

"真没人管。城里人也都随便往地上扔。"潘老二说。

何文犹豫了片刻，又四下环顾一番，见没人注意，悄悄松开了捏着卫生纸的手指。

穿过火车站前广场，潘老二带着何文进了地铁站，乘坐地铁一号线，后又两次转乘公交车走了将近一个小时，再步行不出十分钟，这才到了潘老二落脚的地方，一栋十二层高的高楼。那栋楼在北京城算不得高，就是几十层高的高楼也不足为奇。但何文觉得那已经是很高的高楼了。那年，新宾县城里最高的高楼只有六层，是一栋比其他六层高的居民楼稍稍高出一截的商厦。真正盖起十二层高的高楼，那是十年以后的事情了。而何文家所在的榆树乡，那时只有一栋三层高的小楼，三层算下来，面积总共也不超过两百平方米。不过高楼高多少层，其实跟潘老二没什么关系，他住的是地下室，跟别人一起合租的一个二十多平方米的两居室。二十多平方米，比何文在老家住的红砖平房小了一半还多。而这二十多平方米的空间，除去一个公共的进门厅，一个卫生间和一个大约只能容得下一个人的厨房，剩下的不足十平方米空间再分成两份，感觉真像是两个大胶囊。这是何文到潘老二落脚处时的第一感觉。那时候还没有胶囊房的概念，也许有，但是何文之前从未听说过。他就是觉得那两个小房间太逼仄了，人睡在那里面，可不就像被裹在胶囊里，呼吸久了，屋里有限的氧气被消耗殆尽，人难免呼吸困难，头晕眼花，甚至可能被憋死。

潘老二自己住一间"胶囊"，另外一间住着两个人，一个二十出头，一个将近三十，住上下铺。潘老二房间里也摆放着一个上下铺的蓝漆铁架子，铺了木板和草垫子。潘老二原本住上铺，下铺住着一个原籍四平市农村的年轻人，在北京读完大学，就留在了北京工作。后来那个年轻人搬去了别处，潘老二便从上铺搬到了下铺，上铺空了一个多月了。潘老二说，那个年轻人是因为谈了一个女朋友，搬出去是为了方便和女朋友干那事。何文倒是觉得，那个人搬出去多半是因为受不了潘老二那臭得令人发指的汗脚。潘老二有汗脚，但有汗脚不是问题，很多人都有汗脚，只要勤洗就是了。问题是，潘老二有汗脚却不喜欢洗脚，而且一双袜子穿上十天半个月也不换，鞋子更是三两个月才换一次。一双捂了几个月的汗脚，五六双横七竖八丢在地上、硬得像臭咸鱼的袜子，加上一间胶囊一样的小房间，整个就是一个生化毒气弹，连潘老二自己开门进屋都不得不捏着鼻子。

潘老二捏着鼻子进屋，何文在门厅里深吸了几口气，闭着气跟进了潘老二的房间。何文的闭气本事在陈家村乃至榆树乡都是出了名的，在河里扎猛子，可以待在水下三分钟不出来。只是没想到，练了多年的闭气功夫，如今居然为了避开潘老二的脚臭味儿给用上了。

潘老二背对着何文，指着空着的上铺说："这几天你就住这儿。"说完，绕过床铺，拉开了换气扇，再绕过床铺，弯下腰一只一只捡起丢在地上的臭咸鱼干一样的袜子，一并丢到床下的浅蓝色塑料盆里。回身，潘老二用下巴指着自己的床铺，说："东西先扔我铺上吧。"说完，端着盛了袜子的塑料盆出了房间，去卫生间拧开水龙头，把盆里的袜子泡上水。

两个人在潘老二的落脚处没有过多逗留，潘老二把袜子泡进水里，并没有马上洗，而是关了屋子里的灯，带着何文出门，去动物园买衣裳去了。步行不出十分钟，乘坐将近一个小时的公交车，中途换乘一次，然后再步行几分钟，便到了动物园。这个时候，何文才算是知道了，原来那个叫"动物园"的服贸批发市场，给它取名字的人并不是怀揣恶意取的名字，而是因为市场旁边真的有一个动物园。

在"动物园"转了不出半个小时，潘老二给何文挑了一身灰蓝色的运动服，裤子和衣领都可以系带的那种，衣裳后背还印着一只嘴咧得老大的猴子。

"这叫大嘴猴，名牌儿。"潘老二说完，又说，"不过，这个是仿品。"

何文看了一眼衣裳，又看了一眼潘老二，然后又看了一眼衣裳，说："仿品？就是假的呗？"

潘老二说："差不多吧。不过这个应该是高仿品，跟店里卖的差不多。"

又说："这件衣裳在这儿卖三十五块钱，到了店里的话，没有一百块钱怕是下不来。"

何文没有吭声，又瞟了两眼衣裳上的那只咧着老大嘴的猴子。说实话，他不喜欢那套衣裳，他觉得那套衣裳上的图案有些花哨。要是穿着那样一身衣裳回到村子里，准会被人在背后议论，说他不正经。不过潘老二已经付完了钱，买了也就买了。而且那个时候何文心情不好，本也有心尝试一些新的活法。何文心情不好，不是因为在车站等潘老二等了一个半小时还多，也不是因为北京城接受不了他的土，而是另有别的原因。于是他索性也就接受了那套衣裳。

潘老二又给何文挑了一双运动鞋，何文抢在潘老二之前把钱递给了卖鞋的中年女人。潘老二啧了一声，拧着眉毛看了何文一眼，把掏出来的三十块钱又放回了钱包里。

何文在卖鞋的那个中年女人的店里把新买的衣裳和鞋子换上了。潘老二向中年女人要了一大一小两个袋子，把何文脱下来的西装和皮鞋分别装进了袋子。

买完衣裳，潘老二领着何文回到他住处附近，钻进一家串店。店是一对从黑龙江大庆农村出来的中年夫妻开的。男人生得粗糙，糙眉糙眼，酒糟鼻，一米八的大个，一脸络腮胡子，左脚跛得比较严重。女人倒是很漂亮，兼有北方女人的大方和南方女人的婉约。

"看见那个老板娘没？咋样？"潘老二要了一把烤肉串、两个烤大腰子、一条棒砸鱼、一份素拍黄瓜、一盘盐爆花生米和一箱啤酒，等老板娘拿着菜单回了后厨，把嘴凑到何文耳边低声说。

"什么咋样？"何文问。

潘老二说："当然是说老板娘长得咋样。"又说："那脸蛋儿，那两个奶子，还有那个翘起来的屁股，真是要了人命啊！"说完，潘老二咽了一口口水。又说："白瞎了！一棵好白菜，咋就让猪给拱了呢。"说完，拍了一下大腿。

何文不说话，等老板娘把一箱啤酒拎上来，开了两瓶，先给潘老二的杯子倒满，再给自己的也满上。

菜还没上来之前，两个人碰了三次杯，又各自喝了两杯，一瓶半啤酒便下了肚。

何文说："李铁柱那个王八犊子，前天下午又往小石头沟的河里倒白灰，蝲蛄和鱼一片一片的，都叫他给药死了。"又说："开春的时候，他就干过一回，蝲蛄都爬上岸了，差点儿死绝了。这才缓过来劲儿，又他妈干。"说完，喝了一口啤酒，又说："就为了省事，吃一顿蝲蛄，他把一条沟的蝲蛄都给毒死了，真他妈的作损啊！"

潘老二说："昨儿早上我去上班，看着道上一溜黑车，一个婚车队，全是奔驰S320。我数了一下，有二十六辆。"说着，脸上浮出一副自豪的表情，好像那个车队是他的似的。又说："这城里人是真有钱。"

何文说："赵亮上个月也结婚了，媳妇是大石头沟村李二愣子他姑娘。赵亮家算是下了血本儿了，东挪西借给凑了三万块彩礼钱。他老叔，就是在乡里食堂做饭那个，给他出了五辆轿车。酒席摆了三十几桌，一桌十二个菜，非得比别人家都多两个菜。"又说："倒是争了脸，可也欠了一屁股债。往后这日子可咋过呀？"

潘老二说："就我上班那个饭店，每天去吃饭的人乌泱乌泱的，晚上五六点钟的时候更是人多的连个站脚的地方都没有，排队一直到门外马路牙子上。"说完，叹了口气，又说："你瞅瞅那帮人，吃一顿饭能花一两百块，花三四百的也不少。吃一顿饭的钱，比我一个月的房租钱还多。关键是花钱吃饭，你好好吃也行。人家不，吃一半还得剩一半。"

何文说："上个月，李宏伟上山上打松塔，刚爬上一棵树，也真是他点儿背，那么多树他都不上，就那棵树上有个马蜂窝，还叫他给赶上了。幸亏那小子怕把脑袋上粘上松树油子，爬树以前脑袋上套了个塑料口袋，光被蜇了三下。"又说："那马蜂也是够厉害的，就蜇那三下，差点儿没把他蜇死。在炕上躺了一个礼拜，才能下地。"

潘老二说："我记着你以前好像老听任贤齐的歌。前阵子，十几天前吧，我在西单那边儿一个商场里出来，差点儿跟他撞个顶头碰。亏了有个穿黑衣裳戴墨镜的拦着。一瞅就知道，那个是他的保镖。"又说："上个月我还碰着演电视的那个，就是演《老房有喜》里边的那个女的，叫什么来着？对，赵薇。我在王府井碰着她了。在这北京城里，老是能碰着明星。"

何文不说话了。女店主端着拍黄瓜和烤好的肉串、腰子从后厨出来，何文拿起一支穿着烤腰子的串，咬了一大口。他不说话，不是说累了，不是为了专心吃烤腰子，也没有喝醉，而是因为发现和潘老二虽然是坐在同一张桌子上喝酒聊天，却是在各说各的话题。何文说的都是村里的事情，潘老二说的都是北京城的事情，虽都是新鲜事，但风马牛不相及，根本说不到一起去。

二

何文原来不叫何文，叫何文革。名字是何文的奶奶杨占秀给起的。何文出生那年，正赶上陈家村闹"文化大革命"闹得最凶的一年，陈家村也被改名为陈家生产大队革命委员会。而何文出生的时候，何文的爷爷正在大队革委会的会议室里，低头，腰弯成九十度，少一度不行，多一度也不行，脖子上还挂着一张草灰色的纸壳牌子，接受大队革委会的批斗。

何天林当时是陈家生产大队革命委员会的主任，陈家村里最大的官，管着全大队几百号人呢。同在一个村，同喝一条河的水，同样都是一个鼻子两只眼，有人当了官，自然有人觉得心里不平。在陈家村，这个心里感到不平的人，其实是一个姓赵的家族，以赵家老大赵清明为首。赵清明的爷爷和何天林的爷爷同是山东人，赵清明的爷爷比何天林的爷爷早半年闯关东，在陈家村落脚。很多事情原本是应该讲究一个先来后到的，可在当不当官这个问题上，并不讲究这个，不是说你先来的，或者先出生的，就理所当然地有当官的优先权。能不能当上官，要看有没有真才实学，也要看群众基础牢不牢靠。民国时候，赵清明的爷爷进山当了胡子，把陈家村附近的十里八村都给抢遍了，其中也包括陈家村。抗日战争的时候，赵清明的大伯在乡里给日本人当过治安队副队长，还带着两个日本兵抢过陈家村潘富贵家一头耕地的老黄牛。潘富贵就是潘老二的爷爷。到了赵清明这一辈，虽然没干过什么太缺德的事情，可也没给陈家村的人干过什么好事。倒是何文的爷爷何天林又是组织大家搞生产，又是带领村民学大寨农业，带头修梯田，还想尽办法给村里办来了电。尽管后来证实，修梯田的做法是不符合陈家村实际的，浪费了人力物力，但问责的板子不能都打在何天林一个人的屁股上，毕竟那个时候全国都学习大寨，梯田到处都在修。退一步说，即便这算是一个污点，可是给村里办来了电，没用村里掏一分钱，这是何天林给陈家村人带来的实实在在的看得见摸得着的实惠。所以，闹"文化大革命"的时候，陈家村的人推选何天林当生产大队革委会主任，这无可厚非。不过，赵清明一大家子不这么想。他们觉得一定是因为何天林跟公社里的副主任刘庆绅关系好，是刘庆绅暗中捣鬼，助了何天林一臂之力。

何文出生那年，陈家生产大队革委会出了一个造反派头子，就是赵清明。造反造的自然是当权者的反。作为让赵清明一家子一直耿耿于怀的生产大队革委会主任，在那场运动中，何天林自然是首当其冲。其实赵清明最初想造的并不是何天林的反，或者确切地说，何天林并不是赵清明主要的造反目标。赵清明真正想造的是刘庆绅的反。他始终坚信，自己没能当上陈家生产大队革委会主任，完全是由于刘庆绅在背地里使坏。虽然何天林抢了本该属于他的官位这件事情可恨，但一手把何天林扶上位的刘庆绅更可恨。所以，要想顶替何天林当上陈家生产大队革委会主任，必须先要推倒何天林的后台刘庆绅。

入夏前的某天，赵清明发动陈家村整个赵氏家族，早上四点不到，天还黑着，就踹门直接闯进何天林家，把何天林从被窝里拖了出来，一直拖到生产大队革委会的会议室。赵清明一干人等原本是想拿何天林当枪，让他诬告刘庆绅跟陈家生产大队何天青的老婆乱搞男女关系，严重败坏党的形象，败坏社会主义风气。何天青的老婆出面做证，承认刘庆绅确实和她搞过不正当男女关系，说是一次在大队西头的苞米地里，还有一次是在刘庆绅的办公室里。何天青的老婆还说，她其实是不愿意干那事的，之所以又同意了，一来是迫于刘庆绅是公社的副主任，是好大的官老爷，咱小老百姓得罪不起；二来是刘庆绅每次都给她钱，一次给了一块，一次给了八毛。说得有鼻子有眼，甚至连哪年哪月哪天的哪个时辰和那天的天气怎么样都说得很仔细。何天林知道，何天青的老婆关于刘副主任和她搞不正当男女关系的证言纯粹是无中生有，是赵清明或者赵清明家族里的某个人精心杜撰的。何天青的老婆也姓赵，爷爷是赵清明的亲三爷。何天青的老婆做证的时候，不停地拿眼睛瞟赵清明，赵清明则不停地冲她点头。何天林敢肯定，这对兄妹俩是串通好的。再说，刘庆绅也干不出这种事来。一来是刘庆绅没有"作案"的时间，何天青的老婆证言中说的那两次时间，其中一次刘庆绅带队去新民县考察农业了，时间上对不上；二来是何天青的老婆五短身材，脸上还有一块癞疮，实在是引不起男人的那种欲望。

何天林不愿意当赵清明的枪，睁眼说瞎话的事情，他干不来。赵清明急了，当天下午，又把何天林从苞米地头拖到了生产大队革委会的会议室，还找来了二十几位村民围观。还是何天青的老婆做证，不过这次不是承认和刘副主任乱搞男女关系，而是说和何天林乱搞男女关系，时间还是之前说的那个时间，地点换成了东山的松树林下和何天青家的仓房里。

"当事人"都承认了，何天林就是有一百张嘴，也解释不清。再说，何天林嘴笨，就是嘴不笨，也没有人会听他解释。如此，一桩生产大队革委会主任有伤风化的严重违纪案就定下来了。

多年以后，何天青向何天林忏悔过。何天青和何天林两个人的爷爷是亲兄弟，何天青比何天林小两岁。按说这样的亲戚关系也还算是亲近，何天青的老婆诬陷何天林，尤其还是在男女关系这样的事情上诬陷，何天青于情于理都是不应该袖手旁观的。他应该站出来揭露真相，甚至应该当着众人的面，狠狠地抽他老婆一个响亮的嘴巴。可问题是，何天青胆小，怕惹事，更怕他那个脸上长了癞疮的老婆。多一事不如少一事，况且眼瞅着赵家在大队里得了势，跟他们作对，讨不到好果子吃。而他跟何天林虽然是亲戚，却相互走动不多。几番衡量，也就装了哑巴。何天青在这件事情上装哑巴，还有另外一个原因，就是赵清明给了他老婆三块钱，还从生产队里偷拿了五斤大米，一并拿去了何天青家。

这些事情，都是何文的奶奶杨占秀后来说给何文的。何文六岁的时候，杨占秀就跟他讲这些事情。七岁的时候也讲，八岁的时候还讲，一直讲了很多年，多到何文已经记不清讲了到底多少年。杨占秀不只是和何文讲这些事情，她也和何文的四个堂哥一个堂姐以及何文的亲弟弟讲。后来杨占秀突然不讲了。一来是因为她老了，记性也不好了，很多记忆都零零碎碎，讲着讲着就讲不下去了。二来是何文和他的四个堂兄一个堂姐以及他的亲弟弟都听厌了，只要杨占秀开始讲那些事情，大家就都随便找个理由躲开。久了，杨占秀也就识了趣。

何文四周岁那年，中国发生了两件大事。这两件大事都跟何文有关，又都没关。一件是中国实行了改革开放，另一件是远在几千里外的安徽一个叫小岗的村子里，十八个农民偷偷签订了"包产到户"的契约。这两件大事，何文是听大队的广播听到的。听了也就听了，左边的耳朵听进，右边的耳朵冒出，只记住了"改革开放"和"包产到户"两个名词，或者是动词，不知甚解。

其实也不只是何文那样一个孩子不理解那两个名词或者动词，全大队的人都不理解。毕竟是个新鲜事物，从来没有听说过。"文化大革命"结束以后，陈家村又改了名，不叫陈家生产大队革命委员会了，改成陈家生产大队。大队的广播员李铁柱，一边念着《人民日报》上关于"改革开放"的文章，一边挠着头发，不知道自己到底在念些什么。广播里吱吱地发着杂音，也不知道是麦克风的问题，还是李铁柱挠下来的头皮砸在麦克风上发出的困惑声。

李铁柱在八里地以外的乡里小学读过五年书。李铁柱不喜欢读书，他读书完全是因为懒，因为不想跟着他爸妈和他的一个姐两个哥一起下田种地。比起顶着老大的一个太阳，在地里弯着腰播种或者薅草，一弯腰就是一整天，在教室里坐一整天，什么也不用干，困了还可以趴在桌子上睡上一觉，如此就舒服多了。况且，李铁柱也不是每天都乖乖地在教室里听讲课，经常是借口去学校上课，半路上就不一定跑去了哪里。有时候是钻进路边的苞米地里，偷掰几棒苞米，去河岸边拢一堆火烧着吃。有时候则是去水渠边，拎着一根树枝敲打水渠两边的青草。躲在草丛里的青蛙或者蛇受了惊吓，跳进水渠里，刚好就被李铁柱逮个正着。还是去河岸边拢一堆火，还是烧着吃。李铁柱就认吃，野果子、蚂蚱、野蘑菇，能吃的东西他都吃。认吃，是因为吃不饱饭，肚子饿。那个时候，不只是正在长身体的李铁柱总感觉饿，陈家村十户人家里，有九户半都吃不饱饭。

李铁柱读五年级下半年的时候，临近期末，乡里小学的老师专程去了李铁柱家做家访。女老师自我介绍说自己姓夏。说起李铁柱，夏老师说他已经有两个多月没有去上课了，也没说要休学。夏老师这次去家访，一来是替学校问问李铁柱他爸妈，下半年还让不让孩子继续读六年级，以方便学校提前做好教学调整；二来是想看看李铁柱是不是病了，或者另有什么原因导致不能去上学。夏老师说，那孩子虽然经常逃课，对学习文化知识也没多大的兴趣，但他天资聪明，是块学习的料，不继续念书的话，可惜了。李铁柱他爸登时就急了，说孩子天天都按时出门上学，怎么夏老师说他两个多月都没有去学校了呢？没去学校，那他都去哪儿了？

当天晚上，李铁柱挨了他爸一顿胖揍，把一根大拇指粗的烧火棍硬生生给打成了三截。第二天，李铁柱失学了，被他爸揪着耳朵，跟着下地挣工分去了。李铁柱没有读上六年级，其实还没到六年级开学，乡里的学校就因为"文化大革命"而停课了。

李铁柱只读了五年小学，而且是三天打鱼两天晒网的，但即使是这样，也没耽误他成为当时陈家村里学历最高的人。也正是因为他是村里学历最高的人，加上李铁柱他妈的亲姐姐是赵清明的弟媳妇，李铁柱失学后种了三年地，等赵家成功把何天林从生产大队革委会主任的位置上拉下去，赵清明自封了生产大队革委会主任，便安排李铁柱当了生产大队革委会的广播员。没有特殊情况的话，每天就是早上八点到八点半播报一次，下午一点到一点半再播报一次。剩下的时间，李铁柱不用跟着其他人一起下地参加生产队的劳动，工分按照生产队队长的标准给。

李铁柱是陈家村里第一个听说"改革开放"这个词的人。他是从1978年的《人民日报》上看到的这个词，报纸是赵清明从乡里拿回来的。整篇文章不过一千五六百个字，他读了整整两个小时。他读的时间长，不是因为读得仔细，而是很多字不认识，需要查字典。他有一本第一版的新华字典，封皮早就没了。那本字典也是赵清明以生产大队的名义，跟公社里要的，后来给了李铁柱。李铁柱一边翻查字典，一边读报纸上关于改革开放的文章。直到读完，还是一头雾水。那一年，李铁柱仍然是村里学历最高的人。他都不懂什么是改革开放，更别说其他村民了。广播声音从架在生产大队院里竖起来的一根高七八米的落叶松木杆上的铁喇叭里传出来，带着喇叭的铁锈味和李铁柱挠头发挠下来的头皮砸到麦克风上发出的杂音，扩散并最终消失在村子的上空。李铁柱播报那条消息的时候，是下午一点前后，村民们有些还在睡午觉。醒着的，听了几分钟广播，因为听不懂，也就该挑水的挑水，该下地的下地去了。

"改革？'文化大革命'不是完了吗，怎么又要革命了？"赵清明心里打起了鼓。他清楚自己是借着"文化大革命"，造反当上的生产大队革委会主任。造反，造谁的反？还不是造当权派的反。之前，何天林是当权派，所以被反下去了。要是再来一次什么革命，他赵清明就成了矛头所指的当权派。当初可是他一手策划诬陷的何天林，一旦有了机会，何家人还不得把他往死里整啊。

李铁柱说："姨夫，这个改革开放好像说的不是什么革命，是要放开来搞发展。"

赵清明瞪大了眼睛问："真的？真不是要搞什么革命？"

李铁柱说："真的，应该不是搞什么革命。"

赵清明深呼了一口气，拍了拍自己的胸脯。他信李铁柱的话，都是实在亲戚，而且李铁柱是村里学历最高的人，不信他，还能信谁？

何文听到广播里广播关于改革开放的文章的时候，正坐在村西头的苞米地头，看他爸妈和村里生产队的其他人在地里，给刚长出半尺多高苞米苗的地薅草。杂草长得快，生命力也顽强，把整片苞米地铺得严严实实，几乎见不着几根苞米苗。何文他妈不放心何文自己待在家里，就把何文带到地头，薅一会儿草，再看一会儿孩子，然后再薅草，再看孩子。好多女人都是这样把孩子带到地头，照看孩子就成了偷懒的借口。反正是公家的地，干多干少，挣的工分是固定的，分粮的时候也不会因为你干得少而少给粮。

地头除了何文，还有七八个同村同龄的孩子。有三个孩子在相互追赶着奔跑，其他的孩子都跟何文一样，坐在地头的石头上，吮着手指，看地上的蚂蚁，看地里的大人们薅草，困了就倒在地头的杂草堆上睡觉。一堆一堆的杂草是从地里薅出来的，已经被太阳晒得半干，又软又暖。何文不是一个喜欢安静的人，从小就不是。他喜欢动，喜欢热闹，一闲下来就觉得浑身不自在。可他那时候就老老实实地坐在地头的石头上，吮着手指。他不动，是因为怕肚子饿。他也想在地头疯跑，可是跑了几回，肚子都是饿得更加厉害了。为了不那么饿肚子，索性就不动。

何文听不懂李铁柱呜哩哇啦地在广播里说些什么。从头到尾听了个遍，一字不落，却只记住了改革开放这个四字的组合词。记住这个组合词，完全是因为它出现的频率高。不到十分钟的广播，这个组合词少说也出现了五六次。不过记住这个组合词，何文的肚子该怎么饿还是怎么饿，不如专心地多吮几口手指来得实惠。

转过年，还是给苞米地薅草的时候，还是坐在地头，广播里还是吱吱地冒着带着喇叭的铁锈味和李铁柱挠头发挠下来的头皮砸到麦克风上发出的杂音。这次说的不是改革开放这个四字的组合词，而是说"包产到户"，是另外一个四字的组合词。何文还是听不懂。听不懂，这回倒是不吮手指了，钻进地里，扒地里长出来的小根蒜吃。

何文吃小根蒜吃得正起劲，赵大壮带着他三叔家的弟弟赵亮凶着脸走到何文的跟前，一把抢下何文刚扒出来的一棵大个头的小根蒜，抖了抖小根蒜上的土，再拿袖头揩了一把，塞进嘴里，吃了。

赵大壮是赵清明的儿子，比何文大五岁。正如他的名字，赵大壮长得膀大腰圆，比村里同龄的孩子要高出大半个头。之前说那个时候的陈家村里，十户有九户半人家吃不饱饭，剩下的那半户能吃饱饭的人家，就是赵大壮家。赵清明自封了生产大队革委会主任,起初村里有几户人家有意见。可是没过几天,有意见的人要么是夜里莫名其妙地被狠揍了一顿,打得乌眼青,要么是家里的柴火垛半夜着了火。意见最大的陈建国,被诬陷企图偷杀生产队养的猪,挨了一顿胖揍不说,还跟着何天林一起挨批斗。眼瞅着当出头鸟的都被赵家人报复了,多一事不如少一事,对于赵清明自封生产大队革委会主任的事情,也就睁一只眼闭一只眼。只要赵家人别逼人太甚,凡事能忍也就忍了。

赵清明当上生产大队革委会主任,把原来的会计,也就是被赵清明诬陷企图偷生产队猪的陈建国,给撤了职,让他的二弟赵清海接手会计的活。赵清海不懂会计的活。岂止是不懂,简直是连最简单的乘除法都不会,就是两位数字的加减法也得计算五六分钟,还不保证能算对。不过,不懂不要紧,可以让李铁柱当助理。要紧的是得把生产大队革委会会计的权力掌握在自己人手里。生产队长也换了人,叫王丽娟,是几年前从大石头沟村嫁过来陈家村的,丈夫去年给生产队炸石头的时候,被石头砸坏了脑袋,成了傻子。王丽娟虽是外村人,虽然不姓赵,也不是赵家人,却跟赵清明关系不一般。村里人几乎人人心里清楚,赵清明看上了王丽娟。

王丽娟确实长得比赵清明的老婆要好看得多,年纪也好。王丽娟的丈夫叫钱远途,原来是城里人,知识青年上山下乡的时候,从抚顺城下派陈家村的。钱远途虽是城里人,却只念过四年书,比李铁柱还少念一年,不过,钱远途的学问和见识比李铁柱要强出十倍,就是识字也比李铁柱多识得好几百个。按理说,钱远途是当生产大队革委会广播员的最佳人选,可是李铁柱他妈想让李铁柱当这个广播员,就找赵清明开后门。赵清明倒不是怕村里人不服气,完全可以搞一言堂,直接任命李铁柱来当广播员。可是如果能够既达到目的,又能让村民们信服,甚至还可以顺便树立一下他赵清明处事的公平公正形象,一箭三雕的事情,干起来又并不麻烦,一句话的事，何乐而不为呢。赵清明想出了一个连他自己都拍手佩服自己的说辞：原本是应该让钱远途当这个广播员的，但他是从城里来的，知识青年上山下乡，就是来体验生产队生活和农民种地劳动的。要是让钱远途当了广播员，那他来咱们这儿岂不是白来了，而且对他以后的前途也不好。

明明是出于私心，以权谋私，却硬生生说成了是为别人的前途着想。即便如此，赵清明还是觉得钱远途的存在是一种威胁，又硬生生让他跟着生产队人去炸石头。也正是因为炸石头，好好的一个知识青年被炸成了傻子。

王丽娟是在钱远途被炸傻半年多以后，跟赵清明好上的。她和钱远途都不是陈家村人，在村里又没有亲戚帮衬，若是不能找个靠山，本来就吃不饱的日子，家里的顶梁柱又傻了，没有了劳动能力，再这样下去，怕是要饿死人了。王丽娟当初嫁给钱远途，一来是因为钱远途确实长得好看，细皮嫩肉，皮肤白净，又有文化，一脸的书生气，不像村里那些男人，看上去既粗糙，不解风情，又没有文化；二来是考虑到钱远途是从城里来的，王丽娟和与她相依为命的妈都坚信，三年五年，或者十年八年内，钱远途还会回到城里，自然也会把她带进城。王丽娟她妈找红石沟村的王瞎子算过，说钱远途几年内肯定能回城，而且回城后能当大干部。能当多大的干部呢？王瞎子搓了搓手指，王丽娟她妈会意，给王瞎子塞了六个鸡蛋。王瞎子说，能当县太爷。王瞎子是那时候榆树乡乃至新宾县出了名的狐仙。王丽娟她妈是一百个相信，从王瞎子家回来，立马请人去跟钱远途说了媒。可如今，钱远途被炸傻了，别说是当县太爷了，就是当个正常的老百姓都当不了。日子还得过，赵清明几次三番夜里去王丽娟家探望钱远途，说是去看钱远途，大家心知肚明，看的是王丽娟的那张好看的脸蛋，甚至还想接着往下看。

久了，王丽娟也就从了。

王丽娟靠"关系"当上了生产队的队长，赵清海是会计，赵清明是生产大队革委会主任，陈家村的大权完完全全落在了赵家人手里。自古以来，没听说哪朝哪代有管粮管钱的官老爷自家吃不饱饭的。也许有，但赵清明没听说过。既然没听说过，就当是没有。既然自古至今都这样，他赵清明也就没必要装清高。生产队收了粮食，赵清明、赵清海和王丽娟三个人先碰一次头，在保证了自家口粮的前提下，剩下的再入账。反正赵清海做的账也是一笔糊涂账。

　　因为赵家粮食充足，赵大壮能吃饱饭。不仅能吃饱饭，还能经常吃到大米、白面这样的细粮，自然身体长得比别人家吃不饱饭的同龄孩子要高大壮实。又因为长得高大壮实，而且他爸是生产大队革委会主任，他二叔是会计，他自然就成了村里的"皇太子"。将来是要接他爸赵清明的班的，村里的孩子哪有一个敢说不服的。就是心里不服，脸上还是得赔着笑，不然就要挨赵大壮的打。挨了打还得忍着，爸妈也不敢站出来讨公道。赵大壮打过刘老三的儿子，刘老三找赵清明理论。结果从那以后，刘老三每天在生产队出工，只给七个工分，以前一直都是九个。

　　赵大壮在地头抢何文的小根蒜吃，何文自然是生气。他跟赵大壮以前没有接触过，也不管赵大壮是不是什么"皇太子"，即便赵大壮长得又高又壮，高出何文一个头还多，何文却不怕他。

　　何文狠狠地用眼睛剜赵大壮，赵大壮喷了一声，说："你瞅个××瞅。"

　　何文说："对。"

　　赵大壮一头雾水。眼前这个小屁孩说什么呢？什么就"对"了？赵亮在一旁眼珠子滴溜儿转了两圈，用手指捅了捅赵大壮，说："哥，他骂你是'××'。"

　　赵大壮这才反应过来，凶着脸走到何文跟前，肚皮紧贴着何文，居高临下地瞪圆了眼睛吼道："有种你再骂一句。"

何文猛地出手，使劲儿推了一把赵大壮。赵大壮没有料到何文这样一个五岁的小屁孩敢对大他五岁，高出他一个头还多的"皇太子"出手，一个趔趄，向后倒退了几步，差点一屁股坐到地上。赵大壮怔了怔，回过神来，撸起袖子一个大步走到何文跟前，右手使劲一推，骂了句"小×崽子，敢他妈的推我"。

何文应声倒地，两眼冒着火。

三

因为一棵小根蒜，何文记住了赵大壮。记住赵大壮，倒不是因为怕他。赵大壮抢了何文的小根蒜，并把他推倒在地，还骂他是"小×崽子"的时候，何文并没有哭，也没有转身去找他爸妈告状，而是站起身，拍了拍屁股上的土，跟比他大五岁的赵大壮扭打在了一起。

何文肯定是打不过赵大壮，况且除了赵大壮，还有一个赵亮也伸手给了何文一巴掌，踹了两脚。何文他妈看见赵大壮和赵亮在地头上欺负何文，一边朝着地头跑，一边喊何文他爸，说孩子让赵家的人给欺负了。这一喊，满地里干活的人都抬起头，看见了赵大壮揪着何文的脖领子，正在扇何文的耳光。见何文他爸妈往地头这边跑，赵大壮把何文往地上一扔，和赵亮两个人不慌不忙地朝着村子回了。

赵大壮他爸也在同一块苞米地里薅草。何文他爸妈带着鼻子被打出血，脸上还有一个赵大壮留下的巴掌印的何文，到赵清明跟前讨说法。

赵清明说："俺家大壮打人，这个肯定是不对的。你先别生气，咱先问问清楚干啥打架。你看那地头上有那么多孩子，干啥光是打你家文革？得先问清楚，是不是你家文革先惹着大壮了，大壮他平时不是这样的。"

何文他爸何成军狠狠剜了一眼赵清明，指着一旁的何文说："去你妈的。他这么点儿，能怎么惹着你家大壮？你家那×崽子仗着你这个假大队书记，在咱大队里欺负这个欺负那个的。怎么着，现在欺负到俺家头上了？"又说："我可告诉你，别人怕你家，我不怕。你他妈的别欺人太甚了。"

赵清明说："你看你这话说的，我这个书记咋还是假书记了。再说了，谁敢欺负你何成军呀，你先消消气。"

何成军猛一抬手，把赵清明伸过来的手打开，吼道："我消什么气！你说你不敢欺负我？你还少欺负了？你要不是造谣说我爸搞不正当男女关系，你当得上书记吗？还有我二哥，他在队里挑粪，挑一天就给七个工分，凭什么你妹妹在那数个数，就能拿九个工分。怎么着，我二哥一个大老爷们儿，还赶不上你妹妹？这不叫欺负人，那么你告诉我，这叫什么？"

赵清明说："你二哥少挣工分的事，我不知道啊。不是都给九个工分吗？我真不知道。再说了，那是生产队长管的事，跟我有啥关系。"又说："还有你爸那事，那也不是我说的呀。是你婶儿她自己说的。"

何成军冷笑了一声，说："你问问地里边这些人，谁不知道你和王丽娟那点事。不是你让那么干，她敢吗？"又说："我爸那事，你说是我婶儿说的是吧。好，咱今天就把这事掰扯明白了。咱现在就去我婶儿家，当面说清楚了。要是你指使的，咱们就去乡政府说理去，让大家知道知道，到底谁搞不正当男女关系。看你这个书记还当不当得了。"

赵清明见何成军认真了，也真是急眼了，忙赔个笑脸，岔开话题说："你看，今天这是俩孩子打架，咋还扯上那些陈芝麻烂谷子的事了。"

何成军说："滚犊子。这是俩孩子打架吗？是你家大壮欺负我儿子。你挺会说呀。有这样打架的吗？你家孩子可劲儿打人，把俺家文革打成这样，他一点事都没有。"又说："你说，怎么办吧？"

赵清明心里犯了嘀咕。犯嘀咕不是因为儿子赵大壮在众目睽睽之下打了何成军的儿子何文，感觉亏了理。就算是亏了理，在陈家村这个赵家说了算的一亩三分地，还真没有他赵清明好怕的。但他的这个谁都不怕，是排除了何成军的。或者说，他对何家人多少还是犯怵的。他犯怵，一来是何成军性子躁，还谁都不怕，做事不管不顾。性子躁也就算了，偏偏又长了一副五大三粗的身板。真要是把他惹急了，少不了挨一顿拳头。二来是何成军在何家排行老四，上面有三个哥哥，下面还有一个妹妹。要紧的是，大哥何成伟刚从部队转业回来，留在了乡政府上班。同样有亲戚在乡政府上班，赵清明的五弟赵清峰在乡政府是个打杂的，而且是在食堂打杂，而何成军他大哥何成伟是正儿八经的机关工作人员，跟着乡长鞍前马后。要是"文化大革命"的时候，赵清明倒是不一定会怵何成伟，既然能把他爹搞下去，把他也给搞下去也不是不可能。可问题是，"文化大革命"已经结束快三年了，过去没人管的局面都在逐渐被理顺过来，他的那套打小报告、耍无赖的手法不灵了。以前赵清明那样诬陷何天林，后来又让王丽娟克扣了何成伟二弟何成刚半年多的工分，还有之前指使赵清海到乡里举报何成伟的三弟何成宏私养了六只鸡，搞资本主义那一套，不仅没收了鸡，还差点儿把何成宏弄到乡派出所关十五天。现在赵大壮又理亏地打了何成军的儿子何文。一个爹加上两个弟弟都被他算计过，何成伟不可能视而不见。这次儿子打了何成伟侄子的事情要是处理不好，怕是会成为何家报复赵家的导火索，要出大乱子的。

　　赵清明说："你先消消气，消消气。我这就回家收拾那个兔崽子去。"

　　何文他妈哼了一声，说："谁知道你回了家，是打那死孩崽子，还是表扬他打人打得好。再说了，你就是把他打死了，俺家文革脸上这伤就能好了？"

　　赵清明说："那你们说怎么办吧？"

何成军说:"把你家那犊子领俺家去,当着俺们的面打。"

在一旁一直没吭声的何文抬手用袖头揩了一把鼻血,说:"不用他打,我打。"

那天,在何文家院子里,何文狠狠扇了赵大壮三个耳光,又朝着赵大壮的脸上吐了一大口口水。赵大壮把拳头攥得嘎嘣嘎嘣直响,咬着牙,眼睛里噙着眼泪。有几个好信儿的妇女扒着何文家的木栅障子看热闹。这热闹可是难得一见。赵清明在村里当了五年的恶霸,从来只有他欺负别人的份儿,却不想也有低三下四、忍气吞声的一天。当天晚上,赵清明拉着赵大壮到何成军家赔不是,赵大壮让何文扇耳光还吐口水的事就在村子里炸开了锅。尤其是何文吐赵大壮的一口口水,传来传去,被说成了有小半碗那么多。

晚上,陈建国媳妇回家跟陈建国说起这事,陈建国突然笑了,说:"你去供销社弄二两酒回来,一会儿我得喝点儿。"

从何成军家出来,赵清明憋了一肚子的气。路过张瘸子家门口的时候,瞅见张瘸子家门口拴着的生产队的牛正在瞪他,登时火冒三丈,朝着牛肚子狠踢了一脚。因为腿抬得不够高,踢到了牛腿上。

"×!他们老何家给我气受也就算了,你个牲口也想欺负我怎么着?"说完,啐了一口唾沫在地上。

生气归生气,回了家,赵清明在炕头上坐了不到十分钟,又起身出门。

赵清明的老婆问:"怎么着,刚回来,屁股还没坐热乎,又要去那个骚狐狸家?"

赵清明回头瞪了他老婆一眼,说:"我有正事,吃饭的时候回来。"

赵清明的老婆说:"正事?我就不明白了,那个骚狐狸家有啥不一样的,让你就这么天天想往那儿钻?"

"你给我闭嘴。我现在火儿着呢。"说完,赵清明一摔门,走了。

赵清明的老婆三年前就知道赵清明跟王丽娟好上了。陈家村就那么大个地方，闭塞，喜欢传舌的人又多，整天东家长西家短的，屁大点儿事也能说上好几天。像赵清明乱搞男女关系这种氢弹级的八卦，自然是用不上半天时间，村里人几乎都知道了。赵清明的老婆很生气。她去王丽娟家，当着她丈夫钱远途的面，骂她是婊子、狐狸精，还扯掉了王丽娟的一撮头发。赵清明当着王丽娟的面，给了他老婆一耳光，骂了一句"滚回家去"。赵清明他老婆觉得委屈，也跟赵清明在家里闹过。可是气了，也闹了，赵清明该怎么去王丽娟家，还是怎么去王丽娟家。时间久了，也就懒得闹懒得气了。赵清明的老婆不跟赵清明离婚，一来是那个时候不像现在，一言不合就离婚。那时候虽然已经改革开放了，在村子里还没有人开离婚的先河，只有丈夫因为不满老婆，把老婆休了的说法。二来是赵清明毕竟是陈家村的书记，跟着他有面子，能吃饱饭。若是换了别人，怕是要饿肚子。

　　赵清明去了王丽娟家。这次去不是为了男女那事，而是让王丽娟尽快把克扣何成刚挑粪的工分给补上。

　　第二天，赵清明和王丽娟一起去了何成刚家，把克扣的工分补给了何成刚，又额外给了何成刚两斤小米。两个人向何成刚仔细解释了一番，确定何成刚消了气，才离开。

　　自从被何文扇了三个耳光，还吐了一大口口水，赵大壮就一直耿耿于怀。一旦找着机会，就揍何文一顿。何文跟他打，打不过也打。鼻子被打出血了，就在村子西边的河里把血洗干净了再回家。有时候被打了个乌眼青，他爸问跟谁打的架，他就说是不小心摔倒，或者撞电线杆上了。

　　何文打不过赵大壮，打了好几年，也没有打赢过一次。可是明知道打不赢，也要打。能不能打赢已经不重要了，重要的是必须表现出一种不屈服的态度。何文跟他爸何成军一样，脾气躁，性子直，打架只会当面打，不懂得琢磨如何迂回智取。

潘老二也跟赵大壮有过节。这个过节倒不是因为赵大壮他大爷爷当年带着鬼子抢了潘老二他爷爷潘富贵的黄牛。一来是潘老二根本不知道有这么一回事，二来是即便知道了有这么一回事，他也就只是一个几岁大的孩子，哪里会记着他爷爷的仇。一头牛，抢了也就抢了。潘老二跟赵大壮没有因为抢了一头牛产生过节，却因为赵大壮抢了他一块糖，让他记恨了好长时间。

潘老二心眼儿活，知道自己打不过赵大壮。想报复，又怕万一被赵大壮知道了，反过来挨一顿揍。他知道赵大壮和何文过节大，何文每次跟赵大壮打架都吃亏。思来想去，便跑去给何文出了个主意。

当天晚上，潘老二在木桦障子外面放风，何文从一处比较宽的障子缝钻进了赵大壮家的院子。按照潘老二告诉他的位置，还真找着了一个大酱缸。何文轻手轻脚地把事先拉出来的用两块老绿色杨铁叶子包裹着的屁屁丢进了酱缸里，用酱缸里的木勺搅拌了几圈，再把封在酱缸上的纱网和搪瓷盆复原，悄悄从障子缝钻了出去。

事情大约是在半个月之后败露了。败露的原因是潘老二说漏了嘴。

那天，潘老二去供销社买了两块糖。买糖的时候，赵大壮正在供销社里跟赵亮一起做弹弓。供销社虽然是公家所有，但实际经营的是赵亮他爸，赵清明的三弟赵清波。赵大壮和赵亮经常在供销社里玩。见潘老二买了糖，刚出供销社的门，赵大壮给赵亮使了个眼色，两个人便跟了出去。

赵大壮一把抢了潘老二的糖，然后把攥着糖的手举得老高。赵大壮抢糖，并不是为了吃，只是为了戏弄潘老二，看着他着急，寻个开心。

潘老二气得跺脚，噘着嘴嘟囔了一句："活该你吃何文的屁屁。"

赵大壮收了脸上的得意表情，把糖往地上一扔，揪着潘老二的脖领子，说："你他妈的说谁吃屁屁呢？谁吃何文的屁屁了？有种你再说一次？"

潘老二顺嘴回了一句："就是你吃了。你家酱缸里有何文的屁屁。"

赵大壮把潘老二打了个鼻青脸肿。潘老二被逼无奈，说出了事情的经过。他只说是何文干的，没说他自己也参与了。

赵大壮领着赵亮，拖着潘老二满村子找何文，最后在村西头的河边找着了正在摸鱼的何文。赵大壮上来就给何文一拳头，没等何文回过神来，一把揪住何文的脖领子，朝何文脸上吐了一口痰，骂道："×你妈的，你个×崽子，敢往俺家酱缸里屙屁屁！"

何文推了一把赵大壮揪着自己的手，没推动，说："去你妈的，谁往你家酱缸里屙屁屁了"。

赵大壮指着一旁被打得乌眼青的潘老二，说："他说的。你问他，是不是他说的？"

何文看了一眼潘老二，潘老二不敢看他，低头不说话。

何文说："对，是有这事。好吃不？"

赵大壮气得满脸通红，喘着粗气，扇了何文两个耳光，转过头瞅了一眼赵亮，说："赶紧地，屙一堆屁屁，也让他尝尝，让他吃个够。"

赵亮一脸坏笑，蹲下身子使劲儿屙。何文伸手使劲抓赵大壮，因为手臂不够长，抓不到。索性一使劲，屙了一裤兜子屁屁，伸手抓了一把，往赵大壮脸上一甩。

赵大壮正在得意地笑，不想被何文甩了一脸屁屁，嘴里也甩进了，还是热乎的。赵大壮赶忙丢下何文，跑去河边，捧了一大捧河水进嘴里，反复漱了十几次嘴，才又转回身找何文麻烦。何文倒是也没跑，就等在那里。刚要动手，赵大壮他爸赵清明和何文他爸何成军以及生产队里其他十几号人刚好从地里干完活回来，看见赵大壮扬起手要打何文。

赵清明喊了一嗓子，把赵大壮呵斥住了手。等赵清明和何成军走近了，问清了缘由，包括何文为什么要往赵大壮家的大酱缸里屙屁屁。之后赵清明也没多说什么，领着赵大壮先走了。毕竟事情有因才有果，赵大壮平时总欺负何文，打了他好多次，何文当然会记恨。

报复赵大壮的主意原本是潘老二给出的，屈屈也是潘老二和何文一起屙的，事情败露也是因为潘老二说漏了嘴，可事情最终是何文自己一个人给扛了。他说主意是他自己想出来的，事也是他自己干的，压根儿就没提比自己小一岁的潘老二一个字。潘老二觉得何文仗义，便自此成了何文的跟屁虫，甘愿为何文马首是瞻。

改革开放那年，村里人虽然不知道什么是改革开放，但也许是历史的巧合，那年村里也发生了一件大事。在村南头，比最南边蔡铁匠家的铁匠铺还往南的一片荒地上盖起了一所小学，又从外村请了一个人来村里当临时老师。这回村里的孩子们不用再走八里多路，去乡里的小学念书了。

盖小学是赵清明的主意。赵清明想到盖学校，原本是为了他儿子赵大壮。"文化大革命"结束以后，乡里的中小学恢复了教学，各村各屯都有孩子陆陆续续到乡里念书去了。赵大壮那年已经九岁了，一天书都没念过，大字不识几个，就连自己的名字也只会写一个"大"字。赵清明对儿子是抱有大希望的，梦想将来儿子能接他的班，也当上大队书记。要想顺利接班，只会写一个"大"字，肯定是不行的。赵大壮不喜欢念书，用他的话说，书上的那些个字，看上去像虫子爬，看着就觉得头疼。

赵清明说："你不念书，将来怎么能当上大队书记？"

赵大壮说："你不是也没念过书吗？不是也当了书记了？"

赵清明说："你跟我能一样吗？你爸我是靠造反当上书记的，你去造谁的反？到时候你没有文化，大家伙儿能服你吗？"

赵大壮说："你能造反，我能打架。"赵大壮举起一双拳头给他爸看，又说："不信你出去问问，咱们大队哪个敢跟我说个不字？"

赵清明说："打江山需要靠打仗，坐江山还能靠打仗吗？得用脑子，脑子里得有文化。"

赵大壮不耐烦地喷了一声，说："当个大队书记有什么了不起的。当不上，我还不稀罕当呢。"又说："要当也得弄个乡长来当。"

赵清明说："你不念书，连大队书记都当不了，还想着当乡长？做梦吧你。"

关于念书，赵大壮是一百个不愿意。但不愿意归不愿意，架不住他爸拿着烧火棍一顿胖揍。挨了一顿揍，赵大壮挎着军绿色帆布解放包上学去了。

从陈家生产大队到乡里小学，中间要走八里多地。按说八里多地倒是不远，问题是赵大壮不愿意去念书，硬是把这八里多地走出了半天时间，然后再用半天时间走回家。李铁柱当年就是在这八里多地之间，要么钻进苞米地里偷掰苞米烧着吃，要么溜去水沟边抓蛇、抓蛤蟆烧着吃。不过，李铁柱是一个人逃学，赵大壮却是撺掇好几个孩子一起逃学。下河里摸鱼，进山里打鸟，偷生产队的萝卜、土豆去乡里换糖。

有几个被赵大壮撺掇逃学的孩子的家长先后去找过赵清明，让赵清明好好管教管教他儿子。再这样下去，赵大壮不学好也就罢了，别把别人家的孩子也都给带坏了。

赵清明又拿起烧火棍，把赵大壮一顿胖揍。揍赵大壮，倒不是因为有别人家孩子的家长找他抱怨，抱怨也就抱怨了，不疼不痒。揍他，是因为他逃学。总是逃学，最终难免要成为文盲。别人家的孩子都去念书，都成了有文化的人，只有赵大壮没文化，肯定是无法服众。服不了众，自然也就接不了他大队书记的班，这是他不能容忍的。

揍完儿子，赵清明拿了一张报纸去房后的茅房。正拿着报纸揩屁股的时候，赵清明突然冒出一个想法：要是陈家村有一所学校，儿子上学近且不说，关键是他能每天监督儿子按时上下学。

所以，在陈家村盖一所小学的主意，是赵清明一边拿报纸揩屁股一边想出来的。不过这个想法还是满足了大多数村民的需要。

不出两个月，学校就盖好了。当了两年大队革委会主任，又当了两年大队书记，赵清明总算是给村里干了一件好事。虽然是出于私心，但毕竟让村里的孩子可以就近念书了。

何文七岁那年，也到了上小学的年纪。他爸何成军，念过一年半书，勉强认识几个字，会简单的加减法。他妈比他爸好一些，却也没好多少，只念过三年书，多认识一百来个字。何成军觉得何文应该去念书。觉得应该念书，并不是出于不想让何文成为文盲的考虑，或者至少这一点不是主要原因。村里有几百号人，几乎都是文盲，却也没听说哪家人因为是文盲而不能正常过日子的。何成军下决心一定要让何文念书，是因为跟何文年龄相仿的赵家的孩子都上了学，也包括大何文五岁的赵大壮。何成军不想让儿子输给赵家人。不想输给人家，光有一副好身板，一对有力量的拳头肯定是不够的。要想不被欺负，还是得要有头脑，有文化。

何文聪明，脑子灵光，很多事情看几眼便能学会。比如他奶杨占秀蹲在灶坑边，往泉眼一样滚着沸水的大铁锅里挤酸汤子面。何文也蹲在灶坑边，挨着杨占秀，看她挤酸汤子面。看了一分多钟，何文也抓起一团酸汤子面，拇指戴上一枚漏斗状的铁制汤子套，现学现卖往锅里挤酸汤子。挤酸汤子是个技术活，用力小了，汤子面容易断条，用力大了，面团堵在"漏斗"口，挤不出汤子条。何文他妈学了大半年才学会，可何文第一次上手，竟然就成了。再比如，杨占秀当过赤脚医生，家里有一本《东北常用中草药手册》。杨占秀经常拿着这本书进山采药。何文不识字，但他看得懂里面画的每种药材的图片。一来二去，何文便也知道了哪种药材长什么样，喜欢长在哪里，能治什么病。何文他妈晚上睡热炕头睡上火了，何文跑去西山的沟塘里，扒了一些桃筐根回来，过河的时候，就手在河里把根上的泥洗掉，回到家拿铁茶壶给煮上了。何文他妈不敢喝，打死也不相信一个六七岁的孩子识得中草药，还能知道哪种药能治什么病。何文他妈把煮好的药拿给何文他奶看，何文他奶掀开茶壶盖一看，还真是败火的中草药。

何文的聪明劲儿随他爸何成军。何成军虽然只念了一年半书，大字识不得几个，但不识字不代表不聪明。何成军只不过没有把心思放在念书这件事情上罢了。他念书那会儿，一天两顿饭，两顿都是苞米糊。喝完苞米糊，捧着饭碗里里外外舔个遍。可一泡尿出去，肚子又咕咕叫了。那时候大家都是一门心思在琢磨吃食上，哪里还念得进去书。

到了何文念书的时候，情况跟他爸何成军那会儿差不了多少，还是吃不饱。他妈进山里捡一大筐橡子回来，倒进大铁锅里烀熟，再用擀面杖把烀熟的橡子擀碎，掺上糙苞米面，蒸窝头吃。苞米面糙，碎橡子面更糙，往肚子里咽，拉得嗓子疼。可就是这样的糙苞米面掺碎橡子面蒸出来的窝头，也不是每天都能吃得到，一个礼拜吃上一顿两顿就算不错了。吃不完的碎橡子面拿到太阳底下晾干，留着以后吃。

何文吃不饱饭，但他不像他爸何成军那样，一门心思都在吃食上，除了琢磨吃食，也花心思在念书上。何文喜欢念书，确切地说是先前喜欢念书，后来慢慢不喜欢了。当然，不喜欢念书，那是几年以后的事情了，何文终究还是把小学给念完了。起初喜欢念书，一来是何文聪明，书本上的东西一学就会，老师经常在课上课下夸奖他。其他家长们也在念书这件事情上，常拿何文给自家孩子做榜样。何文喜欢被夸奖被当作榜样的感觉，继而对念书这件事更有了劲头。二来是何文喜欢班里的一个叫许小雨的女生。虽然那个时候的何文还不懂什么叫喜欢，其实也谈不上喜欢，就是愿意看见她。她和何文同岁，梳着两根黝黑过肩的麻花辫子，五官周正，脸蛋干净，一笑起来两个酒窝便深深陷进去。何文喜欢她的两根黝黑的麻花辫子，喜欢看那张干净的脸蛋，也喜欢看那两个酒窝。即便是刚和赵大壮打过架，被打得鼻青脸肿，只要看见许小雨，一肚子的怨气立马都消了，脸也不觉得疼了。

四

八岁以前，何文总是吃不饱饭。而且由于长身体，饭量日增，家里的粮食却不见多，便越来越吃不饱饭。八岁那年秋天，何文突然就能吃饱饭了。事情来得确实很突然，突然得就好像前一天晚上还肚子饿得咕咕叫，第二天一早醒来，米缸里就储满了足够一年，甚至几年吃的粮食。打那天起，何文便再也不用吃那种掺了橡子面的糙苞米面窝头了。确切地说，其实是掺了极少量糙苞米面的橡子面窝头，微苦，拉嗓子，不好消化。

何文他妈端着刚蒸好的纯苞米面窝头从厨房进屋，还没把席篓放到桌子上，何文便伸手抢了两个窝头，一手一个，左右开啃。啃完，又抓了两个，继续啃。

何成军瞅着何文狼吞虎咽，咧着嘴笑骂了一句："没出息的玩意儿。"虽是骂何文没出息，自己却也顾不得烫，一口窝头就一口大葱蘸酱，烫得上牙膛生疼。

何文也瞅了一眼何成军，由着他骂自己没出息，没回嘴。

这一年，小岗村"包产到户"的经验在新宾县全面推广，生产队集体生产的形式结束了。各家分到了土地，种出来的粮食除去上缴国家的部分，剩下的都归自家所有，不必由生产队统一分配。多劳多产，多产多得。以前陈家村生产队都是八点出工，可到了十点钟，还有人才睡醒，懒懒散散一脸不情愿地下地参加集体劳动。这一年包产到户，村里人好像打了鸡血，一下子都变勤快了，五六点钟就都下了地，种地的种地，薅草的薅草。以前薅草只薅抓得上手的草，矮小的杂草薅起来费时费力，索性就由着它们生长。如今这地是自家的地，产的粮是自家的粮，地里再小的杂草瞅着都让人不爽快。不拔掉它，它就要跟庄稼争养分，粮食就要减产。这个道理，包产到户以后，村民们一下子就都懂了。

何成军也仔细打理自家分到的地，不仅把自家地里能看见的草都拔干净，还经常挎着一个杏条筐，拿一把小铁铲，满大街捡牛粪，再把牛粪撒到自家地里。就连在山上砍柴的时候有了尿要撒，也先憋着，憋得满脸通红，大老远跑去自家的地里，把尿撒在地垄沟里。这叫肥水不流外人田。

跟何成军一起上山砍柴的许富贵看着憋着尿匆匆跑下山，去自家地里撒完又跑回上山的何成军，问："这山上又没有女人，哪儿不能撒尿，干啥跑山底下去撒？你那裤裆里难不成有啥见不得人的秘密？"

何成军说："我撒个尿，还怕有女人瞅着了？"又说："你想想，咱往地里撒的尿素，跟尿一个味儿。我把尿撒到地里，不就等于给地撒尿素了啊。"

许富贵仔细琢磨了一番，觉得何成军说得有道理，于是也跟着何成军学，有尿就跑去自家地里撒。即使是在家里，也不去房后的厕所里撒尿，非要走上五六百米，过了河，到自家地里撒。

土地包产到户了，生产队虽然还没散，但需要集体参加的劳动，比起种地产粮，都没多大实际意义。虽说生产队没散，跟散了也没多大区别。跟赵清明相好了六七年的王丽娟，这个生产队队长也就没有了贪占公家粮食的机会。不仅占不了公家的粮食，自己也得下地劳动，不然就没有粮食吃。赵清明虽然跟王丽娟相好，但也仅仅是贪图一个下半身舒服。下半身舒服了，就拿公家的粮食给王丽娟，当是好处费。如今却不同了，村里分了地，生产队成了摆设，赵清明再想那事，却没有了公家的粮食拿来当作好处费。总不至于每次都拿自家米缸里的粮食来埋单吧。但如果不给，王丽娟肯定是不能干。以前赵清明一个礼拜找王丽娟干那事两三次，自从生产队散了，王丽娟又不肯白付出，干那事的频率也就降下来了，变成一个礼拜一次。后来变成了两个礼拜一次。再后来，赵清明他老婆看得紧，不让赵清明动家里的粮食，赵清明就跟王丽娟赊账。赊了三回账，说好的粮食和钱迟迟不给，第四次再去，王丽娟死活不让赵清明碰了。

要说这王丽娟也是命好。说是命好，或许应该说是她嫁得好。"文化大革命"结束以后不出三个月，王丽娟从未谋面的公公婆婆就从城里坐车到陈家村，来接钱远途回城。钱远途因为当年炸石头被炸傻了，他爸妈来接他，他便跟着回了抚顺城。原本是可以带着王丽娟一起回城的，毕竟她和钱远途结了婚。但钱远途他爸妈还没进村，就听到了关于这个未曾谋面的儿媳妇的风言风语，听得两个人是又臊又恼。接上儿子，到村大队办理完手续，便匆匆走了，把王丽娟一个人留在了村里。其实也不是一个人，王丽娟还生了一个女儿，叫钱二丫，两岁多。女儿虽是姓钱，但村里人都知道，那是赵清明的种。王丽娟怀上孩子的时候，钱远途已经傻了快一年了，吃饭都成问题，哪里还会想着男女的事情。再说，那钱二丫长得跟赵清明简直就是一个模子里刻出来的。再者说，钱二丫这个名字是赵清明帮着取的，她是钱远途家的第一个孩子，为啥叫"二丫"？要叫也应该是叫"大丫"。这就明摆着了，赵大壮是老大，王丽娟生的这个孩子是赵清明的第二个娃，叫"二丫"顺理成章。钱远途他爸妈原本也希望村里人传的关于王丽娟的风言风语是假的，甚至想过自欺欺人，全当那些不守妇道的风流事不存在。但见了孙女钱二丫，钱远途他妈差点儿背过气去。

钱远途被他爸妈带回城以后，王丽娟突然就有些后悔了。既不能名正言顺地跟赵清明过日子，背地里总挨同村人的指指点点，又因为干的那些不光彩的事情，不可能跟着钱远途进城享福。这些年，原本对赵清明生出了一些感情，毕竟连孩子都给人家生了，可钱远途这一走，王丽娟对赵清明生出的那些不能落地生根的感情也就烟消云散了。两个人之间就只剩下肉体和粮食的交易。王丽娟和她妈都觉得她这后半辈子怕是注定离不开陈家村了。

出乎王丽娟和她妈意料的是，陈家村分地到户那年，给苞米地撒化肥的时候，钱远途回陈家村了。几年前，他爸妈接他回城里，先是去了沈阳，后又去了北京，几年下来，竟然把被炸傻了的钱远途给治正常了。钱远途是个重感情的人，病刚好，就执意接他媳妇进城。他知道媳妇给他戴了绿帽子，还生了野种，他觉得气愤，他摔东西，把好端端的一只搪瓷杯子摔出了一个小指甲盖大小的窟窿，杯里的水溅了满地。可摔了杯子，消了气，钱远途又理解了王丽娟的难处。毕竟她是要活着的。当时自己丧失了劳动能力，她连自己都养不活，何况要养两个人。再说，他傻了的那几年，她虽然跟别人相好了，毕竟对他还是不离不弃，没把他饿死。就冲这个，钱远途也一定要接王丽娟进城。王丽娟跟着钱远途进了抚顺城，钱二丫也一并跟了去。

因为施行包产到户，何文八岁那年秋天，终于吃上了一口饱饭。这顿饱饭和以往偶尔能吃上的一顿饱饭是有区别的。以往吃的是橡子面里掺少量糙苞米面的窝头，拉嗓子，不好消化，而且吃完一顿饱饭，下一顿饱饭什么时候能吃上，这需要何文他妈按计划安排。比如礼拜一中午可以安排一顿饱饭，如果粮食相对充裕，礼拜四中午再安排一次饱饭。把饱饭安排在中午，而不是晚上，何文他妈是有自己的道理的。如果安排在晚上，中午吃不饱，下午早早便饿了。如此，不提早吃晚饭，便要挨饿；提早吃晚饭，即便吃了饱饭，还没到睡觉时候，便又饿了，觉也睡不好。而中午吃饱了饭，一整个下午都不饿。晚上稍晚一些吃饭，大家都少吃点儿，早点儿睡，既省了粮食，又减少了醒着时候的饥饿感。这是饥饿年代，劳动人民总结出来的智慧结晶。何文他妈不知道，她摸索出来的这套理论，冥冥中吻合了多年后某些健康专家总结出来的"早上吃好，中午吃饱，晚上吃少"的所谓科学健康饮食理论。何文他妈在一家人饭量上的"计划经济"，不是为了科学健康。按照美国心理学家亚伯拉罕·马斯洛的需求层次理论，对健康的需求是在保证了温饱前提下，更高一级的需求。而何文他妈的"计划经济"，只是为了不断顿，少挨饿，是最低级的人类生存本能的需求。

　　而何文八岁那年秋天，尽管经历了一整个夏天的干旱，陈家村土地里长出来的粮食仍然获得了前所未有过的丰收。交足了公粮，剩下的全部直接装进自家的粮缸。粮食过了称，何文他妈右手拿着一根干树枝在地上反复计算了三遍，长出了一口气，左手拽下裹在头上的毛巾，揩了一把脸，一屁股坐在晾得半干了的苞米骨子上，咧嘴笑了。何文他妈笑，是因为她的吃饭"计划经济"时代终于可以画上句号了。粮缸里的粮食，不仅能保证一整年天天有饱饭吃，还能有余粮。所以，此后的吃饱饭，吃的是纯粮食，苞米面、苞米碴子磨得也精细，去了苞米脐子，口感好，也好消化。

　　不仅是何文家能吃饱饭，陈家村家家户户都在这一年吃饱了饭。也不是，确切地说，这一年陈家村除了一户人家以外，都吃饱了饭。这户没能有饱饭吃的人家，其实只有一口人，大家都叫他孙瘫子。虽然叫"瘫子"，但孙瘫子并不瘫，他是一个四肢健全、智力正常，且完全能够生活自理的正常人。之所以叫他"瘫子"，是因为他太懒，懒到宁可整天整天躺在炕上装病，只说头疼，身上没劲儿，屙屎屙尿、撒尿都在屋子里解决，弄得满屋子臭味，也不愿意下地参加生产队的集体劳动。王丽娟几次安排人去催他下地参加集体劳动，自己也亲自上门拜访过，赵清明也去过两次，不等进屋，隔着关着的房门便能闻见从屋里透出来的臭味。不管来人是谁，孙瘫子都是一副带死不活的样子，死猪不怕滚水烫。来人扛不住孙瘫子家里的臭味，总不至于把他生拉硬拽拖进地里干活吧。多他一个也未必多，少他一个也未必少，反正集体的活，终究是有集体扛着。

其实孙瘫子以前不这样，虽然算不得勤快，但也谈不上有多懒。村里刚开始搞人民公社化那几年，孙瘫子跟着他爸也参加集体劳动，劳动积极性还是很高的。孙瘫子甚至把他爸偷偷藏起来的自家的一块磨刀石和一把花曲柳把的镐头贡献出来，作为公社集体农资。何文他爷爷何天林被赵清明诬陷那年，孙瘫子他爸也反对赵清明，结果和村会计陈建国一样，遭了赵清明的报复。陈建国被诬陷企图偷杀生产队养的猪，丢了会计工作。孙瘫子他爸没被诬陷，而是半夜里发现自家院子里的柴垛被人点着了，直到天快亮的时候火才灭。火灭了不是因为孙瘫子和他爸折腾一晚上，一边压井水一边泼水，把火泼灭的。而是柴垛烧干净了，一块柴样子都没剩下。那是孙瘫子和他爸除了参加集体劳动之外，起早贪黑花了五个月时间弄回家的柴。除了家里柴垛被放了火，孙瘫子他爸走夜路还被头上套了麻袋，挨了几个人一顿胖揍。天色太黑，孙瘫子他爸只看清打他的人里有赵清海。

挨了揍，家里柴垛也被放了火，本想着事情算是过去了。不想，四个月后，孙瘫子他爸突然死了。乡里的大夫说，是突发心脏病死的。不过孙瘫子觉得，他爸的死很大程度上跟赵清明有关。要不是因为受了赵家的欺负，好端端的人怎么就心脏病死了？孙瘫子找赵清明理论。这事情，既不能证明赵清明报复过孙瘫子他爸，又不能证明孙瘫子他爸是因为受气才犯病死的，赵清明白了孙瘫子一眼，扔了一句"别在这儿跟我扯犊子"，然后出门去王丽娟家了。

隔天晚上，孙瘫子扛着一大捆柴过河回家，还没上了河堤，也被人在脑袋上套了麻袋，踹了十来脚。从那以后，孙瘫子就"瘫"了。嘴上说头疼，或者腰疼，又或者胳膊疼屁股疼，反正是变着法地疼，浑身没劲儿，不能下地干活。其实，身上没劲儿是假的，对陈家村变了的天感到失望才是真的。

只是不承想，几年时间不参加劳动，自己真就因为习惯了懒而变懒了。村集体把土地分给了村民，自家种自家的地。孙瘫子原本想，以前大家集体劳动的时候，人多力量大，产出的粮食尚且不够吃，这回分地给了个人，地还是原来的那块地，即使自己再怎么样勤劳耕种，怕也还是填不饱肚子。倒不如省点力气，马马虎虎算了。又不承想，分地的头一年，除了他家，全村各家各户的地都大丰收，粮食多得吃不完。收粮的时候，孙瘫子才算真正意识到，地已经不是以前的公家的地，是自己的了，种地是给自己种的，不是给公家种的。

所以，孙瘫子是分地后第二年秋天才吃饱饭的。

分了地，村里人能吃饱饭了，而且吃得比以前明显好了很多，但也仅仅是苞米糊、苞米楂子粥、苞米面窝头、苞米面贴饼、烀黏苞米，始终离不开苞米。也吃大米，但村里水田少，各家各户一个月能吃上三顿两顿大米就不错了。很多人家把大米都攒到逢年过节才吃，也有人家拿大米到供销社换盐、换油、换肉。换肉不是换瘦肉，也不是换肥瘦相间的肉，只换纯肥肉和板油。换来的肥肉和板油也不是为了拿来下锅炖吃，而是切成小块，放到烧热的铁锅里炼荤油。吃肉确实解馋，但吃一顿便吃完了。把肉炼成荤油，每次做菜都放少许荤油，菜便有了荤味，能解好多顿馋。而且肥肉和板油炼完油，剩下的油脂喽也有肉味，吃起来更香，更解馋。

虽然能用大米换肥肉和板油炼荤油，但毕竟大米本也不多，逢年过节要吃一些，还要换盐、换酱油，剩下可换肥肉和板油的大米就更少了。能换肥肉和板油的大米少，又没有钱买，供销社里可供村民拿肉票兑换的肉也少得可怜，所以更多时候，各家吃的还是清汤寡水的饭菜。

那个时候，何文有一段时间总是不和他爸妈一起吃饭，只说是不饿，想先玩一会儿，晚点再吃。后来他妈发现，何文不是不饿，而是为了等他爸妈吃完饭，在家门口杨树下跟左邻右舍闲唠嗑的时候，自己盛了饭，到装荤油的坛子里扣上一勺子荤油和在饭里，再放几块油脂喽，吃得那叫一个香。

陈家村包产到户后的第一个小年夜，何文从前街他姥家回来，路上看见一只带血的鹅头。也不知是谁家偷养的鹅，杀鹅吃肉，把鹅头扔在了路边。何文左右瞅瞅，见没别人看见，便把鹅头捡起，揣进了裤兜里。

虽只是一只鹅头，却好歹也是有肉的，放在火炭上烧，吱啦冒油，香着呢。多年以后，何文听一个读过大学的城里人用"吃鸡肋"来形容自己的工资待遇低，生活难以为继。何文当时心里话说，你吃过鸡肋吗？你凭什么觉得鸡肋不好吃？别说是鸡肋，当年就是一块没了肉的鸡骨头，做菜的时候把它放在菜里炖，炖出来的菜都觉得比没有放鸡骨头的菜好吃。何文还记得他奶杨占秀曾跟他说过，何文他二大娘和他二大爷结婚后的第二天，二大娘起来做早饭，隔着厨房朝屋里喊："妈，家里没油了。是今儿早晨涮油坛子，还是晚上涮？"那时候何家一大家子都住在一个大院里。婚后第二天，需要用水涮盛油的坛子，把粘在坛子内壁的油涮进锅里用来炖菜。那时若真能有一块鸡肋吃，那是想都不敢想的奢侈。所以，何文捡到一只鹅头，跟捡了块宝似的，兴冲冲跑回了家。

何文他妈已经做好了饭。难得蒸了一盆大米饭，用荤油做了一大盘土豆干炒黄瓜干，菜里还掺着几块油脂喽。何文他爸盘腿坐在炕桌旁边，给自己倒了小半碗六十度的高粱酒。倒酒的时候，有酒溅到了炕桌上，何文他爸用大拇指揩了一下，再用舌头舔了舔大拇指，发出啧的一声。何文他妈端菜进屋里，见何文正从院子里往屋里回，喊了声吃饭。何文打院子里便闻见了大米饭香，三步两步跑进了屋，趁他妈进屋的工夫，掏出那只带血的鹅头，丢进了灶坑里。

那天晚上，何文吃了三碗大米饭，一直吃到充饱食，动也不是，不动也不是。食物在胃里发酵却不消化，又是打嗝又是放屁。何文他爸脸上泛着微醉的红，咧嘴笑着瞅一眼何文，朝何文的屁股踢了一脚，骂道："没出息的玩意儿，到院子里跑两圈儿去。"

这一脚，踢得何文差点儿把顶到嗓子眼儿的大米饭和荤油土豆干炒黄瓜干给喷出来。何文用手使劲儿捂着嘴，腮帮子胀得老高，额头上的青筋齐刷刷鼓了起来。稍稍缓和了一会儿，何文扬起脖子，又是吞咽又是跳脚，把从食管里返到嘴里的食物硬生生又给咽了回去。

何文用袖子揩了一把嘴角，揩下两粒大米饭粒和少许汤汁。抬眼瞅他爸，他爸拧着眉毛瞪了他一眼，叹了口气，又笑了。端起碗，一扬脖子，把碗里的酒干了。

吃饱了饭，何文没按他爸的话去院子里跑圈，而是去了门口杨树下的一块大石头上蹲着消化食。何文不去跑圈，不是因为他不喜欢动，恰恰相反，他比别的孩子都要好动。以前不愿意动，是因为吃不饱饭，动来动去就更饿了。此刻不愿意动，是因为吃得太饱，别说是去跑圈，就是快走几步，都可能把顶到嗓子眼儿的食物给吐出来。

太阳已经落到了西山山梁后面，天空里开始冒出星星，一颗、两颗、三颗……很多颗。跟何文家住同一趟街的孔跃进和他媳妇端着饭碗蹲在自家门口的杨树下，边吃饭边跟邻居叶德生两口子扯闲话。叶德生见何文自己坐在石头上不动也不说话，就走到何文跟前，双手插在袖子里，说我给你算算命。叶德生哪里懂得算命，纯粹是为了逗何文，寻个开心。

何文瞅了一眼叶德生，说："你会算命？要钱不？"

叶德生扑哧一声笑了，说："不要钱，不要钱。"

何文说："不要钱，那你就算吧。要钱的话，我可没有。"

叶德生摇头晃脑，手脚并用，胡乱比画一通，嘴里不停地咿咿呀呀不知念叨些什么。好一会儿，说："算出来了。"

何文问："你算出来啥了？"

叶德生说："看不出来，你个小屁孩崽子，竟然打起姑娘主意了。"

何文脸腾地一下就红透了。叶德生没看到何文脸红。天色已经黑透了，星光熹微，尚且看不清人脸，更别说看清人脸色的变化。但何文自己知道，当时他的脸是红的，一直红到脖子根后面。叶德生说他打姑娘主意的时候，他脑海里竟然冒出了许小雨的脸。

何文说："我打你姑娘主意啊？"

叶德生说："行啊，你看上俺家老大了，还是看上老二了？我跟你爸说去，让你当我姑爷。"

何文哼了一声，说："我才不稀罕。你那俩姑娘长得丑。"

叶德生啧了一声，说："你这个兔崽子，咋个说话呢？"

何文说："你这算得一点儿也不准。"又说："我给你算算。"

叶德生说："行，你算吧。"

何文也学着叶德生的样子，摇头晃脑，手脚并用，胡乱比画一通，嘴里不停地咿咿呀呀不知念叨些什么。好一会儿，说："算完了。"

叶德生说："你算出来个啥？"

何文说："你有一个鼻子，是红的。你有一个大板儿牙，是黄的。"说完，何文捂着嘴边笑边往家里跑。

叶德生本是想寻何文开心，不想被何文气得直跺脚，扯着嗓子骂了些什么。何文没听清叶德生骂了什么，只觉得那声音像鹅叫。想到鹅叫，何文突然想起来，家里的灶坑里还烧着鹅头。急急忙忙跑进家门，直奔灶坑。

何文家里没开灯，他爸妈已经躺在炕上睡了。睡得早，一来是干了一天的活，实在是累了。二来是农村人普遍睡得早，早睡则点灯时间短，可以省油省电。何文进屋没敢开灯，摸着黑奔去灶坑，拿烧火棍在灶坑里好一通扒拉，好歹把烧得焦煳的鹅头扒拉出来。又拿起鹅头往地上轻摔了几下，摔掉上面的炭灰和焦煳了的鹅毛。

何文捧起尚有温热的烧鹅头啃，焦煳里透着肉香。连啃了十几口，啃不动，便捧着鹅头进了里屋，上炕躲进被窝里啃，啃着啃着，竟睡着了。第二日醒来，何文他妈一睁眼，发现躺在身边的何文嘴角黑乎乎粘着血渍，枕头边还有一只皮毛焦煳，里面还渗着血的鹅头，忍不住惊叫了一声。这一声把何文和他爸也都给惊醒了。何文他爸被突然吵醒本就不爽，见了枕边的鹅头和枕头被褥被油了一大片，气不打一处来，给何文一顿胖揍。

何文因为一只鹅头挨他爸一顿胖揍的第二年开春，榆树乡各村都开始重新选举大队书记，陈家村也不例外。

原本何文他三大爷何成宏最有希望当选大队书记。何成宏和何文他爸一样，没念过几年书，但脑子灵活。闹"文化大革命"的时候，他是第一个在家里私自养鸡的。被赵清海到乡里告发以后，改养鸡为倒卖山货，在村里挨家挨户收干蘑菇干野菜，再进城里卖。一个月下来，除去来回车费和食宿费，竟比在生产队干一年活挣得还多。尤其是改革开放以后，何成宏不光自己跑生意，也带着村里一些年轻人一起跑。本村的山货不够卖，就去邻村收购。邻村的也收购没了，就去更远一点的村子收购。土地包产到户那年，何成宏的生意已经做到了榆树乡以外的好几个乡镇。何成宏脾气好，在村里的人缘也好，又有能力带领村民过上好日子，自然就成了当选新任大队书记的最热门人选。虽然家里生了两个儿子，违反了国家的计划生育政策，但村里违反计划生育政策的不止何成宏一家，绝大部分家庭都超生。赵清明家倒是只有一个赵大壮。赵清明不是不想再生，可他忙活了好几年，他媳妇的肚子就是不见有动静。倒是把王丽娟的肚子给搞大了，生了个女娃。虽是"借"别人媳妇肚子生的，终究也是他赵清明的娃，村里人心里都跟明镜似的。

何成宏是最适合当大队书记的人选，这一点赵清明也承认。他曾悄悄去县里打小报告，说何成宏倒买倒卖，是走资派，企图颠覆社会主义，结果碰了一鼻子灰。

李副县长说："你这罪名扣得可是够大的，过了。"

赵清明说："李副县长，您不觉得这事很严重吗？他这是在投机倒把，是在拿损害群众集体利益来谋取私利。"又说："他从大家伙儿手里按照一毛钱一斤收，转手就能三四毛钱卖给城里。这说明大家伙儿手里的干菜本来就值三四毛钱。他一毛钱收，那不是在坑大家伙儿嘛。这么自私自利的行为，这不明摆着是在走资本主义那一套嘛。咱们县里要是不好好收拾收拾他，回头大家伙儿明白过来，都跟着他学，还不乱了套了。"

李副县长喝了口水，说："你这就是上纲上线了。是，他是一毛钱一斤从大家伙儿手里收干菜，又三四毛钱卖给城里人。这事咱们得这么想，如果他不收干菜，大家伙儿手里的干菜值多少钱？按照你的说法，一斤值三四毛钱，可你没卖出去啊。它就是值一块钱十块钱，没人买，那就是一分钱也不值的干草。他何成宏收购了这些干菜，好歹还让大家伙儿手里的干菜换了钱，没变成一分钱都不值的干草。这有什么错？错在帮你挣了钱？人家挣了钱，不等于就是侵害了集体利益。人家能把原来没人要的干菜卖到三四毛钱一斤，还让大家伙儿也都挣到了钱，那是人家有本事，也是在为大家做好事。"

又说："再说了，这都什么年代了？改革开放都好几年了。什么是改革开放？你有没有好好学习研究这个政策？现在连地都分给各家种了，人家自己做点儿小营生又算个啥。"

赵清明原本还指望着到李副县长那里告一个恶状，让县里给何成宏一个处分，最好能抓进去蹲几天。不承想，反倒帮何成宏露了一把脸。县里给何成宏树立了搞农村经济发展的典型，颁发了奖状，还有二十块钱奖金。眼瞅着何成宏当选新一任陈家大队书记已经是毫无悬念，赵清明把肠子都悔青了。不去告状或许还能有获选大队书记的可能，这一告状倒好，把何成宏的形象树立得老高，自己反倒成了小人。

　　不想，陈家村选大队书记前一个月，何成宏从外乡收购野干菜回来，路过乡里遭遇了车祸，当场死了。

　　出殡那天，村里男女老少四五百号人跟着去送殡。送殡的队伍排出去一百多米远，一直送到七八里地之外的何家祖坟，看着何成宏入了土。这送殡的阵仗，自陈家村建村以来从未有过，此后几十年里也再未出现过。

　　赵清明那天也在送殡的队伍里。赵清明去给何成宏送殡，是因为觉得心里有愧。心里有愧，不是因为何成宏死之前，自己去县里告了他的恶状，也不是因为这些年他在明里暗里给何家人使了太多的坏，而是何成宏的死，让他突然就窃喜起来。当了这么多年的大队书记，却始终名不正言不顺，村里村外的人都知道他这个大队书记是怎么当上的。原本还打算借这次选举的机会，把自己这个大队书记正正名。可眼瞅着何成宏得了人心，获选大队书记这是毫无悬念的。却不想，这到了嘴边的鸭子飞了，还能再飞回来。赵清明心想，何成宏死得好。为自己最大的竞争对手的死而窃喜，这种窃喜是卑劣的。赵清明为他的这种卑劣的窃喜而感到惭愧。又因为惭愧，他才决定去送何成宏最后一程。

　　赵清明去给何成宏送殡，还有另外一个原因，就是缓和与何家的关系。其实与何家的关系缓和与否，并不重要。重要的是村大队书记选举在即，跟何家的关系始终这么僵着，对他赵清明终究是不利的。用赵清明他媳妇的话说，只要何家人别公开跟他赵清明作对就行。另外，村里人都知道赵家和何家不对付已经有些年头了。赵清明这次去给何成宏送殡，是摆出一个高姿态，或许能让大家对他以往一贯霸道蛮横的印象有所改观，甚至笼络到人心。赵清明骂他媳妇蠢骂了大半辈子，但在这件事情上却觉得她看得比自己透彻，便听了她的话。

事情的结果也确如赵清明所愿。

何成军虽然接替他死了的哥哥参加大队书记竞选，而且确实有一定的群众基础，但他同时也面临着违反计划生育政策的问题。他媳妇刚刚怀了二胎。他媳妇想找人给算算肚子里怀的是男是女，若是男娃就生下来，若是女娃，就干脆做流产。何成军听了这话，脸拉得老长，骂了句"滚犊子"。

何成军说："男娃是娃，女娃就不是了？既然怀了，那就是一条命。你不把他生出来，那就是杀人害命，是作损。"

又说："再说了，生儿子生闺女，都是我的种，我都稀罕。要真是因为你这肚子当不上大队书记了，不当也就不当，没啥子大不了的。"

何成军原本参加大队书记竞选，是因为这么多年一直跟赵家人赌气，凡事不想输给赵家人。可赌气归赌气，生孩子才是头等大事。也正是因为这个尚未出生的孩子，乡里没有罚款，而是取消了何成军参选大队书记的资格。取消资格，是赵清明搞的小动作。何成军他大哥何成伟亲眼看见赵清明到乡里，找乡长告的状。何成伟觉得气愤，他想去乡长那里也告赵清明一状。诽谤老村书记何天林、跟王丽娟搞不正当男女关系、偷拿生产队的集体粮……赵清明干的坏事，一桩桩一件件，何成伟都知道。随便捅出来哪一件，都够赵清明喝一壶了。何成伟原本已经走到了乡长办公室的门口，手都做出了敲门的动作，但犹豫再三，还是没有敲开乡长的门。狗咬人一口，人还能反过来也咬狗一口？赵清明背地里告恶状，这事干得让人觉得恶心。反过来何成伟也去告恶状，难道就高尚了？

赵清明最终当选了陈家村的大队书记，名正了，言也顺了。赵清明当选，其实也不是民心所向。二十一个选民代表，有八个是赵家的亲戚。赵清明又让他弟弟赵清海私底下拉拢其他的代表。除了何家的四个代表，其他的代表，赵清海都按照赵清明的意思，各家都给送了礼。

五

赵清明终于名正言顺地当上了陈家村的大队书记。都说新官上任三把火，眼下需要考虑的，是先给自己树立起一个想给村子和村民们干实事的形象。赵清明仰脸躺在炕上，灶坑常年倒烟熏黑了的木头房梁在夜色里浮浮沉沉。墙上挂着的赵清明他爷爷闯关东时候带过来的老式发条挂钟，钟摆隐遁在黑暗里，像看不见的锤子，一锤接着一锤。有东西打黑暗里掉出来，砸在炕席上发出啪的一声，也不知道是房梁上的耗子屙的屄屄，还是钟摆从泥草墙壁上砸下来的沾着黄沙的稻草棍。

"哎，大壮他妈，你觉着我在村里张罗弄个山菜加工厂咋样？"赵清明侧过身子，用手捅了捅已经睡下的媳妇，饶有兴致地问道。

赵清明他媳妇说："你说个啥？"

赵清明说："我说，我想在咱村里张罗开一个山菜加工厂，你觉着有没有得搞头？"

赵清明他媳妇说："有个屁搞头。这大半夜的你不睡觉，说什么鬼话呢你。"说完，伸手拽了拽被子。

赵清明说："咋就是说鬼话了。我现在是大队书记。大家信我，选我当这个书记，我不能辜负大家对我的信任不是。咋地也得给村里干点儿实在事。"

赵清明他媳妇不说话，赵清明伸手又捅了捅媳妇的后背，说："说话呀。"

赵清明他媳妇背对着赵清明，没好气地说："你到底是想干啥？要发春，进城找那个女人去。"

赵清明说："发什么春。跟你说点儿正经事咋这么费劲呢。"

赵清明他媳妇听出了赵清明说话语气中的火药味。赵清明性子躁，动不动就发火，就好像一座活火山，说不定什么时候就毫无征兆地爆发。王丽娟没带着钱二丫跟钱远途进城的时候，赵清明对他媳妇还能多少收敛一点儿脾气。王丽娟和钱二丫这一走，赵清明的脾气更暴了，两句话说不对付，准要动手。当然，这种暴脾气只针对他媳妇一个人。此刻，他媳妇呛了他一句话，并且从他的说话语气里听出了火药味。因为睡觉，莫名其妙挨一顿揍，不值得。虽不情愿，终究还是翻了身，脸冲着漆黑漆黑的房梁，搓了一把脸，搓走一些睡意。

赵清明他媳妇说："你都当了这么多年书记了，也没见你给咱村里琢磨点儿实在事。今儿晚上这是哪根弦儿搭错了？"

赵清明说："今儿白天我不是去县里开会了嘛。"

赵清明他媳妇说："开会说啥了？人家县长叫你给村里干事情了？"

赵清明说："县长那是多大的官，我算哪根儿葱，人家能知道我是谁了？"说完，叹了口气，又说："这次开会，就是叫各乡各镇好好发展经济。还在会上表扬了几个村，说他们养牛养得好，种参种得好。前街王木匠的大闺女不是前几年嫁给红石镇刘家村了嘛。就那个刘家村，早些年穷得叮当响。这回也让县里给表扬了，还弄个啥典型说话。不是，那叫个啥来着？对，叫发言。人家在山上树林子底下养河蛤蟆，都养了好几年了。听他们那个大队书记说，那河蛤蟆都卖到北京去了。"

赵清明他媳妇说："你到底想说个啥？人家县长又没说你，又没说咱村的，你咋就想起来要弄个啥厂子了？"

赵清明说："县长是没说我，也没说咱村。可他表扬了好几个村。都是大队书记，上边表扬别人，没表扬你，你心里能舒服了？咱们村是第一个点上电灯泡的村，多风光的事。这才几年时间，那刘家村那么穷的村子都成了先进典型，骑到咱们村头上了，我这个当书记的，脸上挂不住啊。"

赵清明他媳妇说："咱村第一个点上灯泡的事，那是人家何天林干的，你跟着风光个啥劲。"说完觉得不妥，又说："那你想咋地？"

赵清明说："我刚才不是说了嘛，我琢磨着在村里弄个山菜加工厂。咱这儿山多，打开春到入秋，野菜、野蘑菇有的是。以前大家伙儿弄回来，也就是自己家吃了。弄不回来的，都烂在山上了。你看何家老三，前两年挨个村收山菜干，完了往城里倒腾，没少挣钱。城里人认这个。我琢磨着，咱村里要是弄个加工的厂子，准行。真要是弄成了，没准儿明年去县里开会，我也能胸坎儿上戴个大红花，叫县长当着大家伙儿的面表扬。"

赵清明他媳妇说："你想咋搞就咋搞吧。只要别耽误咱家种地，你想搞啥，我都管不着。"

赵清明说："行行行，你睡你的觉吧。叫你给出出主意，瞅把你给不耐烦的。"

赵清明琢磨着在村里办厂子的事，是他当上大队书记一年后的事。两个月以后，也就是黄牛下田犁地的时候，赵清明带着赵清海，还有那个在大队当了好几年广播员的外甥李铁柱，三个人赶着两头公牛和三十七头母牛，打村子外面浩浩荡荡回来，泥尘扬得老高，哩哩啦啦能排出去一里地远。

赵清明原本是打算办一个山菜加工厂的。开生产队大会研究这事的时候，正赶上村民们忙着备耕生产。比起村里集体搞一个靠不靠谱还不一定的厂子，集中精力打理好自己家的地，吃饱了肚子，这才是头等大事。所以，那会儿没有多少人对办厂子的事情感兴趣。尤其是听说办厂子需要大家集资，更是有人公开反对，要钱没有，要命一条。凭啥大家伙儿拿钱，给他赵清明脸上贴金？再说，那会儿各家各户也确实没啥钱，仅有的一点儿钱，得留着买油盐酱醋，还得防着家里哪个病了，没钱治病，至少有钱买药。有人不同意办厂的事，但公开反对的毕竟只有几个人，多数人是沉默的。既然是沉默，就是没有反对。没有反对，那便当作是支持了。赵清明私下里找了几个大队干部到他家里喝酒，酒桌上就把办厂的事情给定了下来。事情到了这里，一切也都还算顺利。之后便是出去考察和看设备。赵清明带着会计赵清海、外甥李铁柱，用生产队账上的钱，公费出去周围的几个乡镇和外县转了一大圈，又去抚顺城、沈阳城看设备。十五六天下来，原本一盆火似的办厂子的激情，被泼了冷水。且不说办厂子需要懂技术懂运营，需要有做生意头脑的人，就是买一套生产设备的钱，都是一个天文数字。村里人刚刚解决吃饭问题，裤兜和钱包比脸都干净，根本买不起生产设备。就算跟乡里借，跟别的村借，勉强把买设备的钱凑够了，盖厂房、盖厂房的人工、生产产品的前期原材料购买都得需要花钱。赵清明在心里合计着，越合计越觉得心拔凉拔凉的。三个人在沈阳城里的一家小旅店开了一间房，两张单人床拼在一起，三个人挤在一起，凑合睡了一晚。说是睡一晚，其实只有赵清海和李铁柱睡着了。赵清海打呼噜，李铁柱说梦话，边说梦话还边伸胳膊踢腿，一脚正好踢在了赵清明的命根子上，疼得赵清明一只手捂着命根子，一只手使劲捶了几下床头的墙壁，捶得墙壁咚咚响。

在村里办山菜加工厂的想法算是流产了。不过赵清明他们三个人没有马上回陈家村，而是第二天一大早，赵清明就把赵清海和李铁柱叫醒，让他俩赶紧洗漱，在小旅店附近买了六个馒头三个茶叶蛋，边走边吃，去了长途汽车站，目的地是内蒙古赤峰。

前一夜，赵清明本就因为办厂子的事情睡不着，被李铁柱往命根子上踢了一脚，更是睡意全无。起身坐在靠窗的凳子上，从他出门一直背着的印有毛主席头像的军绿色挎包里摸出烟袋、卷烟纸和火柴，扯下一页卷烟纸，从烟袋里捏出细烟丝放在卷烟纸上，把卷烟纸卷成烟卷，用舌头舔了舔卷烟纸的边缘封口，划着火柴，点烟，吸烟，吐烟圈。一晚上，赵清明抽完了十一张卷烟纸，还扯了房间里挂着的阳历牌上的两张纸，也卷了烟抽，终于有了办法——厂子不办了，去内蒙古倒腾牛回来，养牛。

为啥想起来要养牛？这话还得扯到赵清明进县城开会那天。那天在会上，除了被表扬的刘家村大队书记发了言，还有几个村的大队书记也都发了言。赵清明记得，有一个村发动村民集资，买了一头公牛和十几头小母牛，不到三年时间，牛群就发展到了三十多头的规模，还有七八头肚子里已经怀上牛犊子了。赵清明琢磨着，养个牛，谁还不会养？早上把牛赶到野地里或者山坡上放，天黑前再给赶回来，不用特意去喂，它自己就找草吃了。也就是冬天需要喂草料，地里收完苞米和稻子，剩下的苞米秆子和稻草正好就给牛吃了。人工也省，只需要一个人负责到点放出去和赶回来就行。而且放牛的地点都不远，牛吃草的时候，放牛人还可以下田种地，两不耽误。这显然是一个稳赚不赔的事情。姑且按照一年一头牛的人工费，大牛生小牛，等小牛长大了，大牛小牛一起生……赵清明掰着手指头算了老半天，天色微亮的时候，咧嘴傻笑了几声，露出满嘴被烟熏黄了的牙。

赵清明三人前后去了两趟赤峰。第一趟去，就是去沈阳看生产设备没成，改主意去赤峰看牛，商量价格。第二趟去，是从赤峰回来没几天，跟几个大队干部开了一下午会，还找了几个村民代表听会，把养牛的事情给定了下来，然后简单做了一些准备工作，才动身去的。再回来，就把牛给赶了回来。

赵清明从赤峰买牛回来，三十九头牛，竟然没跟村民集资一分钱。村大队账上那几个钱，最多抵不过三五头牛。那么买牛的钱从哪里来的？直到半个多月后，五辆解放牌汽车拉着二十几个年轻小伙子开进陈家村，在赵清明的引路下，又钻进了山沟里，有好信儿的村里人跟进去瞅个究竟，这才知道，买牛的钱是赵清明从邻县的两个木材加工厂换来的。人家出钱，赵清明出木材。木材从哪儿来？自然就是陈家村四周山上的椴树、柞树和松树。赵清明第二次去赤峰之前，召集大队干部和村民代表开会，就是商量拿集体林木换钱买牛的事情。既然牛是村集体养的，各家又都出不起或者不愿意出钱，集体的林子长在山上也没啥价值，索性就换了钱用来买牛。

许富贵说："这山上的林子有集体的也有国家的，你这也不跟乡里、县里的打个招呼，咱大队上的人也都不知道。你就这么着给卖了，不合适吧？别回头让谁把这事给捅到乡里、县里，再给你抓进去。"

李铁柱也说："是啊，姨夫。你这本来是想给咱大队干件好事，别没捞着好，反倒惹一身骚。"

赵清明说："今儿把大家伙儿弄来开会，咱们这些人就算代表大队集体，对这事表个态。要是真把整个大队的人都弄到一块儿开会研究，几百个人那就是几百张嘴，说啥的都有，啥事都研究不成。"

又说："我都想好了。大炼钢铁那几年，加上'文化大革命'那些年，各村各屯的没少祸害山上的树。有挺老多地方的山都叫人给砍秃噜了，也没听说乡里县里去查。那个叫啥来着？叫，对了，叫历史遗留问题。太多，上边没工夫查，也没工夫追究责任。咱现在拿树换钱，上边真要是啥时候问起来，就说是以前砍的。谁还能真颠儿颠儿跑山上去看哪个是老树栅子，哪个是新树栅子。再说，咱让人家砍山沟里的树，咱村周边看得着的地方的树不让砍，这不就完了。人家乡里、县里当官儿的都忙，真要是来，也就是一路一过的事，看着周边山上都是树，人家就回了，不可能钻山沟里去看。"

用陈家村集体林木换钱买牛的事情，赵清明其实心里也是有顾虑的。他顾虑的是何家人。虽然他觉得何家人应该不是那种背后搞小动作的人，但万一在这件事情上告他一状，他怕是要吃不了兜着走。最后决定干下去，其实也是在赌，赌何家人会以村里的大局为重。而实际上，何家人后来知道了这件事情，虽然不赞成，但生米已经叫赵清明给煮成了粥，而且煮得稀烂，再叫赵清明把煮稀烂的粥变回一粒粒大米，这不现实。在这件事情上，不仅不能去告赵清明的状，还得帮赵清明擦干净屁股。

赵清明和赵清海、李铁柱三个人赶着三十九头牛招摇过市地回村，买牛的事情自然就传到了蔡乡长的耳朵里。全县开表彰会，榆树乡没有一个村被表彰，蔡乡长脸上自然是挂不住的。这回倒好，陈家村一下子赶回来这么多牛，比会上被表彰的那个养牛村全部的牛还多，这可是大事。作为乡长，自然是要了解牛的来龙去脉，回头县里问起了，也好能回答上来。好在蔡乡长得知这件事情的时候，何成伟也在他的办公室里。蔡乡长知道何成伟是陈家村出来的，便问何成伟知不知道牛的事情。何成伟自然是知道的，不过不能说是用国家和集体的林木换钱买的牛，只说是村里挨家挨户凑了钱，大队账上也拿了些钱，用这些钱去内蒙古买回来的。何成伟不是一个会撒谎的人，可能也从来没撒过谎。蔡乡长听了他的话，自然也就信了，还说让他给赵清明捎信儿，等养牛场牛棚上梁的时候，通知他一声，他一定要过去祝贺。

听说养牛的事情惊动了蔡乡长，而且蔡乡长要亲自来村里祝贺牛棚上梁，这可是了不得的大事情。赵清明叫李铁柱用大队的广播喇叭向全村人喊话，把蔡乡长要来看牛棚上梁的事情说得好像国家主席要来视察一样。

赵清明原本没想过盖牛棚，只是想着用一些旧木料钉了木桩，旧障杵子围起来，做个简易的露天牛圈就行。这回惊动了蔡乡长，事情就不好将就着干了。大队账上没钱，村民也还是不愿意出钱，赵清明就从隔壁的大石头沟村和哈山村借了些钱，买砖买瓦，借王木匠家的马车拉五车黄沙，雇村里的青壮劳力上山砍百十根细松木杆，在村西头河堤边选了块荒地，像模像样地盖起了牛棚。

牛棚上梁那天，说好了蔡乡长十点整到，七点多的时候，赵清明突然想起来，从村里到牛棚之间五十多米的路坑洼不平，前一夜又下了雨，坑里积水，路面泥浆稀烂。蔡乡长下车看到这情景，肯定扫兴。赵清明让赵清海从大队账上支钱给他，赵清海说账上没钱，借来的钱也都花完了。赵清明咬咬牙，回家拿了钱，雇王木匠家的马车，领着王木匠、李铁柱、许富贵和赵清海，到村东边山根底下挖了两车黄沙回来铺路。又打发赵大壮去供销社拿了四挂炮仗，等蔡乡长下车的时候放。赵清明是个极要面子的人，屁股可以稀烂，脸面上必须得过得去。除了清水洒街、黄沙铺道、响炮鸣锣，赵清明还在牛棚上梁现场准备了一段系了大红花的红绸子和一把铁剪刀，请蔡乡长给牛棚剪彩。红绸子是赵清明叫他媳妇买的。起初没想着花钱出去买，赵清海说他家里有，不如把买红绸子的钱和出去买红绸子的路费给他，他把家里的红布拿出来用。赵清明把钱给了赵清海，结果赵清海隔天拿来一块黑黢黢的布料，压根儿也没有一星半点红的意思，闻起来还带着腥臭味道。

赵清明叉着腰说："这就是你说的红布？"

赵清海说："啊。昨天还是红的呀！咋知道就过了一个晚上，就变这色儿了？"

赵清明说："你，你不是说你家有红布吗？你这是现拿白布染的吧。啥味儿啊这是，这能拿给乡长看？你拿啥染的？"

赵清海说："鸡血。昨儿晚上俺家专门杀了只鸡，拿鸡血染的。"

赵清明气急败坏地说:"你给我滚犊子。有拿鸡血染布的吗?啊,血是红的,你就觉着它干了也是红的?真不知道你那个是脑袋还是屎盆子。亏了乡长明天才来,还有时间去买。你把钱还我。"

赵清明从赵清海那里要回了钱,让他媳妇去乡里买红绸子。乡里没有,他媳妇又坐车去了县里,折腾到该吃晚饭的时候才回了家,好歹把红绸子给买了回来。

那天,蔡乡长高兴了。蔡乡长高兴倒不是因为赵清明发动全村人清水洒街、黄沙铺道,对他的到来表示欢迎。对此,他还批评了一路上跟在身后点头哈腰赔笑脸的赵清明,说现在都搞改革开放了,"那个时期"的形式主义的东西要不得,本本分分踏踏实实带领全大队的人致富,比啥都强。赵清明本来还拿着一个小本子和一支笔,像模像样地准备记录乡长的讲话,见蔡乡长使了眼色,便识趣地把笔和本揣进了裤兜里。蔡乡长高兴,是因为看到了陈家村建的牛圈既美观又气派,是要长期干下去的架势。牛圈分牛棚和露天圈两部分,牛棚在圈里。露天圈用新砍的柞树打桩,五米远一根桩,宽有四根树桩,长有十一根树桩。新砍的细松木杆去皮围栏,每两根桩木间用十厘米长铁钉将五根粗细均匀的细松木杆钉牢。太阳光斜在木杆上,松香扑鼻。牛棚清一色的红砖灰瓦,地面先是夯了土,再用河里捞出来的石头铺地基,用黄沙操平后再铺上红砖。那时候,陈家村一百多户人家,住上砖瓦房的只有赵清明一家,其他人家还都是泥草房。

蔡乡长这一高兴,便拉着副乡长、干事、何成伟,以及赵清明一起过去剪彩。现场只准备了一把剪刀,不够使,赵清明叫几个就近住的村民回各家取了剪刀回来。本想着好好的一块红绸子被蔡乡长剪一下还能用,结果被五个人一人一剪刀,给剪个稀烂。

赵清明请蔡乡长给大家讲几句鼓励的话,蔡乡长正了正衣服,说讲几句就讲几句。

蔡乡长说："今天来到咱们这个陈家村，看到眼前的这个牛圈，我和乡里来的同志们都非常高兴。我这是第一次来，但是我早就知道咱们这里。咱们这个村是全县第一个通了电的村，而且是靠你们自己办来的电，了不起。现在你们大队打算集体养牛，而且据我所知，你们大队现在这个牛群规模是咱们县，至少是咱们乡最大的。大牛生小牛，小牛长大了再生小牛，我相信用不了多久，咱们陈家村的牛就能远近闻名。我和乡里的同志们都会关注咱们这个事情，希望你们好好养牛，靠着这些牛，把大家的日子都搞上去，挨家挨户都有肥肉吃，天天都能吃上大米饭、白面馒头。当然了，真要是养牛养好了，不仅能吃得好，穿得、住得也会好。你们看这牛棚盖得够气派吧！只要大家加油干，我相信，不久的将来，挨家挨户都能住上砖瓦房。"

陈家村的养牛事业就这样高调地开始了。经过大队领导班子开会讨论，放牛的事情交给李铁柱一个人全权负责，报酬是每年年底给他开一百块钱工钱。那些钱抵得上当时农村一户三个劳动力家庭扣掉自家一年吃的粮食，全部剩余粮食的收入。

当然，陈家村并没有像蔡乡长希望的那样，在不久的将来富裕起来。大家真正住上砖瓦房，那是十年以后的事情。住上砖瓦房也不是靠养牛，而是靠养路。

六

何文他三大爷何成宏因为车祸过世以后，留下媳妇和两个儿子相依为命。何文他三大娘原是镇里一户地主家的小姐，在家里排行老大。地主家的小姐，从小娇生惯养，连针线都没拿起过，更别说干地里的糙活。何文他三大娘之所以会嫁给何文他三大爷，这其中并没有什么英雄舍身救美或者同窗日久生情的段子，主要原因还在于何文他三大娘那个地主家小姐的身份与那个特殊时期的不匹配。这种不匹配让何文他三大娘一家人总是遭人指指点点，甚至高兴了或者不高兴了，都要被拉去镇公社批斗。那情景和何文出生那天，他爷何天林在陈家大队革委会挨赵清明一干人批斗一样。那样一个"成分不好"的女人，哪还有几个人敢娶？倒是也有几个保媒的登门说亲，介绍的那些个男的，要么是快四十岁的老光棍，要么是瞎眼瘸腿的，唯一一个四肢健全年龄也相当的，小时候因为得了天花，满脸的麻坑。何文他三大娘的一个远方亲戚刚好认识何成宏，算是对何家人知根知底，就在中间搭了线。何文他三大娘跟何文他三大爷见了一次面，觉得他人还算憨厚，长得也不丑，尤其是有一个高挑个子，这是她最满意的，便应了这门亲事。却不想，何文他三大爷英年早逝，何文他三大娘三十出头就成了寡妇。一个从来没干过农活的富家小姐，如今只身在农村过活，还要养活两个孩子，家里只有何文他三大爷被车撞死获得的三百块钱赔偿费和之前攒下的一百多块钱，这点钱顶得了一年半载，可顶不了三年五年十年八年。何文他爸和他的大爷、二大爷倒是有心帮忙侍弄田地，可都说是寡妇门前是非多，村里人爱传闲话，一句正常话传着传着就不正常了，一个好心的帮忙传着传着也就成了别有用心。所以，亲戚们虽有心帮忙，却也抵不过闲言碎语。于是，不出半年，何文他三大娘受不了村里人的闲言碎语，离家出走了。这一去，就再没回来。

何文他三大娘离家出走，丢下了两个儿子。小儿子何寅跟何文同岁，比何文早出生四个月。大儿子和何文同月生，大何文三岁。没了爸妈，这对苦命的哥俩便跟了爷爷奶奶，也就是何文的爷爷何天林和奶奶杨占秀一起住。终究是自己的亲孙子，况且何成宏活着的时候，对何天林和杨占秀孝顺，就算是看在何成宏的情分上，老两口也要好生待两个孙子。

问题是，有爸妈的孩子和没爸妈的孩子终究是不一样的。比如何文，在外边挨了欺负，可以回家跟他爸妈告状，即使是何文先惹了祸，他爸妈在外人面前也都是挺直了腰杆，给何文撑腰。最多就是回到家里，关上门，何文他爸拿鞋底子或者烧火棍抽几下何文的屁股，叫他长长记性，少在外面惹祸。何寅和他哥就不同了，他爸死了，他妈离家出走了，能够倚靠的就是六十来岁的爷爷和奶奶。老两口能够照顾两个孩子吃穿住，甚至还能供他俩上学，却没办法给他俩在外人面前撑腰。比如赵大壮或者赵亮经常欺负何寅哥俩。赵大壮和赵亮从小吃得饱且吃得好，又比何寅哥俩年纪大，长得人高马大的，何寅和他哥挨了欺负，跟对方动过几次手，都吃了亏。不动手倒是还好，挨人家几个白眼，或者叫人家无端骂上几句。这一动手，倒是遭来赵大壮和赵亮的一顿拳脚。打架打不过，又找不着可以给自己撑腰的人告状，久了，何寅哥俩不得不学会忍气吞声。

何寅怵赵大壮和赵亮，何文却从来都不怵他俩。不仅不怵，要是有一段时间不跟赵大壮和赵亮拌嘴打架，何文还会觉得无聊，手脚都痒痒。何文跟何寅同岁，比何寅还小几个月，但他长得壮，又有他爸妈给他当靠山，自然是不用害怕打架。赵大壮跟何文打了好几年架，虽然打赢的时候多，但也讨不到多少好处，多是伤敌八百，自伤七百五。加上先前被何文在自己家里扇了三个嘴巴子，后来又吃了掺和了何文屙的屁屁的大酱，赵大壮虽然不怕何文，但心里多少还是对何文犯怵的。

何文看不惯赵大壮欺负何寅哥俩。看不惯，一来是看不惯赵大壮整天吊儿郎当，没事找事，在村子里横行霸道，得着谁就欺负谁。二来是替何寅哥俩觉得窝囊，打不过也得打，大不了武斗不行就来智斗，总是要有一个不认怂的态度。这三来嘛，何寅哥俩都是他的亲叔辈哥哥。再者，何文他爸妈常在家里为赵家人如何如何欺负何家人气愤，偶尔也告诉何文争点气，将来有出息了，跟赵家人好好斗一斗，一定要给何家人争口气。这说起来，无论是从亲戚角度来讲，还是从赵家何家两家人的恩怨来讲，赵大壮欺负何寅哥俩，何文都觉得那也是在欺负他何文。因为看不惯，何文就经常替何寅哥俩出头。

何寅他爸过世那年夏天，何寅在村子西边小河的一处水泡里游泳。那条河比较浅，平时水深只到小腿，枯水的时候刚刚没过脚面。那处水泡则不同，那里曾有人用雷管炸过鱼，后来村里人经常在那里挖河沙，所以河床下凹，水深将近一米，十来米见方，人能潜在水里游泳。村里的大人孩子都喜欢在那里洗澡。何寅在那里游泳，赵大壮领着赵亮和赵亮的弟弟赵震也去那里游泳。赵大壮故意找碴儿，把何寅脱放在河岸上的裤衩踢进水里，见何寅不吱声，瞪了何寅一眼，说："你长得真磕碜，搁这儿碍人眼，以后不许在这里洗澡。"何寅没搭理赵大壮，赵大壮跳进水里，薅着何寅的脖子把何寅的脑袋摁在水里。何寅呛了好几口水，哭咧咧回了家。

何寅跟他爷告状的时候，何文也在。听了何寅的哭诉，气不打一处来，回自己家里生闷气。生了一阵子闷气，气还是没消，便找何寅到院子里商量，帮何寅报仇。后半夜三点多，挨家挨户都在熟睡。何文领着何寅蹑手蹑脚地到了赵大壮家大门外，朝赵大壮家的木头大门上撒尿，又用带去的小铁锹在大门口挖坑。挖了一个多小时，土坑足有半米见方，半米多深。何文把事先准备好的杨铁叶子铺在坑底，上面倒上两大坨从村里新盖的牛圈里搞来的牛粪，牛粪上浇上大半桶水。浇完水，何文又用十几根蒿草秆搭在坑口，上面再铺上一层杨铁叶子把土坑盖严实，叶子上轻轻撒上一层干土。两个人走的时候，一并用水桶把挖坑挖出来的土带走。

第二天早晨，赵大壮出门上学。刚出了大门，一脚陷进了何文和何寅挖的土坑里，摔了个狗吃屎。拔出坑里的脚，泡了水的牛粪稀溜溜臭烘烘粘了满满一脚，气得赵大壮扯着嗓子骂："× 你妈的，哪个王八犊子干的！"

赵大壮掉进何文和何寅的陷阱，气得直骂人，这是那天放学的时候，潘老二跟何文说的。说这话的时候，何寅也听见了。潘老二知道这个事情，是听他妈说的。他妈好信儿，村里又藏不住事，屁大点事情都能传得沸沸扬扬。相比起吵架拌嘴的事情来，赵大壮家大门口叫人半夜里挖了坑，还填了稀牛粪，这就是很有价值的新闻。而老是欺负人的赵大壮又偏偏掉进了坑里，踩了满脚牛粪，这就更是有价值的大新闻了。

赵大壮一直没找着是谁整的他。赵亮怀疑是何文干的，可也只是怀疑，没有证据。过了大半个月，这事情也就过去了。赵大壮仍然是一有机会，就找何寅哥俩的碴儿，没机会也总能创造出机会来。

何寅跟几个同学顶羊剌罐儿玩。羊剌罐儿比鸡蛋硬，顶起来自然也比端午节煮鸡蛋拿来顶更起劲。赵大壮看着何寅玩得起劲，一把抢了何寅手里的羊剌罐儿。何寅杵在原地哭，赵大壮觉得不耐烦，把抢来的羊剌罐儿往地上一扔，脚起脚落，把好好的几颗羊剌罐儿踩得稀碎。踩完，摇头晃脑不紧不慢地走开了。不出几天，何文趁赵大壮一家夜里睡熟了，钻障子进了赵大壮家的菜园，把一地正要抱心的白菜踩个稀烂，就手把院子里一棵沙果树上的果子给罢了园，还用削铅笔的小刀把整棵树从露出地面一直到一米半高的树干上的树皮都给削干净了。树没了皮，自然是活不成了。罢园回来的沙果，分给何寅十几个。何寅听了何文轻描淡写地说了几句怎么报复的，一下子就不生赵大壮的气了，咧嘴跟着笑。

何寅他爷给他两对羊嘎拉哈，他拿去学校玩，被赵大壮一把抢去三个，说自己只有一个，正好缺三个。说完便扬长而去。何寅他奶在家里养了一头猪，夏天的时候叫何寅去野地里帮着打猪草。何寅打了好大一捆猪草，回的路上碰着了准备去打猪草的赵大壮，结果被赵大壮全盘接收了。何寅气不过，也不去找他爷他奶，而是去找何文告状。何文胆大主意多，有时带着何寅一起报复赵大壮，有时就自己行动。赵大壮家过小年杀猪，烀好的肉都放到院子西侧仓房里的大陶缸里，缸口盖上一个铝锅盖。何文夜里摸进仓房，偷拿出一块烀烂了的小肘子，一口气硬是给吃完了，然后把骨头往缸里一扔，脱了裤子往剩下的熟肉上撒老大一泡尿。何文知道赵大壮爱吃糖，就拿两根灶糖，分给何寅一根，叫何寅跟着他学。何文把灶糖的一截塞进屁眼儿里再拔出来，上面粘了焦黄一层屄屄。何寅不敢，何文就按住何寅，一塞一拔。把硬邦邦的糖往屁眼儿里塞，那还有个不疼的？何文事后想想，后悔没先屙了屄屄，把糖直接蘸到屄屄上。不管怎样，何文把两根灶糖拿到太阳底下去晒，然后抖落掉表面明显的干屄屄，拿给赵大壮吃。赵大壮这些年头一回得了何文的"孝敬"，把两根灶糖一并都吃了。

　　何文十一岁那年，陈家村发生了两件大事。说是两件事，其实是一件事的两个阶段，或者说是由一件事牵出了另一件事。

　　那年初伏，赵大壮领着赵亮，还有赵家同辈的三个弟弟，把何文和潘老二给打了。打何文和潘老二，是因为赵大壮骑着新买的自行车去离村子三里多地以外的拦河坝洗澡，洗完澡出来，发现自行车车胎没气了。何文和潘老二也在附近洗澡，赵大壮怀疑是他们拔了车子的气门芯，便领着他的四个弟弟，把何文和潘老二一顿胖揍。

　　何文咽不下那口恶气，在家计划了十多天，估摸着赵大壮已经把打人的事给忘了，这才领着潘老二一起去报仇。何文从家里找出来两把生了锈的马刀，他和潘老二一人提溜一把，去了村西的苞米地里。何寅也提溜了一把镰刀跟了去。何寅跟去，一来是因为何文提溜着马刀出去是为了报仇，何寅觉得自己如果也跟去帮忙，以后再挨赵大壮欺负，何文肯定还会帮他。二来是何文要报复的对象是赵大壮，何寅对赵大壮恨得牙痒痒，晚上做梦都在诅咒他。当然，何文、潘老二和何寅三个人拿着刀出门报仇，不是拿刀去砍赵大壮。潘老二和何寅可没有那个杀人的胆量。何文虽然性子躁，胆子也大，但终究没敢想杀人砍人的事。

三个人过了河，去了河西的苞米地。何文记得赵大壮家地的位置，带着何寅和潘老二偷偷钻进了赵大壮家的苞米地。已经接近末伏天，苞米秆子有两米多高，正在抽穗。何文瞅了一眼何寅和潘老二，给两个人使了个动手的眼色，三个人便挥舞起手里的刀，像征战沙场的将军一样，一刀一个。十几分钟时间，就砍倒了两百多棵苞米秆子。

这件事情没过几天就暴露了。其实，这事情想不暴露都难。老大的一片苞米地，何文他们三个人偏偏就可一个地方砍，硬是把一块地砍得像王木匠的脑袋，四周围着头发，脑袋盖儿上却一根毛都不剩，无论谁也都是打老远就瞧得见。

赵清明领着媳妇、赵清海、赵大壮一干十来个人到何成军家讨说法。何文倒是不扯谎，一口承认了砍苞米秆子的事情是他干的。赵清明问何文还有谁掺和了，何文说都是他一个人干的。何文不仅承认了砍赵大壮家苞米秆子的事情，还把赵大壮诬陷他拔气门芯，打他的事情也说了。赵大壮打人在先，何文出于报复，砍赵大壮家地里的苞米秆子在后，按说这也算是有因才有的果。但这毕竟是两码事。用赵清明的话说，赵大壮无理打了何文，何文可以告状，大不了还像上次那样，赵清明带着赵大壮去何文家赔不是，叫何文当着大家的面也打赵大壮一顿。可何文砍倒了赵大壮家地里的二百多棵苞米秆子，这给赵大壮家造成了直接的粮食损失。一棵苞米秆子结一根苞米棒子，一根苞米棒子差不多就能打出来半斤苞米。算下来，倒了两百多棵苞米秆子，就是损失了一百多斤苞米。

赵清明带人去何成军家的时候，何成军还在山里捡蘑菇没回来，家里只有何文他妈、何文和何文三岁大的弟弟何强三个人。

何文他妈说："大壮他爸，这事确实是俺家何文的错。大壮打他，他也没跟我和他爸说。大壮打人是不对，可再咋不对，何文也不能糟践你家苞米不是。要不你看这样行不，何文糟践你家的苞米，等回头收了秋，俺家赔给你。"

赵清明转了转眼珠子，回手给赵大壮一个嘴巴子。打完赵大壮，赵清明回过身看看何文，又看看何文他妈，说："俺家大壮打了何文，我刚才也打了他了。这事算过去了不？不行的话，叫你家何文打也行。"

何文他妈说："你瞅你这是干啥。这事都过去大半个月了，不提它了。"

赵清明说："这是你说的不提了。行，那这事过去了。咱们现在说你家何文糟践俺家苞米的事。苞米也不用你家赔。这会儿不像头些年了，粮食不够吃。这会儿一年剩一千几百斤粮食还是能的，不差那一百来斤苞米。"

又说："不过，何文糟践了俺家两百多棵苞米，不用你们赔苞米，俺们也到你家地里，糟践你家两百棵苞米，这公平吧？"

赵清明说这话，说得何文他妈竟不知道该怎么接话。这时候，何文他爸刚好扛着一杏条筐蘑菇从外面回来。何文他妈把事情的来龙去脉跟何文他爸大致说了一遍，又把赵清明提出来的解决办法说给了何文他爸。何文他爸听了，冷笑了一声，领着赵清明一干人去了自家的苞米地。

按说赵清明带着人把何成军家的苞米也糟践了两百多棵，何文糟践赵清明家苞米的事情应该算是过去了。却不想，事情还没有完，不久又牵出了另外一件事情。

那年入秋，挨家挨户都在地里忙着收粮食。大清早，放牛的牛倌李铁柱赶着一百二十一头牛去山里放。牛放进山里，李铁柱跟往常一样，回自家地里干活儿去了。太阳下山前，又跟往常一样，把牛从山里赶回来。牛进牛棚的时候，看起来跟平时没啥两样。

可是第二天，李铁柱再放牛的时候，有五头牛蔫了，趴地上不起来。

李铁柱没当回事，给趴地上的牛拿了七八捆新鲜的苞米秆子，完了就赶着其他的牛出去放了。到了第三天早晨，牛棚里一百多头牛都蔫了，倒了一大片。等李铁柱把赵清明喊来牛棚，两个人清点了三遍，死了七头，蔫了一百零五头。

赵清明说："咋了嘛这是？你都给牛吃啥了？"

李铁柱一脸的蒙，说："没给吃啥呀？跟以前一样，早晨赶进山里，晚上再给赶回来。"

赵清明说："赶进山里就完了？你咋这么不负责了你！"

李铁柱觉得委屈，说："以前都是这样的，不是你教我的嘛。"

赵清明不知该说什么，气得直跺脚。然后突然想起来什么，拔腿就往牛棚外跑。

赵清明先是去了冯伟国家。冯伟国比何文他爸小一岁，"文化大革命"以前，跟何文他奶学过一点儿看病的手艺，会打针，也会一些土方子。村里批斗何文他爷以后，冯伟国迫于赵家当时势强，跟了赵家人站队。"文化大革命"结束以后，何文她奶因为岁数大了，很少再出去给人看病。尤其是村里分了地，加上何寅哥俩住进了家里，要忙自家地里的事情，还要照顾两个孩子，干脆就不给人看病了。冯伟国成了村里唯一一个会打针开药的人，便在村里开了一间卫生所，包揽了全村看病的生意。卫生所开张还不满一年时间。虽然叫卫生所，其实就是原来住人的两间泥草房。原本冯伟国跟他媳妇还有一儿一女住在一间屋子的炕上，他爸妈住另一间屋子。村里买牛的第二年，他爸妈一个死在开春，一个死在早秋。俩老人走了，屋子空出来一间，就成了后来的卫生所，跟冯伟国一家住的屋子之间隔一个厨房。厨房的味经常能混进卫生所里，卫生所的消毒水味也总能混进厨房里。这卫生所里，除了卫生环境不达标，药品药量也都少得可怜，不过就是两瓶碘酒，几瓶甘草片，一大盒去痛片，三五盒感冒药，有时还会有两三瓶盐水。

赵清明去找冯伟国的时候，还不到早上六点，冯伟国媳妇刚出门倒尿桶，冯伟国还穿着本命年时买的红三角裤衩躺在炕上，两腿夹着被子睡觉。赵清明连拉带拽，把冯伟国从炕上弄下了地，冯伟国穿着一双拖鞋就跟着赵清明跑去了牛棚。赵清明觉得，牛跟人差不多，都是一个鼻子、俩眼睛、一个腔，都是吃喝拉撒睡。既然大夫能给人看病，也一定能给牛看病。冯伟国一摊手，说这事他真是干不来。只见几十头牛又是吐沫子又是抽筋似的抖着，该不会是和人一样，得了癫痫病吧？冯伟国说，癫痫病他可不会治，不过何文他奶以前好像医好了外村的一个得癫痫的人。

赵清明说："你真没辙了？"

冯伟国说："真没辙。要不去求求何天林家的？"

赵清明皱着眉来回踱着步子，走了不下五分钟，一摆手说："算了，找人给算算吧。"

赵清明回家拿了五块钱，又拿了两子儿挂面，往村里会算卦的家炕上一摆，把来意说明。算卦的人说了半天也没说清楚。

赵清明从算卦人的家里出来，好像意识到了自己怕是急昏了头，有点病急乱投医的感觉。这会儿脑子稍稍清醒了些，又跑去王木匠家里，跟王木匠借了马车，赶车急急忙忙去了乡里找畜牧站的人。不巧得很，畜牧站的人去外地学习了。等赵清明从乡里回来，牛已经死了五十多头。

赵清明害怕了，脑门上不停地冒冷汗。年初的时候，村里有不少人劝赵清明先卖掉一些牛。一来是有些牛确实已经长得足够大了，再养下去，只吃料不长肉。二来是村大队还欠着别的村的钱，都欠了两年了，人家已经催了好几次。赵清明没同意，他想再坚持一年，等转过年来，牛群发展到一百五十多头的规模，再请乡里领导，甚至县里领导来村里参观，他脸上有光，说不定还能得个奖状啥的。这回倒好，因为他的虚荣，死了那么多牛，这责任怕是担不起。

赵清海走到蹲在牛棚里的赵清明身边，也蹲了下来，四下瞅了瞅，除了李铁柱再没旁人，说："你瞅这牛，又是吐沫子又是抽筋的，像不像中毒了？"

李铁柱附和说："还真像。别是我不在的时候，谁给下了毒。"

赵清海说："你还记着吧，前阵子你把何成军家的苞米整死了两百多棵。他那个崽子……"

李铁柱说："真说不定，那个死孩崽子，啥事可都干得出来。"

赵清海又说："你这几天放牛的时候，没看着何文往牛群跟前凑啊？"

李铁柱又说："哎呀，我好像前几天看他往我放牛的那边去了。好像，嗯，好像是。"

赵清海再说："要真是给牛下毒，毒药哪儿来的？何文那个 × 崽子肯定弄不着。"

李铁柱再说："还能哪儿来？他爸妈弄的呗。"

赵清海再说："先前你张罗拿山上的树换钱给村里养牛的时候，他们老何家居然没反对，也没去乡里告状，我就觉得奇怪。"

李铁柱再说："我也奇怪呢。这会儿看来，怕是在这儿等着呢。"

赵清海跟李铁柱两个人你一句我一句说双簧似的把话扯到了何文身上。赵清明正愁不知道该怎么跟村里人交代牛死了的事，听两个人一个唱一个和，说的倒是还像真有那么一回事，一个高蹦了起来，说："喊人。"

赵清明带着媳妇、赵清海两口子、赵清河两口子、赵大壮和赵亮撸胳膊挽袖的，气哄哄到地里找何文和他爸妈。何文正跟着他爸妈在地里掰苞米，等发现赵清明一干人，对方已经走到了近前。赵清明一上来就是一通骂脏话，话没骂完，一拳头打在了何成军脸颊上。随后，跟赵清明一起去的人一拥而上。何成军虽不知因为啥打人，但既然已经打了起来，挥起拳头，得着谁打谁。

同在地里掰苞米的何文他二大爷二大娘和一个大姐一个二哥见着赵家人在打何文一家，赶忙跑过去，也跟着打成了一团。何文他爷他奶还有何寅哥俩也放下手里的活，过去拉架。何寅瞅准被打倒在地的赵大壮，趁对方不注意，也伸脚踹了他两下。拳头不长眼，赵清明他老婆跟何文他妈抢拳头时候，不小心把拉架的何文他爷打倒了，何文他爸跟他二大爷急了眼，打得更起劲。尽管赵家人多，但一来是赵家人本来就没有证据证明牛死了的事情跟何家有关，挑起这场架并不理直气壮，打起架来自然气势不足，多半是给村里人做做样子。二来是何文他爸和他二大爷长得膀大腰圆，拳头有劲，打起架来自然占优势。

所以，这场架最后是两边都没占到便宜，挨打最严重的赵清明在家炕上躺了大半个月才能下地。

牛最终只剩下十一头活了下来，都是母牛。这几头牛能活下来，还是多亏了何文他奶。何文他奶扒开牛嘴仔细看了一番，进山采了些树皮草根之类的东西，煮水喂给了最后打蔫的十几头牛，不出三天，牛都缓过神了。

赵家跟何家打完那场架，赵清明他媳妇在村里见谁跟谁说，牛是叫何家人给下毒整死的。何文他妈、他二大娘跟赵清明他媳妇骂架，骂了两天。第三天，乡里畜牧站的人来，看了死掉的牛，说牛是因为从来没打过疫苗，得的是瘟牛病。原来，乡里畜牧站的人这些天原本是定好了去外地学习的，却赶上全县闹瘟牛病，没走成，挨村帮着治活牛和处理死牛。按计划，还得至少一个礼拜才能到陈家村。可因为赵家和何家打架，这事让蔡乡长知道了。跟何成伟一打听，原是因为牛的事情。便赶紧派人去把畜牧站的人用他的专用吉普车拉了回来，直接去了陈家村。

七

　　一场瘟牛病，给陈家村养牛致富的计划迎头泼了冷水。村里不仅没有致富，除了东山的西坡和西山的东坡还算树木茂盛，往东往西的山沟里的山都被砍成了秃毛鸡。大队的账上分文不剩，账本里还夹了两张盖牛圈时候跟邻村借钱的欠条，一共一千一百块钱。

　　赵清明本来是想露脸给村里人看，还想着凭着养牛的事情，让乡里、县里表扬表扬，结果露出来的却是屁股，还把粘了屁屁的屁股露给了蔡乡长，甚至还有县里的领导。丢人丢到这个份儿上，实在是没脸再起幺蛾子瞎折腾了，除了下地干活，剩下的时间就待在自家炕上，要么抽旱烟，要么睡觉。以前每到冬天，山上积了雪，赵清明喜欢领着赵大壮上山撵兔子，或者下套套野猪、套野鸡。这会儿不撵兔子了，也不下套套野猪、套野鸡了。一来是作为大队书记，上任干了三年就只干了一件事，还给干个稀烂，欠了一屁股债，屁股没擦干净以前，哪里还好意思出门见人。二来是就算觍脸出门去山上撵兔子，套野猪、野鸡，可山都叫他给整秃了，哪里还有兔子和野猪野鸡，连鸟都没有几只。

　　关于山上的树叫人砍秃了的事情，那场瘟牛病过后的第二年开春，地还没开化的时候，县林业局来了两男一女三个三十岁出头的人，进山里勘察山林情况，乡里跟来四男一女陪同。勘察情况并不是要追究村里私自砍伐国家和集体林木的责任，县里并不知道陈家村四周山上的树是村里为了养牛，私自转让给木材加工厂砍伐的。县里派人来勘察，也不是专门冲着陈家村一个村来的，而是在搞全县普查，对全县各村的山林情况有一个整体了解。来人上山，赵清明跟在来人的屁股后颠儿颠儿也上山。来人下山，赵清明又跟在来人的屁股后颠儿颠儿下山。勘察队伍结束工作，临走前，队伍里一个从县里来的姓柳的中年男人跟赵清明说："陈家村的山林破坏程度比较严重，山不能一直这样荒着，得尽快开展恢复工作。咱们县里、乡里人手不够，光靠他们，猴年马月也干不完工作。哪个村的山还得需要哪个村自己来养护。"姓柳的中年男人叫赵清明跟村民们转告一声，如果村里有人愿意种树，县里给免费提供落叶松树苗。种完的树，谁种的归谁所有，县里给发林业执照。

隔天，赵清明打发赵大壮去把李铁柱叫到家里，把前一天县林业局那个姓柳的中年男人叫他转告给村民的话，给李铁柱说了一遍，让李铁柱用大队的广播反复通知两天。还交代李铁柱，有愿意种树的，就先到李铁柱那里签个字，回头他跟县里要树苗。

通知广播了两天，广播过去了大半个月，结果村里两百多户人家，只有何文他奶愿意种树。何文他奶不仅拽着何文他爷、他爸、他二大爷一起种县里免费提供的落叶松，还自己掏钱买了一百多棵山楂树苗、梨树苗和沙果树苗，建了一个小果园。也有十几户人家打起山地的主意，只不过不是用来种树，而是把离村子近的山坡变成了耕地，种了大豆和苞米。用那十几户人家的说法，种树最快也得十几年才能见着回头钱，种地年年都能有收成。再说了，十几年后，自己还活没活着都不一定，别种了树，最后成了给别人种的。剩下的人不种树，也不开小块地，反正吃得饱穿得暖，家里还有余粮，比起分地以前，已经是天差地别了。赵清海端着饭碗蹲在自家门口的杨树下，跟同样蹲在树下消化食的邻居扯闲话。

赵清海说："人啊，不能太贪了。贪心贪心，太贪了，心指定是要挨累的。要多少是多啊？要种地，还要栽树，心挨累，身子也挨累，这不是给自己找罪受嘛。咱老农民，吃饱穿暖了，兜里有俩钱儿花，就行了呗。就吃六两米的肚子，非要累死累活地种六斤米出来，再给自己累出病来，何苦呢。"

又说："你瞅老何家那老太太，都六十了，不好好在家享几年福，非得领着一大家子上山种树，还自己掏钱买一百多棵果树苗栽。叫你可劲儿吃，你能吃多少果子？一百多棵果树，吃不死你！也不想想自己都多大岁数了，还能活几年？没等树长大，你人都进棺材了。真不知道都是咋想的。"

那两年，农闲时候，村里流行打扑克牌、打麻将。这种打扑克牌、打麻将压注小，算不得赌博，也不以赢钱为主要目的，纯粹是农闲娱乐。一天下来，输赢也就是三两毛钱或者三五斤苞米。那会儿好多村子都跟陈家村的状况差不多，终于结束了十几年的挨饿受冻，都想着先好好享受几年吃饱饭的日子，致富的欲望没那么强烈，甚至没有致富的概念。赵大壮也玩，他玩得大。他不念书了，说是一念书就脑浆子疼，在家闲人一个，不帮着种地，整天撺掇一帮小年轻人打扑克牌。跟着他打扑克牌的有本村人，也有外村人。赵大壮打扑克牌，一天下来，有时输赢能有二十几块钱，赶上城里一个工人一个月的工资。村里刚开始还有人愿意跟赵大壮一起玩牌，后来就没人跟他玩了。不跟他玩，他玩的赌注大是一方面原因，另一方面是他玩输了，不让赢家走，非得等他把本钱捞回去才肯放人。当然，赢家硬是走了，赵大壮就趁天黑，找人半路把赢家脑袋上套了麻袋，拳打脚踢一顿，再抢了赢家的钱，然后一溜烟儿逃走。这种事情干一次两次或许没人知道，干得多了，大家就知道赵大壮这人牌品太差，赢得起输不起，便不跟他一起玩了。村里没人跟他玩，他就去外村玩。这个村玩臭了名声，就换个村继续玩。有时候一连几天都不回家。不仅不回家，还拐带着村里几个年轻人跟他一起在外面混，给他当小弟。

村里除了村部，原本只有一个供销社属于室内公共场所，大家闲下来的时候，若是天气好，有时就在大街的树荫下打扑克牌、打麻将，有时也去供销社玩。若是天气不好，就干脆只去供销社玩。玩饿了，就直接在供销社里买个糖花面或者麻花吃，渴了就拿瓢到水缸里扎水喝，喝水不要钱。后来供销社突然收钱了，喝水要收钱，进屋看人打牌要收钱，打牌的人也要给供销社交"场地费"。何文他姥爷以前也经常去供销社里看人打牌，有时候也上桌耍几把。自从开始收钱，就不去了。后来干脆自己开了一家小卖部，备了一个装满水的水缸，缸里放了两把新水瓢，谁愿意去打牌就去，不收钱，喝水也不要钱。这么一来，供销社不仅打牌的人都跑去了何文他姥爷的小卖部，买东西的生意也都被何文他姥爷的小卖部给"抢"走了。

　　虽说村里人少，消费能力有限，供销社里卖的东西也都是些低利润的日常用品和小吃食，但苍蝇腿也是肉。那会儿，何文他哥何寅的二姨夫买了一辆三轮车，去村南头蔡家铁匠铺焊了一个车篷，专门拉客往返于陈家村和乡里。有时遇着急事，也拉人进县城。去一趟乡里，要五毛钱，从乡里回来还得五毛钱。一来一回，就是一块钱。一斤酱油才三毛钱，去一趟乡里的钱，省下来能打三斤酱油，还能剩一毛，能买三块"小淘气"糖。所以，像油盐酱醋、针头线脑这类的东西，不值当花钱坐车去乡里买。不去乡里买，村里只有供销社一个地方卖这些东西，即使人家比乡里卖得贵一些，但算下来还是划算的，就都到供销社去买。一个月算下来，"苍蝇腿"攒多了，竟然也能好好煮上两大锅肉汤。何文他姥爷突然插这么一杠子，开了个小卖部，一山有了二虎，关键是这后来的虎来势汹汹，人气旺，东西卖得还便宜。就连赵清明他媳妇都不去自家兄弟经营的供销社买东西，宁可多走七八十米路，去何文他姥爷的小卖部买。眼瞅着属于自家的两大锅"苍蝇腿"肉叫何文他姥爷给抢走了，赵清波自然是一百个不愿意，这不明摆着跟赵家过不去嘛。

　　赵清波跟赵清明抱怨说："别人上谁家买，咱管不了，也管不着。可你家嫂子叫大壮打个酱油，还得翻来覆去嘱咐一定要去他老何家的小卖部打，这是啥意思啊？是，他家酱油一斤是比俺家便宜五分钱，可咱两家亲戚感情还赶不上这五分钱了？"

又说："咱再说这个小卖部。这不明摆着是冲着咱们老赵家来的嘛。人家是何天林的连襟，开小卖部跟咱家的供销社对着干，拿屁股想也知道，肯定是他老何家出的主意，八成是何成军。人家就这么的挤对咱们，你是当大哥的，你就不管不顾，由着人家欺负咱？"

赵清明说："那你想怎么着？这还不都是你自己把买卖推给人家的。别管人家开这个小卖部是不是老何家给出的主意，就算是，又能怎么着？又没规定村里只能有你的供销社卖东西，别人都不许卖。"

赵清波拉着脸从赵清明家出来，气呼呼回了自己家。赵清波坐在炕沿上，撕下一张阳历牌纸卷旱烟抽，抽完又撕下一张，再卷烟抽。一连从阳历牌上撕了五张纸，越想越气，起身到院子里拎了尿桶，去房后的厕所里掏了大半桶稀溜溜的大粪，里面还漂着百十来只蝇蛆。赵清波他媳妇问他拎着一桶稀大粪干什么去，赵清波没搭话，自顾自地出了大门。赵亮觉得好奇，也跟着他爸出了大门。

赵清波和赵亮爷俩趁着夜黑，大街上没人，去了何文他姥爷开的小卖部。小卖部早锁了门，何文他姥爷回家睡觉去了。赵清波一手拎着桶把，一手托着桶底，朝墙和门上使劲一泼，大半桶稀溜溜的大粪啪叽一声，泼在了墙壁和门板上。因为用力过了头，泼在墙壁和门板上的稀大粪溅回了一些，赵清波的脸上、衣服上都溅上了大粪汤。赵清波泼稀大粪的时候，赵亮从路边捡了几块石子，朝着小卖部的窗玻璃撇，把小卖部的两块玻璃打了个稀碎。打碎了玻璃还不算，赵亮躲开墙上的大粪，跳窗进屋，把柜台里的糖花面、麻花、"小淘气"、灶糖、瓜子连揣带捧，拿了一大堆。从窗里往外跳之前，又拿了两瓶黄桃罐头递给他爸，把柜台后边装钱的纸盒也一并递了出来。

本以为已经晚上快十点了，大街上不会有人，可不巧的是，偏偏何文他姥爷出现了。那天，何文他姥爷本来已经洗完脚，上炕睡下了。可睡下没多一会儿，突然想去小卖部里把卖东西的钱拿回家。以前，卖东西的钱都是放在小卖部里的，没人进去偷，他倒是也不担心有人去偷。可那天不知怎的，就是觉得应该去把钱拿回家，于是就提溜着手电筒去了小卖部。何文他姥爷耳朵聋，赵亮拿石子砸玻璃的声音，他没听清。赵清波和赵亮因为太专心干坏事，也没注意有人朝他们这边走的脚步声。等何文他姥爷走到离小卖部不到十米远的时候，手电筒照过来，刚好照见赵亮在窗里给窗外站着的赵清波递装钱的盒子。

更不巧的是，何文他爸妈也出现了。何文他爸那天晚上在何文他二大爷家喝酒，酒没多喝，主要是闲唠嗑。两个人都是话痨，一唠起来就没完没了。要不是何文他妈去找，何文他爸还不一定在人家家里唠嗑唠到啥时候呢。两个人正从前街往家走，听见小卖部的方向有砸玻璃的声音，就紧跑了几步，正好撞见何文他姥爷拿着手电筒照赵亮和赵清波。

干坏事叫人家抓了个正着，赵清波赶紧给何文他姥爷赔不是，说自己是一时糊涂，以后再也不敢了。墙上泼了稀大粪，他明儿一早就去乡里买涂料给刷干净。砸坏的玻璃，他也明儿一起给安上。话说得倒还算诚恳，可依了何成军的躁脾气，没拿拳头狠削他一顿，已经是很克制了，怎么可能就这么简单接受了道歉，非要去乡里把派出所的人找来。赵清波知道事情闹大了，去他哥赵清明家里，把赵清明从被窝里拽起来，叫他帮着跟何文他爸妈、他姥爷说说软话。赵清明大半夜的被吵醒，本来就很不高兴，听了赵清波的话，更是气不打一处来。

赵清明说："这事我管不了。我先前都告诉你了，不让你去招惹人家。你不听啊。现在倒好，出了事了，知道听我的话了？"

赵清波说："哥，你不能不管啊。就是不管我，你也得管管你侄儿啊。

你要是不管，俺俩都得进派出所。"

赵清明说："这事你让我咋管？我去说，人家就能听我的？我可不想去碰一鼻子灰，丢不起那人。"

赵清波说："你是大队书记，你说话肯定好使。"

赵清明说："大队书记？大队书记顶个屁。你看看现在咱这村里，有几个服我的？"

赵清明几乎是把赵清波给推出屋子的，随手把房门一关，闭了灯，上炕睡觉去了。赵清波又急又恼，出赵清明家院子的时候，使劲摔了一把大门，发出咣的一声，门闩也没给插上，便急匆匆又去了何文他姥爷家。时间已经是接近半夜十二点了，何文他姥爷一家早就睡下了。

赵清波跟赵亮一夜没睡。赵清波叫赵亮去村口守着，只要是见着何家的人，就赶紧给拦下。他自己则守在何文他姥爷家的大门口，等人家睡醒了，他再求求情认个错。只要对方不去乡里派出所报案，咋地都行。为表诚意，他拎着往小卖部墙上和门上泼稀大粪的桶，从自家后院的厕所里又扣了小半桶稀大粪，拎去了何文他姥爷家的门口。他都想好了，只要是对方能解气，他愿意把桶里的稀大粪从脑袋上浇下去。

事情最终以何文他爸抽了赵清波一个大嘴巴的方式解决了。赵清波和赵亮没进派出所，赵清波也没用往自己脑袋上浇稀大粪。当然，小卖部的损失还是要赔的。赵清波给小卖部粉刷墙壁的时候，村里不少人都看见了。左右打听几句，便弄清楚了事情的来龙去脉。赵清波的阴损与何成军的大度总是会被村里人私下里反复议论。

其实何成军是想去乡里报案的，并且已经去了乡里。用何成军的话说，人家都把屎盆子扣到咱的脑瓜子上了，咱没动手打他个半死已经是够客气了，要是连案都不报，人家真就觉得何家人土鳖好欺负，以后指不定还能干出啥事来。再者，何成军想去报案，也是因为这些年赵家跟何家一直较着劲儿，而且是赵家人总想着欺负何家人。远的不说，就说砍苞米秆子的事，是何文不对在先，可赵家人后来干的事情，明显就是得理欺负人。再有后来的瘟牛病，赵家睁眼说瞎话，非说是何文给下的毒，还动手打人。这口气不出，何成军实在是觉得窝囊。不过何成军去派出所之前，先去了乡政府他哥何成伟的办公室。何成伟听了何成军的话，说这个案就别报了。

"为啥不报呢？报了案，派出所把赵清波给弄进看守所里，叫人家丢了人。回头人家出来了，还不得想着法儿的找你麻烦，给你背后使坏捅刀子呀。反倒是不报案，抽他个嘴巴子，叫他长长记性，得饶人处且饶人，即使他不记你这个好，至少也不会多记个仇。而且村里人会怎么看这件事情？还不是觉得赵家人小肚鸡肠，何家人有气量。"

又说："他老赵家是老想着在村里压咱家一头，这些年也干了一些欺负咱家的事情，咱应该跟他们较较这个劲。可在那些鸡毛蒜皮的事上较劲，有啥意思？真想叫人家高看你一眼，咱得活出个人样来。你把日子过好了，你孩子有了出息，你都不用去找他们较劲，他们自己就认输了。"

何成军觉得何成伟的话有道理，就没去派出所报案。其实何成军觉得何成伟说的话总是有道理的。觉得有道理，不是因为何成伟是他大哥，也不是因为何成伟比他有文化、有见识，虽然这些确实是事实。他觉得他大哥说的话有道理，是因为他怵他大哥。怵他大哥，是因为他大哥是乡政府的。就算是乡政府看大门的，在村里人眼里，那也是当官的，是比大队书记更厉害的角儿。他觉得他大哥是当官的，他对当官的都犯怵。何成军对当官的犯怵，这个毛病遗传给了何文。何文见着他大爷也犯怵。多年后，何文他二哥、三哥和四哥，四哥也就是何寅，都考上了公务员，在城里上班，何文见着他们的时候，也都犯怵。

何文十三岁那年，从陈家小学毕业。转眼秋天中学开学，何文去乡里念了不到两个月，算是在中学里念过书，之后就不念了。

何文原先是愿意念书的，念到四年级的时候，就不愿意念了。不愿意念书，一来是自己贪玩，放学不写作业，上课跟同学在书桌底下顶羊剌罐儿，或者拿活蚯蚓和拔掉毒牙的长虫吓唬女同学，又或者把书桌堂里的隔板拆掉，跟同桌在桌堂里弹玻璃弹珠。因为贪玩，学习成绩便始终不好。学习成绩不好，又遭来老师和他爸妈三番五次的训斥，久了便逆反，对念书没了兴趣。二来是跟何文整天玩在一起的潘老二、李宏伟，还有陈宗宝——何文他爷挨批斗那会儿被赵清明诬陷企图偷杀生产队猪的会计陈建国的儿子，几个人都只念到四年级就不念了。不念书，也不帮家里下地干活，整天下河抓鱼、抓蝲蛄在河边烧着吃，也抓蚂蚱、抓长虫、抓蛤蟆吃，或者在大街上打玻璃球，又或者带着弹弓去野外打鸟、掏鸟蛋。他们也经常扒着何文念书教室的窗子，隔着窗撺掇何文跟他们出去玩。何文很多次想过不念书了，可最终还是坚持多念了两年书，把小学念完了。何文能坚持把小学念完，是因为许小雨。许小雨一直念完小学，后来又去念中学。何文喜欢许小雨，只要看见她就觉得心里舒服。虽说都是住在陈家村，可放了学或者寒暑假的时候，许小雨几乎都不出家门，要么在家里学习，要么在家里帮她妈侍弄菜园子，择菜做饭、洗衣服、照顾弟弟。何文想见许小雨，总不能没个事由就往一个女孩子家里钻吧。念书就不同了，天天待在学校里，天天都能见着许小雨。就为了这，何文硬是多念了两年书。

后来何文中学只念了不到两个月就不念了，也是因为许小雨。许小雨长得好看，何文觉得她在小学的时候是最好看的，到了乡里中学，她仍然是最好看的。许小雨每天早上骑自行车去八里地以外的乡中学念书，何文也骑着他爸给他新买的自行车，在村口附近磨磨蹭蹭，等许小雨骑车经过，他再不远不近地跟在后面。从学校回来的时候也是一样。有一天放学，何文在学校门口等许小雨，见着三个男学生堵着许小雨的车子，其中一个梳着中分头，个子还没许小雨高的男生正按着许小雨自行车的车把。何文走近些，大约听出来那个中分头是想跟许小雨搞对象，按着她的车叫她答应。何文听许小雨说了两次"不"，而且明显察觉到许小雨的惊慌，遂撂下自行车，几个大步走到中分头跟前，一把揪住中分头的脖领子。两方没说几句，就打了起来。何文的鼻子出了血，眼角也扯开了口子。对方的三个人也没讨到好处，鼻青脸肿，都挂了彩。

因为打架，何文他爸妈被学校找了去。学校倒是没打算开除何文，他爸妈也没有因为何文在学校跟别人打架而过多责备他，只是他爸当着学校教导处主任的面朝何文屁股使劲儿踢了两脚。踢第三脚的时候，被教导处主任给拦下了。教导处主任姓黄，也是中分头。不过他和那个跟何文打架的中分头没有亲戚关系。那会儿乡里流行中分头，年轻人里，十个人有七八个是中分头。黄主任虽然年过四十，但看起来年轻，留中分头也无可非议。黄主任让何文他爸妈回家好好教育何文，只要能保证以后不打架，至少在学校里不打架，他就可以继续念书。何文他爸妈一口答应，说肯定管好儿子，以后绝对不会再打架。何文翻了个白眼，说我不念了。何文他爸拿鞋底子打了何文两次，叫他去念书，他挺着脖子站在原地不躲不闪，由着他爸打，直到他爸打累了，他也不答应。

就这么着，何文辍学了。辍学在家，何文得帮家里种地。可农忙时候是固定的，翻地、播种、间苗、薅草、追肥、收割，都是抢干几天。干完就是农闲。闲下来，何文就跟潘老二、李宏伟、陈宗宝他们一帮七八个人一起抓鱼、抓蝲蛄、抓蚂蚱、抓蛤蟆、抓长虫烧着吃，在大街上打玻璃球，带着弹弓去野外打鸟、掏鸟蛋。因为何文主意多，膀大腰圆胳膊有劲儿，干什么事情又老是罩着其他人，没多久就成了这帮人的头。

那会儿从乡里到村里就一条路，属于鲁迅先生说的"走的人多了"那种自然形成的路。其实从县里到乡里，一多半路也是那样的。那种路勉强可以错开两辆车。人走在上面，晴天一身灰，雨天一身泥。因为常年走马车牛车，后来何文他四哥何寅的二姨夫买了拉客的三轮车来回在那条路上跑，更是把路轧得坑洼不平。尤其是雨天刚过，谁也不知道路上的水坑到底有多深。何文就曾见着一辆拉干海菜、海米、白糖一类的解放汽车陷在了路上的一个深水坑里出不来。司机叫何文帮忙推车，推了老半天也没推出来。何文说家里有一头耕地的公牛，便回家把牛牵了去，叫牛把车给拉了出来。司机再三感谢，从车上拿了两包海菜、一包海米、一袋白糖给了何文。

那几年，何文守着路上的几个水坑，没少得了好处。

八

何文辍学那年冬天，何文他爸花十块钱雇何寅他二姨夫老蔡，开着他那辆拉客的三轮车，把家里养的三头猪抓了两头，拉去乡里卖了。换了钱，又从家里拿些钱添进去，进了一趟县城，回来的时候，抱回来一台十四寸的脑瓜子上长两根天线的熊猫牌黑白电视机。那会儿村里买电视机的人家还真不少。当然，买电视机也都是最近一两年内的事情。农村没啥大花销，吃的是自己种出来的，住的是自己盖起来的，一年半载出不了一次远门，属穿衣服花销大，可也是买一件衣服能穿好些年。所以，挨家挨户但凡肯吃些苦，卖力种地，多少还是能攒下俩钱儿。苦了半辈子，兜里有了俩钱儿，自然想着寻个享受。买了电视机，傍晚从地里干活回家，躺炕上看会儿电视，就是看电视里的广告，也觉着舒坦。

何文家原本一年前就打算买电视机，后来何文他妈琢磨着何文去乡里的中学念书，如果坐车，一年下来的坐车钱都差不多够买一辆自行车了。如果买一辆自行车，还是花那些钱，却能得一辆自行车，终究是划算的。何文他妈跟他爸一商量，便把买电视机的事情往后延了期，先买了自行车。可没承想，何文只念了不到两个月中学，就不念了。何文他妈拍着大腿说，早知道这样，当初就买电视回来了。后来细想想，自行车毕竟是家里的大物件，也算是个门面，出门代步方便，买了也就买了。隔年开春的时候，何文他爸垒了猪圈，领着何文去后街徐大疤了家抓了三头猪崽子养。到了年底，猪养大了，买电视机的钱也就有了。

电视机买回来，何文他爸又领着何文进山砍细木杆。因为村子周边山上的树都被砍光了，一些树栅子上虽然新发了枝条，但太细太矮，而且都是柞树、椴树之类的，不是何文他爸想要的细落叶松杆，所以何文他爸领着何文翻了四道山岗梁，还过了一条小河，才找见邻村地界的一片落叶松树林。两个人找了一根和何文手腕一般粗细的细松树砍倒，截了一段十二米左右的松木杆，何文他爸扛着粗的一头，何文扛细的一头，两个人又翻山过河回了家。何文他妈也没得闲，趁着何文跟他爸进山砍细木杆的时候，骑上自行车去乡里的"小楼"买了二十米长塑料外皮的电线和一架室外电视天线。"小楼"是一个综合商店，是那个时候乡里唯一的一个楼房。说是楼房，其实也就只有两层，楼下卖日杂，楼上卖布料做衣裳。何文他妈买好了东西，骑车回了家，正准备做晚饭，何文他爸跟何文一前一后扛着细松木杆进了院子。趁何文他妈做饭的工夫，架天线，树天线杆，到了吃晚饭的时候，便可以坐在炕里收看到七八个电视频道了。

何文叉着腿躺在炕里边啃萝卜边看《新闻联播》的时候，从电视里听说第六届全国人大常委会第二十三次会议审议通过并公布了《村民委员会组织法（试行）》。何文不知道啥是全国人大常委会，对法律也不感兴趣，其实他对《新闻联播》这档电视节目也不感兴趣。不感兴趣却还看了，是因为那个时间段里，家里能够接收到的电视频道都在同步播放《新闻联播》，没有别的节目可选择。何文从这条新闻里大致弄清楚了两件事情：一个是村里的"大队"以后就没了，改叫村民委员会了，生产队长改叫村主任，村主任的选举也不是以前那样叫几个不知道咋就成了村民代表的人来举手选举，而是变成全民选举，每个村民都有一票。另一个是，等来年年底这个组织法正式实施以后，村民委员会每年都得跟村民说清楚，过去一年里他们都干了什么事情，挣了多少钱，又花了多少钱，钱都花在哪儿了，等等。

何文他妈说："这回再要是选生产队长，看他赵清明还能选上选不上。上回要不是他偷摸安排人当代表选他，还指不定谁当这个队长呢。"

自从王丽娟跟着钱远途进了城以后，生产队长的位置空了出来，赵清明选大队书记的时候，一并兼了生产队长的职位。

何文说："爸，下回选生产队长，不是，应该叫村主任了。下回选村主任，你去跟大壮他爸争去。大家伙儿肯定选你。"

又说："我听我奶说，我爷以前就是咱村的书记和生产队长，叫大壮他爸编扒造谣给整下去了。这回你光明正大地给他也整下去，给我爷报仇。省得他们老赵家在村里整天牛 × 哄哄，好像自己多大能耐似的。"

何成军说："你俩懂个啥？寻思当生产队长那么好当呢？你瞅他老赵家这几年当书记、当队长的，村里人谁不在背后骂爹骂娘。这回不是说以后还得叫大家伙儿看着你当队长的干活儿嘛，你干好了，大家伙儿不一定觉着你好，干不好还得挨骂。搭工出力，弄不好还得自己掏钱给公家干活儿，完了啥好处也没有，这事咱可不能干。有那工夫，咱能在家里多养两头猪。"

何文他妈说："那就还叫大壮他爸当？"

何成军说："他当不了。咱大家伙儿都能选，到时候不给他投票就完了呗。我瞅前街许富贵就挺好，比赵清明强多了。回头我问问他愿意干不。愿意干，咱家就都选他。"

许富贵是许小雨他爸。何文听他爸说想选许小雨他爸当村主任，心里突然就高兴了。第二天一大早，何文穿上棉袄跑去村口等许小雨上学经过。去等许小雨，不是想去告诉她，他爸想选她爸当村主任，感觉像是特意去跟她邀功。去等她，只是想等在那里看她经过，看一眼她好看的脸蛋和脑袋子后边两根又粗又黑的麻花辫。夜里刚下过雪，何文出门的时候，雪停了不到半小时。何文蹚着没过小腿的雪跑到村口，村口风大，把何文睡得炸毛炸刺的头发吹得比鸡窝还要乱。何文在那里等了大半个小时，最后没等来骑自行车的许小雨，而是等来了何寅他二姨夫开着三轮车，啪啦啪啦一溜黑乎乎的柴油烟打何文眼前驶过。何文拿右手往脑袋上一拍，想起来这时候已经是冬天了，路上积雪厚，积雪下边的路面坑洼不平，又结了冰，根本没法子骑自行车，上下学都得坐车。何文他妈前一天去乡里买天线，为了省一块钱，非要骑车去，结果就摔了三四个大跟头，穿着厚棉裤还把腿给摔秃噜皮了。

过了年，再过了一年，陈家村重新选村干部了。何文他二大爷撺掇何文他爸去跟赵家争当村主任，何文他爸炸了一盘花生米，从院子里摘了六根黄瓜，拔了一把大葱和几根水萝卜，又从何文他姥爷的小卖部打了两斤散白酒，跟何文他二大爷在家里炕头喝酒，边喝酒边把自己的想法说了出来。何文他二大爷回家里想了几个晚上，觉得何文他爸的想法也有道理，就依了这个想法，选许富贵当村主任。

赵清明大队书记的头衔也被乡里给免了。免了他大队书记的头衔，主要还是因为历史问题。造反上来的"干部"，不可能让他当一把手。这次村主任竞选，赵清明没参选。没参选，一来是跟何文他爸想到了一处，以前觉得在村里当一把手，大小也是个官，在村里说了算，而且有好处可以捞。这回不一样了，村主任没啥实权，听你的那是给你面子，不听你的你也拿人家没办法。而且就算当了村主任，没啥好处可以捞，公家的活得干，得给村里想挣钱的道，干好了不一定有人说你好，干不好一堆人背后戳你脊梁骨。二来是当了这么些年大队书记，就给村里干了一件事，就是养牛的事，还把事情干得稀烂，欠的外债一直也没还上。就算他有心去争这个村主任的位置，村里能有几个人选他？折腾一溜十三遭，最后没选上，多丢人。更关键的是，他当了这么多年的大队书记，这回叫乡里给免了，多丢人的事情，哪还有脸去争着当村主任。就算最后能争上，自己也不是一把手。当惯了一把手，这回得听别人使唤，这种气他赵清明受不来。

赵清明打听过，其他好几个村这次选举，都是村书记兼任村主任。所以，陈家村这次选举，选上村主任的人，很可能最后也兼任村书记。赵清明没参选，可又不想村里一把手的位置被别人给抢了，尤其是被何家人给抢回去，就撺掇赵清波参选。赵清波是党员，当然，这个党员身份是赵清明把当时当革委会主任的何天林整下去的第二年，地里薅第二遍草的时候，赵清明介绍他入的党。赵清波不是当家的那块料，他自己的家都当不好，还得叫他媳妇给当家，凡事都依着他媳妇的意思干，何况是当陈家村几百号人的家。真要是叫他当了村主任，还不得叫他给村子管个稀烂。不过赵清波虽然自己也知道自己不是当家的料，可他对当村主任这事很有兴趣。当然，这个兴趣是赵清明给他挑起来的。赵清明把赵清波找来家里喝酒，跟何文他爸找何文他二大爷去家里喝酒差不多，都是摆了一张炕桌，赵清明盘腿，赵清波起初也盘腿，后来觉得盘腿盘得不舒服，就一条腿伸到桌子底下，另一条腿支棱着靠着炕桌。下酒菜也都是那几样、炸花生米、拍黄瓜、大葱水萝卜蘸酱，外加了一盘炒鸡蛋。赵清明叫他媳妇拿大海碗盛了半碗开水，把装了二两半六十度苞米酒的酒壶坐到碗里烫酒。直到喝完第二壶，换了半碗开水，把第三壶酒坐到碗里，赵清明才把话题扯到当村主任的事情上来。

赵清波说："你都干了这么多年，熟门熟路的，你咋不干了？"

赵清明说："对啊，我都干了这么多年了，干够够的了。"说完，端起酒盅，一仰脖子，喉结上下一滑动，就好像门上的插销拔开又插上，一盅酒就下了肚。放下酒盅，随手拿起吃剩下的少半根黄瓜，蘸了一口大酱，放嘴里咬了两口。

又说："这回不像早前，咱整几个信得着的当选民代表，剩下的代表，咱给拿点儿东西，许个好处，人家就选你了。这回是全村人都是代表，自己个儿代表自己个儿。你也知道，这些年你哥我干这个大队书记和生产队长，就干了那么一件事，结果事没干成，许给大家的好处也没兑现，还给村里欠了一屁股债。大家伙儿谁也不瞎，谁还能选我接着干？"

又说："可这个村主任不能叫别人给整去呀。说是选村主任，最后估摸着就跟别的村一样，书记和主任一个人干了。咱们老赵家的人在陈家村当了这么多年的家，这回要是叫别人给整下去了，多丢人的事。尤其是他们老何家，要是叫他们当了这个村主任，村里人该咋说了？所以，你得去争，这可不光是给你自己争，这是在给咱们老赵家争。我干不了这个村主任，你二哥也不行，他赶不上你，而且他也不是党员，不过他可以给你当会计。"

赵清波说："我可干不来。我连自个儿家里那点儿事都整不明白呢，更别说是咱村里几百口人了。"

赵清明说："咋就干不来了？你得想想，你一个大老爷们儿，为啥你媳妇在家里说了算？还不是因为你怕你老丈人。为啥怕了？他体格子没你大，又是个六十来岁的老头子，你怕个啥？还不是因为他是大石头沟村的生产队长。他当生产队长，他闺女就没人敢欺负。你再看俺家大壮。我这些年当书记、当队长，这村里村外的人，谁欺负他？你想想，你要是当了这个村主任，你在家里不是也能挺直了腰杆子，那赵亮在外边不是也没人敢欺负了。"

又说："干得来干不来，你不去试试咋知道？再说了，就算是干不来，这不是还有我跟你二哥呢嘛。俺俩帮衬着，你还怕个啥。"

赵清波想了想，越想越觉得这事情有搞头。为了家族的荣耀，为了自己在家里的地位，也为了儿子在外边没人敢欺负，便应了赵清明叫他争当村主任的事。

赵清明和赵清海为了赵清波选村主任的事情，忙活了小半个月，赵清波自己和他媳妇也按照赵清明的意思，挨家挨户拉票。花了九百多块钱买挂面、罐头和鸡蛋，分一百四十多份送了出去。全村两百户出头，一百四十多户人家收了赵家的东西，加上他们赵家亲戚十七家，赵清明觉得赵清波当上村主任的事情是煮熟了的鸭子，跑不掉了。

投票那天，乡里来了两个人监票。赵清明因为是村里原大队书记兼生产队长，这次没参加竞选，乡里的人便建议由他来唱票。赵清明也没推辞。只是票还没唱到一半，赵清明的脸色已经变得铁青。最终结果是，赵清波只得了十九票，比没参加竞选的何成军还少了十三票。许富贵以一百六十三票当选村主任，并兼任了村书记。

新上任的村书记兼村主任许富贵把村委班子都召集到了村部开会，把他的想法跟大家简单说了说，跟大家征求一下意见。

赵清海说："修路？为啥想起来要修路了？咱大队上，不是，咱村里账上可没钱，光有两张欠条。修路，哪来钱修？"

许富贵说："要想富，先修路。现在到处都在喊这样的口号。你们晚上在家看《新闻联播》的时候，肯定也都听过这个口号。你们有没有好好想过，这个口号是有道理的。我讲不出来什么大道理，我只举个咱们自己家的例子。不知道你们发现没，这两年来咱村里收苞米的，苞米价格都比别的村低两分钱。为啥？"

"好像是比给别的地方的价钱便宜。为啥？"人群中有人嘟哝说。

许富贵说："对呀，为啥？"

众人低头不语。

许富贵说："因为这两年来，来往咱们陈家村的路是全乡最不好走的路。从乡里到咱村里，总共也就八里地，这八里地路，路面不到五米宽，比洗脸盆还大的坑居然有五百多个，最深的坑到我大腿根儿。有些坑里晴天雨天都有水，根本看不出深浅。来往的汽车掉进去就很难出来。好不容易出来了，又掉进另外一个坑里。这种事一回两回行，三回四回行，总是这样，谁还敢从咱这儿过路？"

赵清海说："我知道，那坑是他老何家的何文领着几个不念书的孩崽子干的。完了帮人家推车，跟人家要钱。坑是他们挖的，叫他们给填上就行了呗。"

许富贵说："光是何文挖的？不是吧。你侄儿赵大壮和赵亮领着一帮人好像比何文挖的还多。而且何文他爸去年因为这事差点儿把何文打死，都弄去县里医院了，咱村里人谁不知道？打那以后，他就再没在路上挖坑。他以前挖的坑，他跟他爸也都给填上了。"

"对，大壮带一帮人在路上挖过不少坑。"人群里有人说。

"对，我还看见他往坑里灌水了。"又一个人说。

许富贵说："那赵大壮、赵亮领着人挖坑，可劲儿了挖，能挖多少个？那路上的坑，很多都是老早以前就有的，只不过一年比一年大，一年比一年深。别说汽车进出咱们村难，就是骑自行车都费劲。咱村里开三轮的老蔡，今年起不是都不在村里拉学生到乡里念书去了嘛。人家干脆车都不往村里开，去别的村里拉客去了。还有后街做豆腐的刘老八，大半夜两点多爬起来做豆腐。做了两盘子豆腐去乡里赶集，结果到了乡里，豆腐都颠成豆渣了。这就是上个礼拜的事。学生念书没车坐，老刘家的豆腐送不出去，别的东西就能送出去了？"

众人低头不说话。

赵清海说："就算得修路，谁来修路？大家伙儿都得种地，种不好地，大家伙儿还得像早年那样挨饿。真要是那样，路修得再好，有啥用？再说了，修路，钱到哪儿弄去？俺家可没钱。我尿急，我先走了。"说完，赵清海推开村部会议室的门，回家去了。

赵清海这一走，会也没法继续开了。散会前，许富贵当着剩下的村委班子成员的面表了态，修路的事情他是一定要干下去的，回头他跟乡里说这事情去，只要乡里同意，就算村里没人出工出钱，他就是自己干，三年五年总还是能干完的。当然，他也还是希望村委班子成员能够回去好好跟亲戚朋友、左邻右舍的做做动员工作，毕竟修路是给大家修的，就算不出钱，出点工出点力也行。

半个月后，许富贵开着年前买的四不像农用车，拉着他媳妇去东山挖黄沙，去西河套挖河沙，开始动手修路了。当然，除了许富贵两口子，何成军跟何成刚也加入了修路的队伍。说是修路队伍，其实最开始就只有许富贵两口子和何成军、何成刚四个人。村里其他人，一部分是被赵清明和赵清海、赵清波私底下撺掇，不支持许富贵这个新上任的一把手工作，故意想看他的笑话。更多人则是借口忙着种地，实际上是在观望，看修路这个事情究竟能不能干起来。

许富贵领着他媳妇开着他的四不像去东山挖黄沙，何成军带着何成刚开他的四不像去西河套挖河沙。何成军也买了一辆四不像。买四不像，农闲的时候帮盖房子人家拉梁木、拉石头，秋收的时候帮收地人家拉粮食、拉苞米秆子和稻草。拉这些东西也不白拉，人家是要给钱的。如果肯吃苦，除去油钱，一年下来挣的钱比种地挣得多。何成军买四不像，创收只是原因之一。还有一个原因，也是最重要的原因，是赵清明买了一辆拖拉机，车斗可以拆卸。拆下车斗装上铁犁，就可以下田耕地；拆下铁犁装上车斗，还可以拉柴、拉粮食。何成军觉得赵家人买得起车，何家人如果没买车，脸上无光。所以，何成军为了要面子，为了跟赵家人赌一口气，拿出家里全部积蓄，又跟何成伟、何成刚借了一些钱，买了车，而且是比赵家的拖拉机更贵的四不像。当然，何成军跟何成伟借钱买车的时候，只说是想农闲时候开车找些活干，多挣几个钱。何成伟觉得何成军想买车找活干挣钱，这是正道，自然是支持的。如果知道何成军买车是为了跟赵家人赌气，这钱何成伟可能就不会借。

好在，虽是为了赌气买车，不出两年，何成军靠着拉活挣钱，把买车的钱给挣了回来。

何成军开着他的四不像，跟何成刚一起拉河沙，装车卸车，一天拉五六车。有时也喊上何文跟着一起干。何文跟着干的时候，一天能多拉三车。家里的地让何文他妈打理，何文不跟着他爸拉沙子的时候，就跟着他妈下地干活。

转眼一个月过去了。何成军出工出力不说，还给拉了一百七十多车石头和河沙，出车油钱一分钱也没要。

许富贵说："这功劳我先给你记上，等村里账上有钱了，肯定给你。"

何成军说："给个屁给。修这路是光给你一个人修的？我不走啊？我出工出力修路，也是为了给自己个儿修的。"

许富贵说："你这不光是搭着工，还搭着油钱呢。"

何成军说："就当是俺家给修路出的份子钱了。"

何成军肯跟着许富贵出来修路，一来是许富贵是何成军撺掇让他当的村主任，人家当上了，而且想干事，也真在干事，何成军不能袖手旁观，得支持。二来是何成伟支持修路的事，跟何成军说这事情说了一个多小时，说修路跟上山种树一样，三年两年里是看不出有啥好处，可十年八年就不一样了。到那个时候，得的利就不是眼下这点苍蝇腿一样的小利了。何成军怵何成伟，以前怵，现在更怵。以前何成伟在乡政府只是一个普通工作人员，现在成了副乡长，真成了官老爷。因为怵，何成伟说啥，何成军自然也都听。而且何成伟说得好像也确实在理，加上何成伟说出车油钱，他跟乡里商量过了，给报销，还可以出一部分钱支持修路。何成军心想，既然乡里给报销油钱，就亏不了本，说不定还能挣几个钱。还真别说，最后路修好了，乡里的钱拨到陈家村的账上，许富贵说话算话，真给了何成军工钱。

当然，不光是给何成军一个人工钱，后来村里一百多户都有劳动力出来帮着修路，完工结算的时候，按照出工天数发工钱。赵大壮也领了三天的工钱。赵大壮跟着修路，是赵清明逼着他去的。赵清明碍于放不下面子，要么一开始就出面跟着干，要么就从头到尾一直不出面，半道出来算个啥？可眼瞅着越来越多的村里人都去修路了，他赵家人一个也不去，将来路修好了，他赵家人走不走？思来想去，赵清明狠拍了一下大腿，说："这事还是他老何家人看得远，当初我咋就脑瓜子里灌了大粪汤了。"说完，指着一旁的媳妇又说："你也是个猪脑子，啥事也帮不上忙。这回倒好，叫他许富贵站住了脚，他老何家也露了脸，还得了好。"

路比预想的修得要快要好。许富贵本来打算把路加宽一米，花一两年时间，修一条六米宽的黄沙路。不承想，只花了四个多月时间，路就修好了，而且是八米宽，铺了石头和河沙的砂石路，路面还用几百斤沉的石碾子反复轧过。

竣工那天晚上，许富贵把何成军一家请到家里喝酒。何文也喝了三两多六十度小烧，喝得满脸通红。都说酒壮怂人胆，何文不是怂人，平常里胆子也不小，不想见了许小雨，酒后竟然胆子变小了。以前还敢跑到村口等许小雨骑车上学经过，甚至主动跟她说几句话，这会儿酒后竟然都不敢正眼看她了，只是偷偷瞄几眼，喝酒，再偷偷瞄几眼。

许富贵发现了何文偷瞄许小雨，猜出来他是喜欢她的。其实也不用猜，何文三天两头大清早跑村口等许小雨骑车经过，村里人早就传开了，都知道何文喜欢许小雨，他许富贵自然早就听说了。这会儿也是因为路修好了高兴，借着酒劲，说："何文这孩子真不错，做人实诚，脑瓜子也好使，将来肯定有出息。要不，俺家小雨念完中学回来，给你当儿媳妇得了。"

许富贵话刚落地，何文脸腾地红到了脖子根，不是酒红，而是红得发紫，手里端着的酒杯差点掉到地上。

何成军说："你家小雨长得好看，学习也好，我跟他妈当然都愿意有这么一个儿媳妇。就是何文不争气，整天没个正形儿，地也种不好，怕是配不上你家小雨。"

许富贵说："何文挺好的孩子，咋就没正形儿了。啥叫配得上配不上的，我看俺家小雨要是跟了他，指定享福。"

说完，许富贵跟何成军两个人哈哈笑了一阵子，碰杯喝酒，之后又把话题扯到陈家村以后种树养鱼之类的事情上。何文借口撒尿，从许小雨家一溜烟儿跑回了家。

九

路修好了，路上来往的车也慢慢多了。开三轮车拉客的老蔡也每天晚上把车开回家里，第二天一早，拉着村里去乡里念书的学生出门，晚上再给送回来。

赵大壮跟赵亮又领着人在路上挖过两次坑，第一次挖了不到半尺深，被村里人给发现了，便急急忙忙逃进了苞米地里。许是没看清挖坑的人是谁，事情便不了了之了。一个礼拜以后，赵大壮又领着人上路挖坑，刚挖好一个直径一米多，半米多深的坑，还没来得及往里倒水，结果叫陈宗宝跟他爸陈建国给碰见了。既然碰见了，于公，这路是陈家村人花了四个多月时间修的，不能眼瞅着有人搞破坏；于私，陈建国受了赵清明多少年的气，他儿子陈宗宝也三天两头被赵大壮欺负，这气自然是不能轻易就咽了的。回了村，便去村部向许富贵告了状。许富贵没去赵清明家找赵清明说理，而是用村部的广播把全村人都给召集到了村部大院里，把赵大壮又带着人去路上挖坑的事情跟大家伙儿说了。这种事情，大家伙儿自然是有一个算一个，都非常气愤。赵清明也在人群中，原本就是去凑个热闹，听了这话，脸上挂不住了。他这么要面子的一个人，当众被大家伙儿你一嘴他一句的埋怨，又羞又恼，回家拎了铁烧火棍就出村找赵大壮去了。那天，赵大壮被他爸当着全村人的面，拿铁烧火棍狠狠地抽了五下，硬是把烧火棍给抽弯了。打那天起，赵大壮再没上路挖过坑。也许挖过，但肯定没在陈家村修的那条路上再挖过。

路修好半个多月以后，一辆军绿色吉普车从乡里开进了村部，新上任的周乡长从车里走了出来。上次为了村里牛棚剪彩的事情来的蔡乡长调去县土地局了，周乡长是新来的。何成伟也从车里下来，手里握着一卷纸。周乡长从何成伟手里接过那卷纸，展开来递给许富贵。许富贵接过细看了一眼，原来是一张奖状，表扬他实干修路。

周乡长给许富贵奖状的时候，赵清海也在村部，亲眼看见了周乡长拍着许富贵的肩膀，鼓励他还得好好干，说是工作上有什么困难，尽管跟乡里提，乡里一定大力支持。赵清海把周乡长给许富贵奖状的事跟赵清明说了，赵清明闷声闷气拿阳历牌纸卷着旱烟，抽了两口，叹气说："我干了这么多年，一直想着啥时候也能让乡里给个表扬，可一直也没得着。人家这才当了不到半年村主任，不到半年就……"话没说完，赵清明又叹了口气，不说了。

赵清明确实没话可说。秋天有从乡里开车来村里收粮食的二道贩子进村里收粮，开价跟在别的村开的价一样，不再像早些时候那样，因为路不好走，非得压两分钱价。村里挨家挨户，包括赵清明家，都得了实惠。赵清明坐在炕沿上叹气，说："这事干得漂亮。这事情要是我干的该多好。我当初咋没想到这了。"

修路的事情，赵清明没想到，也没参与。可现在路修好了，赵清明突然有一个想法，这路不能白修，陈家村修的路，凭啥外地的车在路上来回跑？赵清海一下子就明白了赵清明的意思，开村委班子会的时候，赵清海就在会上建议，从乡里到陈家村之间的路段上设一处路卡，行人跟本村的车辆放行，外地车辆经过一律需要交纳过路费。

赵清海说："现在道上的外地车挺多的，我昨天还专门数了一下，有十二辆外地车路过咱村。一辆车一次不用收多少，就收五毛，一天就是六块钱。那一年算下来，咱欠大石头沟村跟哈山村的钱就都能还上了，还能剩几百块钱。"

许富贵说："这事我不赞成。路是咱修的，咱修路也确实是为了让村里、让大家伙儿将来挣着钱。可要是在路上弄个路卡，那成啥了？那不成了早先的土匪了。这都是社会主义年代了，还整那套'此路是我开，过路得交买路钱'的事，那是犯法的。"

又说："就算不犯法，咱这收钱了，别的村要不要也在路上收钱？真要是有那一天，咱开车去别的村串门，不交钱还过去不了呗？这事要是真干出来，还不得叫别的村给笑话死。"

"可不是。这事不能干。"人群里有人说。

"修路的时候，怎么没见你们老赵家出人出钱？这会儿路修好了，倒是想着捞好处，给你们养牛欠的一屁股债给还了？"又有人说。

赵清海登时来了火气，刚要张嘴骂人，话到了嘴边，却没了声音。赵清海深吸了几口气，又长出了一口气，低头不吱声了。在路上设路卡收费的事情也就没再提。

还是那句老话：新官上任三把火。当年赵清明新官上任，头一把火没点明白，把火点到自己后屁股上了，烧漏了裤子，成了十里八村的一个饭前饭后的笑话。索性破罐子破摔，后两把火就没烧。许富贵也是新官上任，这头一把火点对了地方，修好了路，村里人嘴上不说，心里头记着许富贵的好。紧跟着，许富贵又点了第二把火，烧得也还算漂亮。这第二把火就是替前任赵清明擦屁股，还了欠大石头沟村和哈山村的债。

陈家村修完路不出半月，正赶上大石头沟村修拦河坝。村里人家家忙着打理自家的地，农闲了就想着躺炕头上休息，没几个人愿意出工出力。许富贵就跟大石头沟村的村主任商量，说出工出力的事情由陈家村来干，按工程量来抵扣欠的钱。大石头沟村的村主任犹豫了一番，心想反正陈家村拖欠了这么多年钱一直给不上，正好修拦河坝急着用人，便应了这件事情。于是，许富贵跟村委班子商量，便把事情给定了下来。许富贵跟村里人保证，出工出力的人，村里给记账，等村里有了钱，一定足额给工钱。起初个别村里人有意见，说欠账的事情，赵清明应该负主要责任，还账自然也应该让他来还大部分钱。后来看何成军带头跟着许富贵干这事情了，还把秋收以后闲下来的媳妇跟何文都拽了去，报名跟着干的人也就慢慢多了起来。没到下霜时候，拦河坝就给修好了。最后抵扣完欠钱，还有富余。许富贵又用这些富余的钱，把欠哈山村的钱也给还上了，还给出工的人挨个分了大半个月的工钱。

转过年，许富贵决定点他上任后的第三把火——养山。所谓靠山吃山，临水吃水。陈家村东南西北都是山，山外还是山，就好像一颗洋葱，左一层右一层，最里边的葱心就是陈家村。虽然山上的树被赵清明挑头养牛时候卖给了木材加工厂，把里里外外的山砍成了秃毛鸡，但山还在，山上插根筷子能长成参天大树的黑土还在。那乌黑的山皮土到底有多肥？按照许富贵的话说，恨不得埋进去一根鸡骨头，都能钻出一窝鸡崽子来。

许富贵说："咱守着老天爷赐给咱的这么好的资源，居然这么多年过去了，还没过上天天有肉吃、家家住瓦房的日子，这没有道理嘛。"

又说："去年腊月，我跟成军出去走了半个多月，把咱周边这几个县都转了转，还往北去了吉林，发现人家吉林那边种人参的不少，有一个算一个，都挣了钱。再看看咱们这边，周边种那东西的还真没多少，有种的也就是三家两家，种的也少。我琢磨着，咱在山上种人参，准行。再说，种人参花钱不多，主要就是需要人工。反正农闲的时候，闲着也是闲着，人工咱自己出。有愿意干的，就跟着我干，不愿意干的，也不勉强。"

许富贵说完话，村委会大院里三百多号人都不吱声。好一会儿，人群里才有人说话。何文坐在村委会大院的院墙上看得真切，说话的是李铁柱。

李铁柱说："主任，你这出去转，咋光带何成军一个人，咋不带俺们也出去瞅瞅？"

许富贵说："我跟何成军出去是考察，不是出去玩。再说，我俩出去都是花自己家的钱。你要是愿意花钱，下回再出去，也带着你。"

李铁柱听许富贵说要自己花钱，低了头，往人群后边躲。

山北坡上的积雪化尽了以后，地开化了，许富贵大清早开着他的四不像进了一趟抚顺城，隔天吃晚饭的时候才回。回的时候，车斗里拉了两袋子人参籽。

其实头两年种人参的时候，只有九户人家上山开了人参场。有十几户也上山开了场子，不过不是种人参，而是种了小豆和绿豆。其他人家仍旧还是只种自家的几亩地。许富贵心里清楚，大家是在观望。如果种人参的人家真能挣了钱，大家肯定都跟着种，拦都拦不住。可要是没挣着钱，甚至像赵清明张罗养牛那样把裤衩都给赔进去了，那就是把刀架在脖子上，也没人跟着干。

赵清明家没上山开山场种人参，而是在乡里临街开了一家舞厅，赵大壮的主意。舞厅不大，算上一个小卧室、一个厨房和一个厕所，总共不到一百平方米。从外面看，除了门前立着一个写着"舞厅"两个字的牌子，牌子上方安了一个带灯罩的灯泡，窗玻璃上贴了几张动作夸张、表情夸张露着大腿和肚脐眼儿的迪斯科女郎海报，跟一般的住房没啥区别。不过，那几张迪斯科女郎海报还真是抢眼，用现在的话说，回头率老高了。这个回头率到底有多高？舞厅正门左前方的路边立着一根漆了黑漆的电线杆，几乎每天都有路过的人撞到上面，少时有一两个人，多时七八个人也是有的。电线杆立在路边，位置明显，又是大白天，按说并不挡碍。而且立在那里有些年头了，舞厅开业以前，也没听说有谁大白天走路撞上。舞厅营业以后，来往的人眼睛都往舞厅窗玻璃上的露大腿、露肚脐眼儿的女郎海报上瞟，这便天天有人撞上电线杆，硬是把好好的一根电线杆给撞歪了。

其实，赵大壮并不是第一个在乡里开舞厅的。赵大壮开舞厅的时候，附近已经有四家舞厅在营业了。有三家是乡里人开的，有一家是刘家村的一个村民开的。那几年乡里乃至县里尤其流行进舞厅跳迪斯科，舞厅就好像雨后春笋一样，突然就从地底下冒了出来，还冒出来一大堆。不出一年时间，乡里路两边一排一排的房子，十家有五家开了舞厅，一家半音像店，两家饭馆，一家游戏厅，只有半家是杂货店跟小卖部。大街上到处都飘着《迪斯科皇后》《阿里巴巴》《热情的沙漠》《莫妮卡》……赵大壮开的舞厅里居然还弄到了1982年印度热映的电影《迪斯科舞星》里边的一首音乐：

吉米，来吧！吉米，来吧！让我们手牵手，来跳跳迪斯科，爱你在心里头，忘掉那忧和愁。吉米，来吧！吉米，来吧！青春时光多美妙，热情奔放多欢笑，随着节奏摆摆摇，和我一起尽情跳。

舞厅生意火得一塌糊涂。进舞厅跳舞的人，有乡里人，也有村里人，各村各屯的年轻男女都跟着了魔似的，白天跳，晚上也跳，农闲时候跳，农忙时候也偷偷溜进舞厅跳。

何文也跳迪斯科。最开始跳是为了不被村里的几个玩伴甩开，自己落了单。整天跟在何文屁股后一起打河鱼摸蝲蛄的潘老二、李宏伟、陈宗宝、王大成、汤林都迷上了跳迪斯科，三天两头从家里偷钱去乡里的舞厅。何文觉着自己越来越跟他的这些小弟们玩不到一起了，思来想去，原因在于他没赶上跳迪斯科的时髦。经不住潘老二、李宏伟这些人的再三怂恿，何文也跟着去跳迪斯科。跳了几回，何文觉着迪斯科的节奏一响起，他就浑身上下热血沸腾，会自觉不自觉地颠脚抖腿，身体根本不受控制。加上一大群年轻人挤在一个狭小的空间里，认识的不认识的，都摇头晃脑，跳得昏天暗地，跳得无拘无束，那种带着汗湿和浓烈汗臭味的感觉叫人舒坦。何文虽然性子躁，但干起事情来还是蛮较真的，要么不干，要干就得干出个模样来。就拿跳迪斯科来说，何文不像舞厅里绝大多数年轻人那样乱跳一气，既不好看，也没有章法，完全是发泄式的乱跳。何文跳迪斯科有章法，不同的节奏有不同的动作。他有两本教人跳迪斯科的书，一本叫《迪斯科动作50例》，封面上画着一个穿豹纹纱、黑裤子、黑高跟鞋，昂首扭胯的女人，另一本居然还是一个叫凯伦·卢斯特加登的美国人写的《迪斯科舞蹈入门》，封面是一个一手高抬贴耳一手侧向低伸，屈腿翘屁股的外国女人，穿着背心、短裙、高跟鞋，背心被两个高高隆起的乳房撑得老高。两本书里面都有不同舞蹈动作的插画。何文跳迪斯科的动作是从书上学的。

何文手里的《迪斯科动作50例》，是他跟赵震打赌赢的。何文蹲在大街上的一棵杨树下跟人吹牛说他最多一次一口气吃了二十三个鸡蛋，赵震抬杠，说何文要是能一口气吃下二十个茶叶蛋，不仅不跟他要钱，还把自己买的《迪斯科动作50例》给他。何文同意跟赵震打赌，一来是觉着自己牛都吹出去了，如果不应了这个赌，大家伙儿人前背后肯定笑话他；二来是何文很想要赵震拿来当赌注的那本书。于是，何文和十几个年轻人一起去了供销社，一口气真就把赵震拿出来的二十个茶叶蛋给吃完了。也是因为那次，何文吃鸡蛋吃伤了，打那以后，闻着煮茶叶蛋的味儿就恶心，煮鸡蛋和荷包蛋也都一口也吃不下。另一本书《迪斯科舞蹈入门》是王大成给的。何文问王大成从哪弄来的，王大成支支吾吾，起先说是买的，何文问他从哪买的，他又改口说是亲戚给的。后来潘老二告诉何文，那本书是王大成从一家舞厅里跳迪斯科，走的时候顺手偷出来的。何文让王大成把书给还回去，说偷东西的事情不能干。王大成说拿都拿出来了，人家没发现，也没追问，要是给还回去，人家反倒知道他是小偷了。他跟何文保证，只干这一次，绝对没有下一次。何文想了想，觉得他说得也对，就把书留下了。

何文跳迪斯科跳了一年多，把乡里大大小小的舞厅进了个遍，当然，除了赵大壮开的那家舞厅。何文不去赵大壮的舞厅跳迪斯科，却也不拦着潘老二他们去。何文不去是因为他跟赵大壮有私人过节，潘老二他们去不去那是人家的自由。况且，挡别人家财路的事情，何文干不来。何文不去赵大壮开的舞厅还有另外一个原因，他听汤林和李宏伟说，赵大壮开的舞厅里边有不干净的东西。

何文跳了一年多迪斯科以后，突然就不跳了。不跳了，原因有不少，其中就有他爸拿捶衣棒打了他一顿。何文他爸知道何文隔三岔五就去乡里的舞厅里边跳迪斯科，说过何文几回，每次都是安分了几天，然后就又去了。何文他爸知道村里的很多不念书的半大孩子和小年轻都去跳迪斯科，甚至有一些念初中的孩子也去跳。何文不念书了，年轻人精力旺盛，不能总是让他闲着的时候待在家里，对于何文去舞厅的事也就睁一只眼闭一只眼。

这天，何文他爸叫何文跟他上山一起挖人参床，叫了好几遍也没人应。何文一直趴在炕上看他的《迪斯科动作50例》，嘴里还哼哼着迪斯科曲子，没听见他爸叫他，也可能听见了，但是不想跟他爸上山干活，就假装没听见。他爸进屋看见何文趴在炕上看书看得认真，也不知从哪来那么大的火气，去厨房从水缸跟墙壁间的缝里掏出一根捶衣棒，进屋朝着何文的后脊背就是一棒子，疼得何文一个高蹦了起来。

何成军说："我喊你，你听着没？"

何文说："没听着。"

何成军说："我喊了好几遍，喊那么老大声，全村人都听着了，你听不着？你聋了？"

何文说："我就是没听着。我没听着，你也用不着拿棒子打我呀。"

何成军说："我再不打你，怕是往后打你也没用了。你瞅瞅你现在啥个样。农民不好好种地，又奸又懒又馋，整天穿个喇叭裤子跳舞，跟二流子有啥区别？"

何文说："我这咋就成二流子了？你叫我干的活儿，我哪样儿没给干？"

何成军说："还顶嘴。"说着，朝着何文又抡了一棒子，何文没躲利索，被棒子刮蹭到了右腿小腿肚子上，疼得何文两手直搓腿肚子。

何成军说："你这一年多，三天两头往舞厅里钻，钱都从哪儿来的？"

何文说："我上山挖地龙骨、山胡萝卜卖的钱。"

何成军说："都是你卖的钱？没从你妈裤子兜里偷过？没跟你爷你奶那儿拿过？"

何文不吱声，低头只管搓右腿小腿肚子。

何成军说："别以为我不知道你偷你妈的钱。现在小偷，过几年就该大偷了。"

又说："以后别再去舞厅。那里边三天两头有人打架，我听说还有小姐。你再去几回，指不定哪天就进监狱了。"

又说："你往后要是再敢去，让我知道了，看我不打死你个瘪犊子。"

自从何文被他爸拿捶衣棒打了两棒子以后，就再没进过舞厅。没进舞厅，倒不是因为怕他爸真动手打死他这个"瘪犊子"，而是他自己跟自己发了誓，再不跳迪斯科了。之所以发誓，也不是因为他爸不让他去，而是因为许小雨。

何文被他爸拿捶衣棒打了以后，过了一个礼拜，好了伤疤忘了疼，又偷偷跟潘老二他们去了乡里。在一家舞厅门口准备进屋的时候，碰见了快要考高中的许小雨放学骑车回家。许小雨骑车打何文身边经过的时候，车子停了下来，把何文叫到一旁说话。

许小雨说："何文，你这是要进去跳舞？"

何文说："啊，这不是忙完了地里的活儿，想……"

何文还没把话说完，许小雨就把话抢了过去。

许小雨说："下地干活儿是挺累的。累了可以在家里看看电视或者看看书。我有几本书在家里呢，有小说也有散文，你要是愿意看，回头我给你送去。"

又说："我特别不喜欢去那里边的人，正经人谁没事就往那里边跑。"

又说："我不是说你啊，你跟他们不一样。你不继续念书可惜了。你比你哥聪明，你哥现在在学校里学习是头几名，考高中没问题的。你要是没辍学，你也肯定能考上高中。"

何文最讨厌自己说话的时候被别人给打断，很没礼貌。除了跟他有实在亲戚的，旁的人要是打断了他的话，他一准该骂娘了。可是，许小雨打断了何文的话，何文不但不生气，心里头还像有小猫在抓痒痒，喜欢得不得了。何文很认真地听许小雨说话。许小雨说了好些话，何文只记住了一句，就是她说她不喜欢进舞厅里的人。既然她不喜欢，何文突然也觉着舞厅是一个很不干净、很讨人厌的地方。于是，跟潘老二他们打了声招呼，说不进去跳了，然后骑上自行车，跟许小雨一起回了陈家村。

打那天起，何文就再没去过舞厅，本本分分在家跟着他爸妈、他爷他奶上山种人参。除了种人参，也种细参、黄芪，还跟着许富贵张罗的种树队伍，进山种椴树、柞树、杨树、黑松、山核桃。闲的时候，就在家看小说，许小雨借给他的。

许富贵张罗了一个种树队伍。村里人谁想加入谁不想加入，全凭自愿。加入队伍的人，每种一天树，许富贵就给记一次工，就像早先生产队那时候一样，等到了年底，按照出工天数，给相应的工钱。工钱不多，或者说是很少，少得有些说不过去。可村里账上没钱，这些少得说不过去的工钱，还是他许富贵自己掏腰包替村里垫付的，说是等村里账上有了钱，再还给他。

这天，陈建国把许富贵请到家里喝酒。陈建国说："富贵，你这领着大家伙儿上山种树，也瞅不着回头钱，你还从自己兜里往外掏钱给发工钱，你这是图个啥？"

许富贵说："还能图个啥，就是想给村里干点实在事呗。大家伙儿选我当村书记兼主任，我得对得起大家伙儿对我的这份信任。"

又说："老哥，不知道你注意没，咱村西那条河，这几年水越来越少了。

早先从来没有过这种情况。为啥呢？还不都是因为咱这四周的山没有树，山沟里留不住水。再这样下去，过个十年八年的，咱种稻子浇旱地可就没水了。"

又说："是，眼下你瞅着咱种树是没啥好处可图，咱图的可是往后几辈子的子孙后人能吃饱饭。"

陈建国说："也是，理是这么个理。可这山上的树是他老赵家人给祸害的，你干啥给他家擦屎擦尿。你瞅瞅他老赵家，你这边累死累活带着人种树，他家一个人也没出来跟着你干。"

许富贵说："这事，我当了书记兼主任，我就有责任带头干。还有这山上的树的事，也不能都怪人家老赵家人，当初赵清明不是也想着养牛带领咱们村致富嘛。再说，当初他拿树跟人家换钱买牛，虽然没征求大家的意见，可后来人家来砍树的时候，大家伙儿不是也都没拦着嘛。要是当初赵清明养牛真挣了钱，你还觉着他祸害树是干坏事吗？"

陈建国不说话了，点了点头，端起酒盅跟许富贵手里的酒盅碰了一下，一口干了。

十

赵大壮出事了。

赵大壮出事，是在何文听了许小雨的话，不再去舞厅跳迪斯科之后两年半左右发生的事情。这天下午，县公安局派了九辆警车，由一个姓郑的副局长带了十六个警察搞突然袭击。一排警车直到开到了赵大壮开的舞厅门口，车子都停好了，才响起警笛。警察从下车到进屋抓人出来，前后用时不超过十分钟。

这是一次精准的扫黄缉毒行动,从策划到行动,跟榆树乡派出所没有透露一个字。举报人举报的时候,把赵大壮开的那家叫"壮吧"的舞厅的情况跟警察说得很详细,包括舞厅大约从哪年哪月开始有小姐服务,每天大约什么时候舞厅的小屋子里招嫖的客人多,赵大壮跟他的几个毒友大约每天的什么时间吸毒,等等。举报人还特意嘱咐,说赵大壮在乡里混得开,黑道白道上都有过硬的弟兄,乡派出所有几个民警也经常去赵大壮的舞厅,上班时间去,下班时间也去,跟赵大壮称兄道弟,帮着赵大壮摆事情。都摆啥事呢?比如赵大壮为了跟旁边一家舞厅抢生意,指使几个黑道上的兄弟夜里把人家的舞厅砸了。人家知道是赵大壮指使的,去派出所报了案,那几个跟赵大壮关系不错的民警不但没给立案,还三天两头去被砸的那家舞厅找麻烦,今天扫黄明天缉毒后天抓杀人犯,硬生生把人家逼得生意干不下去,给赵大壮拿了一千块钱赔不是,后又改行干了饭店。

举报人当然不是何文。何文知道赵大壮在自己的舞厅小屋子里吸毒,也知道那里边有提供性服务的小姐。但他没进过"壮吧",对那里不了解,不了解就不能胡乱报案。不过,赵清明觉着这事肯定是何文报的案,提溜着一把铁菜刀就往何文家去,一边走还一边嚷嚷着,声称赵大壮这辈子的前途让何文给毁了,他要卸何文一条胳膊给赵大壮报仇。原本只是想在村里走这么一遭,喊几嗓子让大家知道,赵大壮让警察抓了是何文诬告的。提溜菜刀是为了让大家相信,要不是何文诬告,怎么可能把人逼得要动刀杀人。可赵清明真是老糊涂了,这么一喊,喊出来一大堆凑热闹的跟着赵清明往何文家去。赵清明这回不动刀也得动刀了。

赵清明在一帮看热闹的人的簇拥下,进了何文家的院子。何文跟他爸妈、他爷他奶都在家,出屋进了院子,跟赵清明对面站着。

赵清明说:"何文你说,是不是你去公安局告的状?你编瞎话埋汰俺家大壮。现在警察把他给抓了，你阴谋得逞了。"

何文说："谁编瞎话埋汰他了？说他，我都嫌恶心。"

赵清明说："说谁恶心呢？有种你再说一遍！"

何文说："说他，我嫌恶心。我说了，怎么着？"

何文他爸说："你儿子让警察抓了，那是他活该。组织吸毒、卖淫嫖娼，咱村里村外的谁不知道？这还不该把他抓起来？都把咱村人的脸给丢光了。"

又说："你儿子被抓了，你凭啥说是何文告的状？"

赵清明说："何文从小就跟俺家大壮不对付，何文又老去舞厅，大壮干啥他肯定都知道。前几天，何文不是还进县城了吗？他干啥去了？还不就是去告黑状去了。"

又说："我知道，你们老何家巴不得俺们老赵家出事。这事我实在想不出还有谁能干得出来。"

何文他爸说："滚你妈的。你以为俺家人都跟你家人似的一肚子坏水呢。何文前几天是进县城了，我让他去给他奶买蛋糕，他奶那天过生日。那天跟他一起去的有好几个人，你侄儿赵震也去了。信不信的，你去问他。"

赵清明原本就理亏，这会儿不知道该怎么接何文他爸的话，举起菜刀指着何文他爸说："行，行，我现在就回去问。"说完，借口回家问赵震，提溜着菜刀，低头灰溜溜地出了何文家的大门。

赵大壮让县公安局的人在"壮吧"抓了个现形。警察进屋的时候，赵大壮刚吸完毒，跟两男三女赤身裸体地搂抱着。赵大壮搂着两个女的倒在木板床上，另外两个男的和一个女的趴在地上。屋里靠南墙放着的一张小玻璃桌上，有两个透明塑料袋里还装着一些白粉，塑料袋旁边横着几个吸管。警察还在另外三个屋子里抓了三对身上一丝不挂的男女，其中一对正在睡觉，另外两对在干那事。

警察进舞厅抓人的时候，厅里正在播放《冬天里的一把火》，有十来个人跳迪斯科跳得正欢。警察踹门进屋，赵大壮一干人的赤身裸体自然也就让跳舞的人看了个一清二楚。老话说，好事不出门，坏事传千里。这话说得真不假。坏事不仅能传千里，而且传千里只需要一个晚上的时间。第二天一早，整个榆树乡的人都知道赵大壮吸毒，吸完毒还光着腚搂着两个也光着腚的女的，在屋里睡觉。

　　赵大壮的确像他爸说的那样，后半辈子毁了。其实严谨地说，不应该说是后半辈子，他让警察抓了的那年，才二十出头，还有大半辈子要活。所以，他自己吸毒，又组织他人吸毒和卖淫，甚至还在舞厅里藏了一百多克毒品，被判了二十三年刑，毁的是他往后的大半辈子。

　　大半年前，赵大壮娶了一个家住抚顺城里的女人。人长得不算好看，但是耐端详，属于越瞅越顺眼的那种。过门的时候，女人的肚子已经鼓起来了。赵清明跟大家解释说，其实儿子跟儿媳妇老早就在民政局领了证，领了证就是结了婚了，就可以住一块儿生娃了。不过媳妇刚过门那天，村里算卦的人去赵清明家吃席，瞅了那女人几眼，嘀咕着说赵大壮的媳妇不消停。这不，刚给赵大壮生了个姑娘，姑娘还不到一个月，赵大壮就被警察给抓了。赵大壮被抓的第五天，他媳妇就跑了，谁也不知道她跑哪里去了，连她娘家人也不知道。孩子丢给了赵清明两口子。再说这孩子，都说姑娘像爸儿子像妈，就算这种说法没有科学依据，但从科学的遗传学角度来说，亲生孩子终归长相上是要像他爸妈的。可赵大壮媳妇生的这个姑娘，既长得不像赵大壮，也长得不像她妈，咋瞅都不像他们老赵家的人。赵清明心里打鼓，这孩子究竟是他儿子的种，还是哪个野男人的种。但不管是不是他儿子的种，他都得给养着，还得好好养，不然全村人都该人前背后嚼舌根子，说他老赵家当了王八。

　　赵清明他媳妇拿手指着赵清明的脑袋说："你以前跟王丽娟那个婊子好，

叫那个城里来的钱远途当了王八。这回遭了报应了吧，人家也叫你儿子当了王八。"

赵清明坐在炕沿上，拿手掌啪啪狠拍着炕沿，一句话也不说。

除了当王八，赵大壮开的"壮吧"也被公安局给查封了，后来抵了欠债。赵大壮当时虽然组织卖淫有将近三年时间，挣了不少钱，可他吸毒也吸了快有三年时间，毒瘾越来越大，挣的钱都买了毒品，还向人借了不少钱。之前靠开舞厅挣钱在村里第一个盖了砖瓦房，房子上梁那天，赵清明神气得好像脚下踩了孙悟空的筋斗云，都快飞上天了。他拿村部的广播喇叭喊，叫大家伙儿都去他家新房喝酒，整整喝了两天。没承想，赵清明两口子住进去不到半年时间就搬了出来，房子被赵大壮的债主给低价抵了去。因为那个债主是永陵镇下辖的一个村子的人，不可能因为一间房子就背井离乡搬去另一个村子住，索性就把房子拆了，房梁木、红砖、灰瓦和地基石都拉走了，只给赵清明家留下一堆用过了的黄沙和锯末。

赵大壮被判刑两个月之后，何文才从陈宗宝那里知道，去县里告状的是陈宗宝他爸。陈宗宝常去舞厅跳迪斯科，背着何文跟别的村几个年轻人一起去过七八次"壮吧"，他亲眼见过赵大壮吸毒，见过舞厅里的小姐。他知道那些都是脏人眼睛的丑东西，他夜里说梦话的时候，无意中把那些事情说了出来。他爸就睡在他旁边，听得清清楚楚。陈宗宝睡醒以后，他爸问他梦里说的是不是真话。他架不住他爸再三质问，便把他看见的听到的说了个干净。他爸给他钱，叫他又去了几次"壮吧"，把赵大壮啥时候吸毒，吸完毒都干些啥，舞厅里的小姐啥时候接客都弄清楚。陈宗宝他爸还反复嘱咐他，这事情不许跟任何人说，必须保密。陈宗宝听了他爸的话，天天去"壮吧"里待着，早上一开门就进去，晚上八点多他实在是困了，才出来，骑车回家睡觉。一连去了十天，陈宗宝他爸从陈宗宝那里搞清楚了情况，这才去县公安局报了案。报完案，陈宗宝他爸去百货商场扯了两米半浅蓝底红花布，坐车回了家。

陈建国去县里报案的第三天下午，赵大壮就被警察抓了。陈建国因举报有功，被县公安局奖励了两百块钱。当然，这种奖励是不公开的。陈建国高兴，从县里回来，在乡里转车等车的工夫，买了两条草鱼，打了两斤六十度小烧。

陈建国说："这回看他赵清明还嘚瑟不了。往常老是在村里瞧不起这个瞧不起那个的，你瞅这两年，他儿子开舞厅挣了两个破钱，给他嘚瑟得没边儿没沿儿的，也不闻闻挣的那钱都是啥味儿的。"

陈建国他媳妇说："钱还能有啥味儿？"

陈建国说："骚味儿呗。那赵大壮弄一帮女的在他舞厅里当小姐，把舞厅都整成窑子了。挣的钱可不就是卖淫挣来的。"

陈建国他媳妇说："你这是看人家挣了钱，你眼红了吧？"

陈建国说："谁眼红了。那种钱，白给我，我都嫌埋汰。"

陈建国他媳妇说："哟哟哟，还白给你你嫌埋汰。你要不是瞅人家挣钱眼红，全村这么多人，咋偏就你一个人去告状？"

陈建国说："你个妇人懂个屁。我这叫有社会责任感。人家公安局的说的。人家说了，别看咱都是小老百姓，小老百姓也都有监督举报坏人坏事的责任。那赵大壮干了多少坏事？弄一帮人吸毒，还弄个窑子。你想想，一个大老爷们儿在那当老鸨，真他妈的恶心人。我就鄙视这样的人，这社会风气就是让这种人给弄得乌烟瘴气的。"

陈建国他媳妇说："人家开窑子，找人吸毒，跟你有啥关系？"

陈建国说："咋没关系了？关系大了去了。你儿子三天两头往舞厅里钻，你又不是不知道。瞅他那样，虎了巴叽的，真要是让赵大壮给带坏了，也跟着干那些事，到时候你就是把肠子悔青了也没用。"

陈建国他媳妇觉得这话说得在理，便不吱声了。

赵大壮是在地里苞米发芽的时候被警察抓走的。再过四个多月，入了九月，陈家村种的人参开始下山了。

何文他爸妈、他爷他奶还有何文都去自家的参场里起人参，整整忙活了四天。后两天赶上周末，何寅从具里高中回来，也跟着进参场起人参。真别说，这乌黑的山皮土真够劲，长得粗大的人参跟大个胡萝卜差不多粗细，长得细小些的也有何文大拇指一般粗细。何文他妈本来还拿起出来的人参当个宝贝似的，拿小刷子一根一根仔细刷上面沾着的泥土。刷了老半天，才刷了二十几根。

何文他爸白她一眼，说："你是干活儿呢还是玩儿呢？照你这么个整法，咱整到上冻也整不完。"

又说："你瞅着，像我这么整。"说完，何文他爸一手抓起两根刚起出来的人参，胡乱甩上一通，再朝着另一只摊开的手掌磕打几下，便将人参塞进了麻袋里。

又说："瞅着了没，就这么弄。"

何文他妈挨了何文他爸的责备，却也不生气，瞅着满地的人参，心里头高兴。

不光是何文家的人参丰收，村里种人参的九户人家都丰收了。许富贵家跟何文家种人参种得最多，许富贵家起出来十二麻袋人参，何文家起出来十麻袋半。最少的一户人家也起出来四麻袋多。

起人参之前，许富贵找何文他爸商量，琢磨着人参下山了，往哪里卖。两个人进抚顺城，找了十来个买家，最后挑了一家叫"钱进参行"的买家，谈好了价钱，定了收货的日子。

"钱进参行"的老板姓钱，说来也巧，这个钱老板跟当年在陈家村当知青的钱远途是远房亲戚，具体是哪一支哪一脉的，他也说不清楚，平常来往不多，他只知道管钱远途叫弟。他知道钱远途原本不傻，去陈家村当知青再回城，人就变傻了，养了好长一段时间才恢复。说到这些，许富贵跟何成军便相信，这钱老板跟钱远途真是亲戚。既是亲戚，又说起来当初钱远途在陈家村被赵清明一家欺负，何成军跟许富贵虽没帮上大忙，但多少还是给了钱远途一些照顾，钱老板自然是一番感谢，说是钱远途跟他说起过在村里没少受何家和许家照顾。这话真真假假，十有八九是假，但听起来终究是顺耳的。当然，许富贵跟何成军没和钱老板说起，钱远途领回城里的媳妇王丽娟跟赵清明搞了好几年不正当男女关系，让钱远途当了王八，更没说钱二丫是赵清明的种。

因为有了"熟人"这么一层关系，钱老板在买人参的时候，自然是不会过分挑剔，而且人家给出的价格也比其他同行给的高出两毛钱。卖人参的事情就这么定了。等到人参都下了山，钱老板按约定时间准时来收货。因为看着人参品相好，临时给加了五分钱价。

那年大地上冻之前，陈家村种人参的九户人家，有八户都盖起了红砖灰瓦房。何家把泥草房扒倒，在原址上盖起了一座六间瓦房。东边两间屋子加一个厨房，住的是何文他爷他奶跟何寅兄弟俩，西边也是两间屋子加一个厨房，住何文一家四口。东西屋之间隔了一堵墙，墙东西两侧各一个房门进出。

九户种人参的人家里，唯一一家没盖砖瓦房的是许富贵家。许富贵没拿赚来的钱盖房子，也没把钱放银行里存起来。因为种人参这几年，他一直领着大家上山种树，当初承诺每年年底给种树的人发工钱，可村里账上一直没有进账钱，许富贵就自己给垫上了。

许富贵他媳妇不乐意，说："你瞅你这村主任当的，人家赵清明当那会儿，钱虽然没捞着多少，至少咱们吃橡子面窝头的时候，人家家里有大米白面吃。你再瞅你，干了这些年，啥也没往家里拿，自己家挣的钱倒是都给拿出去了。哪个当官的像你这样？早知道这样，当初就不该让你去参加选举。"

许富贵说："你懂个啥。你好歹也是共产党员，咋就认识不上去呢。那赵清明早先是没少在村里捞好处，可你瞅他现在，大家伙儿人前背后的谁说他一句好话？除了骂还是骂。他现在跟他媳妇在村里走道都不敢抬头。"

又说："你也想咱俩跟姑娘也像他们似的，往后抬不起头做人？"

许富贵他媳妇觉得这话在理，不吱声。

许富贵说："咱现在是没捞着啥好处，可你觉着我干这个村主任，就是为了在村里、在大家伙儿那里捞好处的？咱要的是一口气，是大家伙儿打心眼儿里觉着你好，盼着你好。是，咱现在眼瞅着是吃亏，可咱那钱是借给村里的，过几年村里有钱了，就还给咱们。咱就当是存银行里了。你还不信我能让咱村富起来？"

许富贵他媳妇说："那钱存银行里还有利息呢。"嘴上虽是这样说，手上还是把卖人参的钱给了许富贵。

眼瞅着种人参的人家都挣了钱，盖起了红砖灰瓦房，陈家村种人参的人突然就多了起来。除了七老八十实在干不动活的人家，几乎家家户户都种起了人参。赵清明让他媳妇在家看着赵大壮的姑娘，自个儿也上山开了一小块参场。平常里除了在苞米地、豆地、稻地里侍弄庄稼，就是上山侍弄人参。

许小雨念完初中，考高中没考上，在赵大壮被警察抓了的前一年就辍学回家了。在家里待了大半年，其实也不是闲待着，而是在陈家小学里当代课老师。转过年天暖和了，许小雨说啥也不愿意继续当代课老师，非说要出去见见世面，不想一辈子都窝在山沟里，当井底的蛤蟆。许富贵觉着姑娘说的话在理，就托人给姑娘在县城里找了农业局下边一个二级事业单位的编外岗位。但许小雨想凭借自己的本事找，最后找了一个饭店服务员的活。

许小雨在村里当代课老师那会儿，何文闲了的时候，总喜欢往学校跑，也很少进学校，就是有事没事都在学校附近溜达。有时候隔着一米多高的围墙朝许小雨代课的班级里张望，能够瞅着许小雨脑袋后边扎着两条又黑又粗的好看的辫子，手里拿着课本，站在讲台上给台下十几个孩子讲课。何文觉着许小雨讲课的样子特别好看。何文念了六年多书，小学时候只有两个老师教过他课，一个是校长兼思品、美术、音乐老师，一个是语文、数学兼体育老师。两个老师一个五十出头一个二十四五，是父子俩，岁数大的叫大吴老师，岁数小的叫小吴老师。其实整个小学也就只有这两个老师。何文对这两个老师的印象都不好，觉着他们俩整天都拉着脸，学问没多高，最大的本事就是惩罚人，变着花样地惩罚。没有戒尺，就从河套边撅一根柳条棍，抽犯了错的学生的手掌心；拿手指头掐人，专门掐大腿根内侧的肉。

何文挨过小吴老师掐大腿根，何文念了六年多书，对老师的全部印象最后就只剩下了老师对他的体罚。不过，何文对许小雨的老师身份不反感，不仅不反感，还颇有好感。有时候隔着围墙、隔着窗玻璃看许小雨看得入了神，许小雨无意间瞅见了望向自己的何文，朝他礼貌地笑笑。何文回过神来，脸腾地一下红到了脖子根，低着头撒腿跑开了。

何文第一次遗精就是因为晚上梦见了许小雨拿着粉笔站在讲台上讲课。教室里就只有他一个人听课。他眼珠子直勾勾盯着许小雨的鹅蛋脸和脑袋后边两根又黑又粗的麻花辫子，盯着盯着，就觉着裤裆里那坨小火山猛地一下喷发了，湿了一小片。

等许小雨进了县城，当了一家饭店的服务员，何文不可能总是往县城跑，便又像往常一样，逢年过节等许小雨打县城回来，何文提前守在许小雨往常下车的地方，趁着她下车往家走的工夫，抓紧时间远远地狠劲看上几眼。

许小雨进县城干服务员，过了不到半年时间，中秋节那天，她打县城回来，何文躲在一个稻草躲后边探头远远瞅她。除了她脑袋后边的两条又黑又粗的麻花辫子没了，换成了齐肩的散发，其他倒是没啥大变化。

十一

许小雨变了。

许小雨当初跟他爸说不想留在陈家村，想要出去见见世面，见世面自然是要见大世面。如果把陈家村比作一个小水坑，县城最多也就是一个二三十米见方的水泡子，载不了哪怕最小的一条钢铁船，能养的最大的鱼也不会比许小雨的一条胳膊长。真正养得了几百斤重的大鱼，载得动轮船的水域，至少也得是抚顺城这样的地级城市。路上有豪车跑，楼房到处是，随便揪出一个饭店，都要比许小雨在县城干服务员的那家县里最大的饭店更大、更豪华。这才是许小雨想要见的大世面。所以，她在县里干了不到一年的饭店服务员以后，就辞职进了抚顺城。

许小雨进了抚顺城，头一年过中秋节没有回家。眼瞅着要过年了，还是不打算回，说是在城里的一家饭店找了工作，还干服务员。因为节假日饭店生意格外好，老板给的工资比平常多一倍。

许小雨在电话里跟他爸说："反正过年过节也就是一家人在一块儿吃个团圆饭，只是一个形式。等饭店生意闲一些，我跟经理请假再回去，在家里待十天半个月都行。"

许富贵说："能回来还是回来吧，不差多挣少挣那几个钱。过年吃团圆饭是咱老祖宗传下来的，这个传统还是要的。你瞅瞅，哪有谁家孩子过年不回家过的。"

许小雨说："爸，你老土了吧。现在城里有的是年轻人都过年不回家，平常咋样，过年还是咋样。"

又说："再说，我在这边多挣点钱，供我弟念书，你跟我妈也能松快点。"

许富贵说："我跟你妈不指望你挣多少钱，也不用你供你弟念书。俺俩就盼着你平平安安的，你高兴就行。"说完叹了口气，又说："过年能回来还是回来吧。"

许小雨说："行，我再琢磨琢磨。"

过年，许小雨没回家。年三十晚上，她在抚顺城里的一家饭店里刷了两个多小时盘子，削了大半个小时土豆皮。

何文在许小雨平常回家下车地方附近的一个柴垛后边等许小雨回来。中秋那天一直等到天黑，也没等到人。过年那天下小雪，何文又去那里等，又是等到天黑。没等到人，到是等来了一场重感冒。咳嗽一声接着一声，到后来竟然咳出了血。何文他妈去找冯伟国来家里给何文打点滴，打了一个礼拜也不见好。后来听了何文他奶的主意，把炕烧得滚烫，叫何文在炕头捂着厚棉被躺了一个礼拜，汗出了一大缸，总算见了些好转。这一场感冒真正好了的时候，已经出了正月，年过完了。

何文再见到许小雨的时候，是在许小雨进抚顺城第二年的年根儿。这年腊月二十九，陈家村挨家挨户都跟往常一样在发面做面食。有蒸包子、蒸馒头的，有蒸糖三角的，有炸麻花、炸油炸糕的。从一大清早，整个陈家村就开始笼罩上蒸炸面食的香气。香气越聚越浓，像水汽不断聚集成雾成云，然后细密地下起雨。何文他奶大清早就烧热了油锅，把头天晚上发的面搓成麻花，捏成油炸糕，扔进油锅里炸。何文特别喜欢吃他奶炸的麻

112

花，去年他奶炸麻花，何文就守在锅边。他奶炸出来一根，他就三口两口吃掉一根，竟然一口气吃了七根麻花。不过，今年他奶炸麻花，何文没守在锅边，而是守在许小雨平常回家下车地方附近的那个柴垛后边等许小雨回来。前些天，何文他爸请许富贵来家里喝酒，许富贵说他姑娘今年过年回家，腊月二十九晌午能到家。何文在厨房灶台边蹲着吃饭，听着了他爸跟许富贵在屋里说的话，便把腊月二十九这个日子像烧红的烙铁一样烙在了脑袋里。

腊月二十九那天天刚放亮，何文就穿了棉袄棉裤，去那个柴垛后边等着去了。头天晚上，何文在炕里翻来覆去，许是睡着了，也许是没睡着，脑子里都是许小雨干净透粉的鹅蛋脸和脑袋后边两根又黑又粗的麻花辫子。可到了晌午，何文等回来的许小雨却不是他印象中的许小雨了。她化了浓妆，嘴上抹了两道鲜红的口红，脸上涂了白粉，把本来的透粉盖了去，漂白一片，没了血色。睫毛变得又密又长，眼皮也涂了金粉色的东西。何文不知道那东西叫眼影，也不知道原来睫毛也是可以像戴帽子戴手套一样戴一副假的。何文瞅着许小雨金粉色的眼角和乌黑画了眼线的眼睛，突然就想到了电视里头正在播出的《封神演义》里的苏妲己。还有那一头本来乌黑的头发，也给染成了枯黄色，打了好几道弯，看起来跟油炸方便面似的。

何文等了两年才把许小雨从城里等回来，可终于见着了，却因为如今的许小雨跟早先的许小雨大不一样，觉着心里不舒服。不舒服不仅仅是因为许小雨变了相貌，穿上了灰色的貂皮，还因为她走道也不能正常走了，屁股向左一扭再向右一扭，扭得幅度夸张，恨不得把胯骨能给扭折了。何文不明白，进城待了两年，好好的一个姑娘怎么变成了狐狸精了？何文低头沉默了好一会儿，给自己找了一个不对许小雨失望的借口：可能城里人都这样打扮吧。回到陈家村，许小雨还会变回原来的许小雨。

然而，许小雨没有变回原来的许小雨，而是彻底变成了另外一个人。

正月初五一早，许小雨被一阵响声给吵醒了。她从枕头底下摸出 BB 机，瞅了几眼，又扔下 BB 机接着睡了大半个小时。睡醒以后，她拿家里的座机给 BB 机上显示的号码打了过去，低着声嗯嗯啊啊应了几声，说过几天就回。挂电话之前，又改说明天就回。

许小雨她妈说："不是说放二十天假，在家过了十五才走嘛，咋明天就要走？"

许小雨说："啊，店里这几天生意好，人手不够，经理催我早点儿回去。还问我今天能不能回去。我琢磨着他是真着急用人，平常他对我都挺好的，这会儿他有困难，咱咋也得帮帮。"

正月初六一早，许小雨拉着一个粉红色拉杆箱，坐车到永陵镇，又转车回了抚顺城。走之前，留给她妈一件黑色貂皮衣，留给她爸两千块钱，让他买一身好衣裳，剩下的钱给弟弟交学费。

许小雨她妈从来都没出过陈家村，也没见过貂皮衣，光知道那是一件好衣裳，却不知道那件衣裳值两千三百多块钱。许富贵倒是走过一些城市，但也都是忙事情，或者匆匆路过，没跟城里人有多少接触，也没逛过城里的商场，虽然能看出那件貂皮衣很贵，可他能够理解的很贵也就是三四百块钱顶天了。许小雨跟她爸说过，她一个月工钱能有三百多，吃住饭店不花钱。想来，买一件三四百块钱的衣裳，也就一个多月的工钱，还买得起。

许小雨前脚刚回了城，村里关于她的闲话就传开了。

张森他妈说："这富贵家的大姑娘进了城，就真觉着自己是城里人了，嫌咱农村人说话不好听，说话也跟城里人学，翘着舌头说。"

冯野他妈说："我也听说了。她妈把炕给烧'夜'了，'夜'了就说'夜'了呗。'银'家不，非得跟城里'银'学，说'热'。"说这话的时候，冯野他妈故意把舌头使劲往嗓子眼儿里卷，因为卷得过了头，干呕了一下。

陈家村人说话，"r"和"y"的发音是不分的，发音都只发"y"的音。比如说"吃肉"，村里人就给说成了"吃又"；"好人"，村里人就给说成了"好银"。再比如说"天热"，村里人就给说成了"天夜"。其实也不只是陈家村这样说话，整个榆树乡，乃至整个新宾县或者更大范围里的人说话，绝大部分都是只发"y"的音。也不是不能发出"r"的音，不然许小雨也不可能进城两年就能很自然地区分"r"和"y"的发音。只不过说话说习惯了，大家都这样说，在这样的语音大环境里，突然冒出来一个不这样说话的，就显得扎眼，是异类。许小雨说"人""肉"和"热"，而不是说"银""又"和"夜"，所以她就成了村里人撇着嘴嘲笑的异类。

比起嘲笑许小雨说话口音，村妇们更愿意嚼的舌根自然是她这样一个刚进城的农村姑娘，哪来的那么多钱买貂皮衣？她在城里到底干啥工作？为啥恁好看的一个年轻姑娘要把自己打扮得妖里妖气？

冯野他妈说："那个衣裳可老贵了，俺家老冯他姨家一个弟弟的媳妇的表嫂子在沈阳城里住，她就有一个那样的衣裳，一模一样。听说那个衣裳要四千多块呢。就买那么一个衣裳的钱，赶上咱老百姓种五年地挣的还多。"

冯伟国媳妇说："那衣裳恁贵呢？"

冯野他妈说："可不是咋地，那叫貂皮，齁儿贵。"

冯伟国媳妇说："你说，那许家姑娘哪儿来恁多钱给她妈买恁老贵的衣裳？"

冯野他妈四下里张望一番，说："这钱指定不是正道儿来的。我听她妈说，她在城里一个饭店端盘子洗碗。你瞅咱县城饭店端盘子的，一个月最多不超过两百块。那市里给得再多，也不可能一个月给一千吧。"

又说："你瞅那许家姑娘，本来水灵儿一个姑娘，非把自个儿化得跟狐狸精似的，不用想也知道，肯定是为了勾引男的。"

张森他妈说："该不会是不学好，在城里干小姐了吧？要不，她干啥能挣那么多钱呢。"

冯野他妈说："也不一定。兴许是给哪个有钱的当了小老婆也说不定。我听说这会儿城里的有钱的，挺多都时兴整个小的，叫'情银'。啥'情银'不'情银'的，说不好听的，还不就是男的给钱，女的脱裤子。"

赵亮媳妇说："冯婶儿，我有个亲戚在抚顺城里住。我听他说，她给城里的一个快五十了的男的当二媳妇。我那个亲戚说他年前在一个商场里还遇着过她，她那会儿正搂着那个男的胳膊逛呢。"

冯野他妈说："你瞅瞅，我说啥来着。早先觉着那姑娘挺老实巴交的，没瞅出来还能干出这事。你说这年纪轻轻的干啥不行，咋就不学好，也不嫌给她爸妈'丢银'。"

其实赵亮媳妇根本就没有一个在抚顺城里住的亲戚，不过是为了能插上话，随口瞎编出来的。不想，她这么随口一编，却叫冯野他妈的猜测听起来更加可信了。而且这种话一说出来，有一个上午的时间，就能在村里传遍。

许小雨她妈听了这话，气呼呼去找冯野他妈和赵亮媳妇说理。这种事自然是谁都不可能承认的，都说是听别人说的，别人又是听另外的别人说的，说来说去就成了不知道是谁说的了。许小雨她妈在家里一边抹眼泪一边诅咒冯野他妈和赵亮媳妇生孩子没屁眼儿。后来想想，冯野他妈已经生了冯野，就重新诅咒他儿子往后给她生孙女，叫一百个人轮着睡。

诅咒完了，许小雨她妈打电话给许小雨，问她到底在城里干啥工作，是不是真给一个五十来岁的城里男的当了二媳妇。许小雨回答得非常坚决，她就是在饭店干服务员，挣的钱都是她端盘子刷盘子挣来的。许小雨她妈不信，挂了电话，思来想去还是叫许富贵赶紧进一趟抚顺城，去看看许小雨是不是真在她说的那个饭店干服务员。许富贵从城里回来，脸色铁青，一句话也不说。往家走的路上碰着了赵清波，赵清波问他是不是进城了，他没吱声。赵清波追上去又问他姑娘在城里干刷盘子的活累不累。许富贵知道他想问啥，斜眼瞅了赵清波一下，自顾自地回家了。

许小雨进城的头一年确实在饭店干了一年服务员，不过只是干了一年，之后就辞职，跟一个男的走了。那个叫她辞职的男的去许小雨打工的饭店吃饭，许小雨给他端菜，两个人是这样认识的。许小雨长得好看，那会儿的她就好像一块刚从深山里挖出来的璞玉，虽带着土气，但土气得恰到好处。那个男的被这种恰到好处的土气和一张好看的脸蛋吸引了，便天天到饭店里软磨硬泡。许小雨哪里见过这种不拿钱当钱花的主，被人家硬拉去看了几场电影，吃了两顿星级饭店的饭，坐人家的奔驰车跟人家去了一趟大连看海，想想自己刷盘子过的苦日子，从大连回到抚顺城，便答应给那个男的做情人了。那个男的并不像赵亮媳妇瞎编说的快五十岁了，不过四十岁还是有的，有媳妇，有一个十四岁的姑娘，比许小雨只小几岁。许小雨也没给人家当二媳妇，男的没娶女的没嫁，咋能叫二媳妇。两个人只不过是一个礼拜开一两次房，多的时候也开过四五次。完了，男的晚上回自个儿家搂着媳妇睡，许小雨回饭店提供的宿舍搂着男的买给她的毛绒熊睡。后来男的嫌开房麻烦，就给许小雨租了一套一室一厅一卫的房子，让她辞了职，在家里随时等着他去。

何文是听他妈跟他爸闲唠嗑时知道的，许小雨过年过节都不回家，三百五百块钱的花，连眼睛都不眨一下，原来在城里被一个几乎能当她爸的男的给包养了。往后的多年里，村里的年轻人一个接着一个都进了城打工，何文却因为对城市恐惧和憎恨，宁愿一直留在村里过着百无聊赖的日子。他的这种恐惧和憎恨，就是打许小雨被城里人包养这件事情上来的。何文想了好几年也没有想明白，城市到底是个咋样可怕的地方，咋就让许小雨这么一个心地干净朴实的姑娘说变庸俗就变庸俗了，而且是变得庸俗不堪，俗不可耐。

何文那年因为许小雨，在乡里中学门口跟三个男生打架，胳膊被对方抓出了血。许小雨摘下自己胳膊上的浅粉色套袖，两个拴在一起，给何文包扎伤口。后来何文不念书了，套袖洗干净一直没还。何文把那双套袖从柜子里翻出来，蹲在厨房的灶坑旁边，他想把套袖扔火里烧了，连同他对许小雨的喜欢，一并烧成一把灰。可最后还是没有狠下心，又把套袖仔细叠好，放回了柜子里。

香港回归那年，村委换届，许富贵从村书记兼主任的位置上下来了。不是大家伙儿不选他，而是他压根儿就没参选。大家伙儿心里都明白，许富贵不参选村主任，多半是因为许小雨。许小雨在城里给人当小三的事情，十里八村的人都知道。许富贵觉着面子上过不去。养不教父之过，许小雨干了这种不光彩的事，他却管不了，出门见人都抬不起头，咋还能当这个村主任。

何文他爸说："孩子是孩子，你是你。小雨已经成年了，一时半会儿犯糊涂，也不能都赖你呀。你这些年领着咱村的人干事情，干出了这么老多成绩，大家伙儿心里都跟明镜儿似的。今年等人参下山了，大家伙儿都能盖上瓦房了。"

又说："可光有房子不够呀，大家伙儿还指着你领着接着干，往后买车、买冰箱、买洗衣机，天天有肉吃，有酒喝呢。"

又说："这事必须得你来干，别人干不来。"

许富贵到底还是没听何文他爸的劝，选村主任的事彻底撂挑子了。赵清明又撺掇赵清波去选村主任，赵清波不想丢人现眼，忙着种他的人参，没心思当村主任。赵清明给赵清波分析，说现在不比七年前，七年前咱村里啥也没有，大家伙儿都穷。这会儿路修好了，村里不欠外边钱了，等人参一下山，挨家挨户都能盖上新房子。你这个时候要是能当上村主任，你就是啥也不干，乡里每年表扬也肯定都有你的份。赵清波被他哥说得动了心，就去选村主任了。结果还是没选上，总共得了十五票，比七年前那次选举还少四票。最后选上村主任的是冯伟国。

这一年，九月份人参下山，大地上冻以前，村里挨家挨户都住进了新房子，没盖新房子的只剩下三五家。没盖新房子，不是因为没钱盖，而是村里挨家挨户都在盖房子，人手不够。隔年大地化了冻，陆陆续续也都盖了。

也是在这一年，何文娶了媳妇，就在香港回归的第二天。为啥要选这么一个日子结婚？何文和他爸妈老早就都知道给何文选的结婚日子的前一天，往南几千公里外的香港回归祖国。可这跟何文的结婚没有关系，何文不是为了庆祝香港回归才选择在这个日子结婚。何文选这么一个日子结婚，其实是他妈找算卦的人给算的。何文他爸的意思是，先叫何文跟女方再多接触几个月，摸清了对方的脾气，确定能过到一起再结婚。算卦的人说如果不在七月底前把婚结了，按照何文的生辰八字，往后至少两年内不宜结婚。如果贸然结了婚，不出五年准离婚。何文他爸本来不信算卦的人的话，可毕竟听了以后心里疙疙瘩瘩，别扭得很。女方爸妈更是放了话，如果年内不能把婚结了，他们家姑娘可等不起何文两年时间。话都说到这份儿上了，年内不结，这个婚怕是就没的结了。所以，何文的这段婚姻是在一种"神秘力量"的推动下，匆匆忙忙开始的。到底有多匆忙？何文跟他媳妇从认识到结婚，前后还不到一个月时间。

何文他媳妇姓许，叫许小蒙。许小蒙跟许小雨不是姐妹俩，许小蒙家住在清原县下辖的一个村里，跟许小雨家八竿子搭不上关系，两个人长得也不像。许小蒙长相不差，个头也比许小雨高出半个头，屁股大，身子骨壮。何文他妈第一眼就相中了这个儿媳妇。按何文他妈的说法，爹熊熊一个，妈熊熊一窝。许小蒙长相好，生的娃也丑不到哪去。而且屁股大能生男娃，骨架壮个头高，生的娃也能长大高个。何文他妈早先也喜欢许小雨，除了个头稍微矮了一点，其他都没得挑。可惜许小雨进城给有钱人当了小三。这是丢死人的事情，谁家还敢娶这样的儿媳妇。不过何文始终还是觉着许小雨要比许小蒙好，好出十倍，一百倍。当然，何文心里边的许小雨，是早先的许小雨，是何文还上学时候的许小雨，是在舞厅门前劝他别再进去跳迪斯科的许小雨。但何文最终还是跟许小蒙结婚了。直到何文跟许小蒙结婚一年多以后，何文有时还会在想，当初答应跟许小蒙结婚，究竟是不是因为她的名字跟许小雨的很接近？

结婚那天，何文平生第一次穿上西装。西装是何文他爸领着何文进县城，在一家做衣服的门市店定做的。本来想着直接从哪个店里买一套现成的就行，结果转了几家店，都没有何文合身的，要么肩宽衣服瘦，要么裤子合适了，配套的衣服长出一大截。何文他爸性子躁，何文也不是个耐得住性子的人，从第五家店出来，两个人就去了做衣服的门市店，选了一块深黑色的布料，让做衣服的人给何文量了尺寸，交了订金，便回村了。本来约定好了，一个礼拜就能做好衣裳，结果过了俩礼拜还没做好。何文是在结婚的前一天，也就是香港回归那天才拿到的衣裳。搭配那套西装的，还有一件浅粉色衬衫，一双纯黑色人造革皮鞋和一条红纹杂白色窄条纹的领带。

何文他爸给准备了三千块钱彩礼，又托朋友借了三辆桑塔纳轿车接亲。本来是想借三辆一样色的，黑的白的都行，结果只能借到一白两黑。白的就当了婚车，俩黑的随行。何文大清早三点半就从家坐车出发，到清原县大孤家满族镇下边的一个村里，把许小蒙从她家里接上，再返回陈家村。

说是办婚礼，其实就是代东领着何文跟他媳妇站在房门口前的三级台阶上，面对着院子里来随礼吃席的邻里乡亲，说几句祝福的话，拿一个用红绳吊着的苹果让何文跟他媳妇对着咬，完了把苹果换成糖块，糖块再换成一颗瓜子仁，直到一对新人红着脸当众亲到了一起，大家一阵起哄，新人给来人鞠了躬，就算是礼成了。礼成，流水席便开席。何文家院子里摆了十张桌子，每张桌子坐十个人，吃完一波，换下一波人，重新上菜。每桌十个菜，四凉六热。说是有四个凉菜，可因为正值七月，赶上响晴的天，又是临近中午，老大一个太阳罩在脑袋上方，院子里的气温达到零上二十八九度。何文他爸跟何文他二大爷在院子门前的大街上支了四口大铁锅，帮工的几个小媳妇、小老太太就在那四口大铁锅里炖菜和拌凉菜。凉菜拌好了，刚盛了盘，往桌上端的工夫，凉菜就变成热菜了。要是下筷子再慢些，变成热菜的凉菜甚至还能烫到嘴。不过，即便烫嘴也不碍事，村里人嘴都壮，就是把嘴烫秃噜皮也能吃个盘光碗净。

何文结婚的流水席整整摆了八轮半，一直吃席吃到天黑，算下来接了八十六桌人。村里从来没有哪家摆席超过五十桌，何文这次结婚，一下子来了八十六桌吃席的人，倒是出乎了何文他爸妈的意料。摆到第三轮席的时候，代东跟何文他妈说，来吃席的人太多，怕是准备的菜不够，让她赶紧去乡里再买一些回来。何文他妈跟来帮忙的住在乡里的她大嫂，也就是何文他大娘学了代东的话，何文他大娘拿何文家的电话给她家邻居打了电话，求她家邻居帮忙。还好，第五轮席结束之前，菜给捎了回来，总算没误了后面的席。

十二

何文结了婚，起先还是跟他爸妈住在一个院里，不过不在一个房子里住，而是搬去了他爷他奶的房子里。他爷他奶的房子跟他家的房子格局一样，都是两间屋子，他爷他奶一直睡大屋，小屋是何寅跟他哥住着。不过何文结婚那年，何寅大学毕业，考上了公务员，在丰吉市工作。何寅他哥早何寅两年考上了公务员，进了沈阳城。何文新婚，精力旺盛，又不愿意被他爸妈听着男女承欢的声音，正好何寅住的屋子空出来了，何文他爷他奶老得耳朵不太灵光，便搬去跟他爷他奶住。何寅跟他哥过年回来，何文跟他媳妇就搬回他爸妈那边。等何寅跟他哥各自回城里上班了，他跟媳妇再搬回他爷他奶家。

跟他爷他奶一起住，其实也有很多不方便。比如何文跟他媳妇住的屋子和他爷他奶住的屋子之间只隔了一堵一块砖厚的墙，墙的正中间嵌着一扇双开的玻璃窗，十字松木框，漆的海蓝色油漆。本来砖墙就不隔音，又嵌了窗，隔音效果就更不好了。再比如，何文跟他媳妇睡觉，两个人都只穿三角裤衩睡，不像他爷他奶常年穿秋衣秋裤睡。晚上起夜，碰着何文穿三角裤衩出来撒尿倒还好，要是他爷碰着许小蒙只穿一条三角裤衩迷迷糊糊出来撒尿，这比隔着墙听着何文跟他媳妇办事的声音更尴尬。还有就是何文跟他媳妇早上起得晚。何文他爷他奶上了年纪，觉轻且少，大早上四五点钟就躺不住了。起炕，出门，抱柴火进屋，点火做饭。开门关门进进出出，免不得要吵着何文跟他媳妇睡觉。尤其是灶坑倒烟，冬天不敢开门开窗放烟，满屋子烧柴烟呛得何文跟他媳妇直咳嗽。

转过年开春，何文跟他妈要了点钱，叫上潘老二、李宏伟、陈宗宝、王大成、赵震，开着他爸的四不像，去十多里地以外的一个砖瓦厂买了一车砖、半车瓦，又去西河套捞了两车石头、两车河沙，去东山根儿挖了两车黄沙，在大坝根儿底下的一块荒地上盖了一间房子。李宏伟他爸是瓦匠，李宏伟跟着他爸干过不少瓦匠活，王大成跟他三叔去外乡干过两个月的木匠，瓦匠、木匠都有了，没用额外花请瓦匠、木匠的钱。房子盖好那天，何文从乡里买了一只烧鸡、两斤猪头肉，做了一盆猪肉炖豆角，又领着潘老二几个人背着手摇式电鱼机，在河里电了小半桶河鱼跟一百多只蝲蛄，做了一个酱焖河鱼和一个爆炒蝲蛄，从他姥爷家的小卖部买了两瓶一斤装的二锅头和一箱二十四瓶天湖啤酒，在新家里请大家伙儿吃了顿饭，算是感谢大家伙儿帮忙盖房子了。

何文盖房子没有找汤林帮忙，房子盖好了也没找他去家里喝酒。不找汤林，不是因为跟汤林关系没处到位，而是汤林没在村里，跟着他的一个外乡亲戚进城打工去了。那一阵子，各村各屯进城打工的年轻人不少，近的去了抚顺城沈阳城，远的去了河南河北，汤林走得更远，跟着他的亲戚去了江西。

何文没找汤林帮忙盖房子，却找了赵震帮忙。赵震是赵亮的亲弟弟，是赵大壮的亲叔辈弟弟，比何文小三岁。何文不待见赵大壮和赵亮，不待见是因为他们总是欺负人，当然也包括欺负他何文。除了欺负人，赵大壮和赵亮干的很多事，何文也不待见。比如赵大壮早些年在外边赌博，赌输了就叫上赵亮跟几个混混把输了的钱从赢钱的人那里抢回来。不光是抢回自个儿输的钱，还把人家赌博的本钱也给抢了。愿赌就该服输，何文觉着赵大壮这种输不起的赖皮行为令人不齿。再比如前街老孙家在西山根儿底下种的地瓜长得比赵亮家的好，赵大壮跟赵亮半夜里跑去人家的地瓜地里，拿镐头把地瓜刨了个稀烂，自己却一个都不往家里拿。这明摆着就是损人不利己的坏。赵大壮进了监狱以后，赵亮干坏事虽然收敛了不少，想是有种孤掌难鸣的感觉，碰着人也不像早先那样傲慢地别过头，假装没瞅着，也知道问上一句"吃了吗"或者"干啥去"，何文还是觉着赵亮狗改不了吃屎。赵震跟赵大壮、赵亮不一样，他不跟他的两个哥哥一起欺负人，也很少跟他们一起玩。相反，他更愿意跟着何文、潘老二他们一起上山捡蘑菇，下水抓蛤蟆，或者在河套边拢一堆火，抓长虫、河鱼、蝲蛄、蚂蚱，抹上酱油或者撒上一层精盐，烧着吃。赵震处事还算大方，去河套边烧东西吃，酱油、豆油、精盐、火柴基本上都是他从供销社里拿出来的，不用花钱。何文愿意带着赵震一起玩，除了觉着他大方、没坏心眼儿，还因为他帮着何文他姥爷找着了肇事司机。一年多以前的一个晌午，何文他姥爷在路上走，被一个外乡的过路车给刮倒了，左腿骨折，尾椎骨也折了。肇事司机没停车，直接开车跑了。整个肇事过程被赵震碰着了，他把肇事车的车牌号给记住了，又把何文他姥爷扶到路边的废石磨盘上躺下，完了跑去何文家告诉何文。要不是因为赵震，肇事司机可能真就找不着了，何文他姥爷治伤花的三千多块钱也得自己掏腰包。这事干得仗义，尤其是在村里，赵家多少年里一直跟何家不对付，赵震能够干出这样的事，何文佩服。

要说也是命好，冯伟国当上了村主任，正愁不知道该领着村民们干点啥，天上啪唧掉下来一块大馅饼砸冯伟国脑袋上了，还是热乎的。这个热乎大馅饼就是修路。这回修路跟许富贵刚当上村主任时候修路不一样，或者说是不可同日而语。许富贵那会儿修路修的是一条八米宽的黄沙路，许富贵自己跑前跑后的张罗，人工、车工都是村里自己出，乡里给拿那点修路补贴，一分钱恨不得掰成十瓣花。到了冯伟国修路，怎么修、修多宽，这些问题都不用冯伟国操心，村里不仅不用掏一分修路的钱，还能坐在炕头上得钱。其实这次修路，本来就跟冯伟国没有半毛钱关系。根据省里的规划，新宾县和本溪市的桓仁县之间要修一条省级公路，宽十五米，柏油路面。按照规划，这条路正好覆盖了原先许富贵带头修的那条八里地长的黄沙路，穿陈家村而过。照原先的路拓宽七米，这就涉及征收路两边被占用的土地。征地自然需要村书记兼主任冯伟国的支持和动员。冯伟国新官上任，正想干一番事，便爽快地答应了。答应是答应了，不过借机向乡里、县里提了一个小小的要求，说是只要答应，征地做村民工作的事情他一个人就能搞定，绝对不给乡里和县里添麻烦。他这个小小的要求就是陈家村这段路，他希望由陈家村的人出工出力，包括拉石头、拉沙子、垫路面等，给村民搞点增收，也给村里挣几个买办公用品的钱。一个礼拜以后，乡长何成伟给冯伟国打来电话，说县里和乡里同意了他的要求，不过绝对不可以偷工减料，不然大家都得吃不了兜着走。

路修到陈家村的时候，正好赶上盛夏农闲。冯伟国领着五十来个村里的小伙子忙活了整好一个月，头一个月中旬开始忙活，下一个月中旬忙完算账，每个人得了四百六十五块钱，村里得了四千块钱，入了村账。另外，路修完了，县里要求路沿线经过的乡镇安排专人护路，给按月开工资，一个月给开九十五块钱，年底一起结算。工资是少了点，可这份工作轻松，每天就是或早或晚沿着那八里地路走一遭，有事就往乡里报告，没事就可以爱干啥干啥去。晚春的时候，需要往路两边撒一些花籽，花籽是乡里给提供。夏天的时候，路两边的草长高了，需要拿镰刀割一下。工作就这么简单，而且是两个人一人一天交替着干，算下来，一天轻轻松松就能挣六块钱，很诱人了。

何文他爸嫌何文农闲的时候，要么整天领着一帮小年轻人在外边抓蛤蟆、长虫、蝲蛄、蚂蚱烧着吃，要么领着那帮小年轻人在他新盖的房子里喝酒，不学无术，便想着让他去干养路工。别管活多活少，终究是个正经事。让何文有个正经事干，收一收玩心，还能挣几个钱花。都已经是结了婚的人了，不能总是想着玩，得想着挣钱养家。于是，何文他爸去乡里找何成伟说这事。

何成伟说："这事我不管，你也别跟我张这个嘴。假公济私、公权私用的事情，我干不来，我也不希望咱老何家的人打着我这个乡长的名义，在下边跟人家争好处。"

何文他爸怵何成伟，听何成伟说得果断，转身匆匆出了何成伟的办公室。何成伟追出办公室，说："往哪儿走呀？这都晌午了，走，我领你下馆子去。"说完，何成伟领着何文他爸出了乡政府大门，在乡政府斜对面的一个小饭馆里要了两碗大米饭、两碗羊汤跟一碟辣椒面、一头蒜。

何成伟说："何文总这么在家里待着也不是个事儿，还是得有一门儿手艺。你要是愿意，我跟市里的技校联系联系，让何文去技校学学农业技工啥的。"

何成军说："他行吗？我看他就不是学习的那块料。"

何成伟说："咋就不是那块料了。我觉着何文这孩子脑瓜子够用。而且现在咱们县里懂农业的、会技术的少，他要是真能好好学，学完回来大钱不一定能挣上，养活媳妇、孩子肯定是够了。"

何成军信他哥的话，点头说行，完了捧起羊汤碗，咕咚咕咚喝了两大口。

上技校的事情，何成军没跟何文商量，只是通知了他一声。何文起先不愿意，后来听说那个技校在抚顺城里，脑子还没转过来，嘴里就蹦出来一个"行"字。何文对"抚顺"这两个字尤其敏感，无论什么事情，只要跟这两个字沾边儿，都能勾起他的兴致。何文自己心里也清楚，他对这两个字敏感，是因为许小雨在那里。

不过，上技校的事情，得转过年九月份去报到，何成军跟何文说这事情的时候，这一年技校那边的报名已经结束了，七个班都严重超员。

何文要一年以后才能去念技校，不过这一年时间里，他倒是也没闲着。何成伟没答应何成军让何文干养路工的想法，不过何成军跟何成伟说这话的时候，章副乡长就在办公室门外，听得清清楚楚。章副乡长分管乡里的交通工作，背着何成军给冯伟国打了个电话，交代说何文那孩子不错，听说长得壮实，干事心细，陈家村有两个养路工的名额，不妨考虑考虑何文。冯伟国听了这话，便应声说，何文本来就是他觉着的干养路工的第一人选，都已经写到名单上了。挂了电话，冯伟国赶紧找了笔和纸，把何文的名字写了下来。

另外一个养路工的名额落在了赵亮头上。给了赵亮是因为赵清波夜里提溜了两瓶西凤酒去了冯伟国家里，说了他儿子赵亮一大堆好话，又把冯伟国好一通夸赞，说冯伟国绝不仅仅是干一个村书记兼村主任的命，早晚能到乡里，至少也是个副乡长。说完，又说他小舅子念叨冯伟国念叨了好几次，说是要找冯伟国喝酒。冯伟国知道赵清波他小舅子在乡政府里上班，也听出来赵清波话里话外的意思，就把剩下的这个养路工的名额给了赵亮。

赵亮答应干这个养路工的活，完全是冲着这个活轻松，钱好挣。起先还能保证轮到他班的时候，骑自行车在路上走马观花地转一圈。一个礼拜以后，这个圈就转得越来越小，从八里地变成六里地、四里地，后来就只到村后瞅瞅，在村口路边的一块石墩子上坐下，抽两根烟，嗑一把瓜子或者喝一瓶饮料，完了再回家。再后来，干脆转都不出去转了，要么上山侍弄人参，要么在家里炕上躺着看电视。反正他跟何文每人一天交替上班，他不干，何文就替他干了。真要是出了事，就说是何文值班的时候出的，虽然没有证据证明是，可也没有证据证明不是。再说，一条硬邦邦的柏油路，能出啥事？

何文倒是认认真真值班，每天中午刚过，约上潘老二、赵震那些人，骑着自行车，巡视柏油路。巡视柏油路其实是刚好顺路，何文喜欢去村子北边四五里地外的一处拦河坝洗澡。因为有拦河坝，那里有一个积水潭，约五米宽，十几米长，水深在一米到两米之间，是一个很不错的室外游泳池。村里很多年轻人都喜欢去那里游泳，潘老二、赵震那些人也都喜欢去。午后，水被太阳晒暖了，何文骑车巡视柏油路，路面气温高，何文他们几个骑车骑上大半圈，像在汗蒸室里免费蒸了半个小时，汗水出得通透。出完汗，刚好去拦河坝下方的积水潭游几圈泳，游累了就上岸抓蚂蚱、抓长虫，到水浅的地方抓蝲蛄，在岸边烧着吃。吃完再游几圈泳，上岸骑车回家。

何文性子躁，玩心也重，不过对媳妇还不错。许小蒙跟何文结婚之前，在清原县城里打过三年多工，干过网吧收银员，卖过衣裳，后来又在饭店当过服务员。何文跟许小蒙头一次见面，听她说在饭店干过服务员，突然就多了几分好感。当然，结了婚以后，没让她再出去打工，就在家里帮着她婆婆喂喂猪，侍弄侍弄菜园子。许小蒙想自己弄个菜园子，种自己想种的东西。何文在新房的四周垒起了高出地面半尺多高的石基，上边用红砖黄沙砌了围墙，房前屋后的空地备了垄，翻成菜地。许小蒙喜欢吃零食，比如瓜子、松子、榛子、各种果脯，也爱吃雪糕、爱吃烧烤、爱喝饮料。入秋以后，何文就上山采野榛子，一天能采回一麻袋。何文恐高，却敢爬上十五六米高的果松树给他媳妇摘松塔，也是一天摘回一麻袋。何文他爷他奶在西山上种了一片果园，收果的时候，何文一筐一筐地往家里背，沙果、李子、圆枣子切片晒干，山梨做成梨坨，新挖了一口地窖放山楂，冬天的时候上山割一些杏条做扦，在大铁锅里熬糖，给媳妇穿糖葫芦吃。赵震家的供销社收野生中草药、核桃和野蘑菇，何文进山里刨穿地龙、山胡萝卜、捡大腿蘑、松伞蘑、野核桃，卖了钱给媳妇买瓜子、雪糕、饮料、烧烤。何文干养路工，种地卖粮，跟他爸开车出去给人拉石头、拉沙子，挣的钱都上交给媳妇。何文把钱都给了许小蒙，又给她买好吃的，许小蒙自然高兴，夜里就很配合何文。何文摸着黑趴在许小蒙身上，仿佛就瞅见身子下边的那个女人是许小雨，粉红的鹅蛋脸，扎着两根又粗又黑的麻花辫子，于是每次都特别地卖力。

冯伟国上任村书记兼主任，干了两件事，一个是给村里争取到了修路的活，一个是领着大家继续种人参。

修路的事情，因为有摸得着看得见的好处，村里人自然是没有二话。

不过继续种人参的事情，许富贵跟何文他爸都觉得不妥。许富贵领着大家种人参的时候，自学了很多种人参的知识，也到乡里、县里甚至是市里请教了不少专家，自己也算是半个专家了。他知道人参不能在同一块地里反复种植。而且陈家村种人参挣了钱，周边的不少村子也都跟着种。村里第二次收人参的时候，价格已经有下降的趋势了，许富贵担心再继续种下去，怕是价格会上不去，三四年白忙活也就算了，弄不好还得赔钱。何文他爸干脆把自己家的参床平了，从外村弄了些木段回来，在原来种人参的参场种上了木耳。冯伟国觉着事情可能没有许富贵说得那么严重，甚至觉着许富贵可能是不想他冯伟国抢了他的功劳。毕竟种人参的事情是许富贵带领大家干起来的。

冯伟国说："等种完这茬儿以后，挣了钱就再不种了。"

许富贵说："去年人参下山，价格你也知道，已经比上次掉了三毛钱。而且现在到处都在种人参，再过个三四年，真不知道你种的人参会不会成了白菜价了。"

冯伟国说："白菜价？那不至于吧。要不这么着，看大家伙儿的意思，大家伙儿要是还坚持种人参，那就还种。"

许富贵听出来冯伟国的心意已决，不好再多说什么，只说希望他再好好想想，说完便走了。

何文干上养路工这年入秋，当年许富贵领着村里人栽种的十几片果松，松塔丰收。何文领着潘老二、李宏伟、赵震、陈宗宝，一人提溜着一把镰刀和一根五米长的细木杆进山摘松塔。何文本来也叫王大成来着，王大成他爸说，王大成头一天早上刚走，被他老舅家干瓦匠的二哥给叫进城，盖楼房去了。又说，本来王大成走之前想着跟何文说一声的，可他二哥给他打电话说进城事的时候，已经是晚上九点多了，第二天一早就坐六点的车走了。何文叹了口气，问王大成什么时候能回来，或者还回来不？王大成他爸说兴许年底能回，也兴许就一直在城里干着了。何文又叹了口气，出了王大成家的院子。

何文跟潘老二他们进了山，把脑袋套上塑料袋，防止松树油粘在头发上不好洗。在果松树底下仰脖子往上瞅，找结松塔多的树爬，爬到不能再爬的时候，镰刀把绑在木杆上，用绑了木杆的镰刀一颗一颗或者一嘟噜一嘟噜往下砍松塔。连续摘了三天，松塔卖了二百七十多块钱。何文问："钱是平分了还是大家伙儿买酒菜热闹花了。"几个人都想在一块儿热闹花了，但光是喝酒显然不能尽兴。许小蒙说："要不就去唱 KTV 吧。"潘老二他们其实也是这么想的，便拿了钱，坐车去了毗邻榆树乡的永陵镇的一家 KTV，要了一个包间，点了不少酒水。

几个人在包间里都喝了不少啤酒，潘老二觉着喝啤酒不够劲，去吧台要了两瓶二锅头，服务生给拿了六个玻璃杯。不出半个小时，两瓶白酒都喝完了。酒劲一上来，一个个都成了大舌头，唱歌不仅跑调，吐字也听不清楚。不过也无所谓，唱歌的人吐不清字，听歌的人也听不清音，谁唱完了，大家伙儿都拍巴掌叫好。何文也没少唱，选唱了《涛声依旧》《潇洒走一回》等十几首歌。

十三

何文干了一年养路工，到了八月底，便去了抚顺城里念技校去了，念的是农业技术。何文不喜欢学农业技术，确切地说，跟农业有关的活计他都不喜欢。作为一个土生土长的农村孩子，打小就在农田里待着，一天又一天，一年再一年，面土背天，灰头土脸，毛孔里冒出的汗多得甚至能装满一个小型水库。跟土地待久了，指甲缝跟抬头纹里都能长出苔藓，手掌糙得能当锉使唤。何文他爷他奶、他爸妈总也直不起来的腰，就是他们一天都不曾离开过土地的最好的证明。何文不想像他爷他奶、他爸妈那样挺不起腰，不喜欢一年一年顶着老大一个太阳，干着犁地、播种、间苗、追肥、薅草、收割这种重复重复再重复的枯燥活计。他觉着他哥何寅的工作就不错，基本上一整天都坐在办公室里敲电脑，不用被太阳晒出一身黏糊糊的汗，不用看老天的喜怒为地里的庄稼担惊受怕。当然，他也知道，何寅是早先付出了努力的，何寅哥俩是那些年里从村里走出去的仅有的几个大学生中的两个。他们有知识、有文化，能够坐在办公室里挣钱养家，理所当然。何文有自知之明，像他这种文化水平也能像何寅那样坐在机关的办公室里挣钱的人倒也不是没有，甚至有些人还当上了官，比他大爷何成伟还要大的官，不过那是以前。如今别说是进机关坐办公室，何文听城里人说，就是在城里饭店干个端盘子刷碗的活，还要求有个初中以上文凭。

说到在城里饭店端盘子刷碗，何文又想起了许小雨。也不知道她过得怎么样？那个男的对她好吗？会娶她吗？

何文不想学农业技术，他觉着学其他随便哪个专业都好，比如汽车修理、家畜家禽养殖，甚至是手工技术都行。可是他大爷和他爸当初商量，给他报的就是农业技术专业。他敢跟他爸顶几句嘴，可他不敢逆了他大爷的意思，他怵他大爷。

何文去技校报到那天，许小蒙和他一起进的学校，帮他把宿舍的床铺好，在校门外转了好几家杂货店，给何文买了便宜又好用的洗脸盆、牙缸、牙刷、拖鞋和毛巾。直到把何文安顿好，许小蒙才离开。她离开的时候，何文送她到客运站，看着她上了车，车子出了站，他才返回学校。

许小蒙每个月第一个礼拜六都会大清早坐车去技校看何文，月月不落，就像她每个月都会来的例假一样。每次许小蒙去看何文，何文都会在学校附近一家叫"情苑"的小旅馆开一晚房，跟许小蒙小别胜新婚地折腾到大半夜。隔天下午再把许小蒙送去车站。

从第二年种完苞米开始，许小蒙有一天突然给何文打电话，说一个月才能见一次面，见完面又要再等一个月，这一个月时间的等待太熬人。后来许小蒙就开始一个月去见何文两次，月初一次，月中一次。再后来就成了一个月去三次、四次，有时跟何文在"情苑"折腾一晚，有时见了面说说话就走。去看何文的时候，许小蒙出门前也照镜子画眉抹粉，穿上何文在城里给她买的衣裳，有时还挎上一个包。那是一个黑色金边的手提包，许小蒙说是在车站旁边的一个打折店里买的，假货。

何文愿意许小蒙来学校里看他。两个人毕竟都年轻，生理需求旺盛。这没什么难以启齿的，人家是两口子，是合法夫妻。不过何文始终不能接受有些城里人在男女干那件事上的开放。他宿舍里总共住了十个人，六个是城里的。那六个城里人三天两头出去开房，换女人的速度比换衣裳还频。过了一年，何文宿舍的十张床铺，绝大多数时间都只有何文和另外一个农村来的住。那个农村来的没出去找女人，因为还是个孩子，才十四岁，还是虚岁。

许小蒙频繁去城里看何文，何文他爸妈倒是不吝惜花路费，还经常让许小蒙给何文捎去包子、饺子或者家里腌的辣白菜、咸菜疙瘩，往返的车票钱也一并给拿了。何文他爸妈不吝惜花路费，是因为老两口想着早点抱孙子。何文和许小蒙都结婚快两年了，按说早就应该有了一儿半女，可许小蒙的肚子就是不见鼓。有一次，何文他妈给何文打电话，好几次都是话说到一半，又不说了。

何文说："你到底想说个啥，别磨磨叽叽的。"

何文他妈说："你都跟小蒙结婚这么长时间了，咋还没要个孩子？要不，我跟你爸过去，先领你去医院看看？"

何文说："看什么看？有什么好看的？我没毛病，小蒙也没毛病。你俩就别跟着瞎操心了。"

又说："我现在在这边学习，跟小蒙一个月最多也就见三四面，咋生孩子？等我学完回去了，指定叫你俩抱上孙子。急啥了急？"

说完，何文不耐烦地把电话挂了。

这天，何文家里来了一个穿深蓝色西装、打红色领带、拎黑色公文包的客人。说是客人，其实是何文家的亲戚。当然，这门亲戚是来的那个西装领带男说的。西装领带男先是拜访何文他爷他奶，给俩老人拿了两桶高钙奶粉和一箱杏仁露，说是他去新宾县城办点事情，从沈阳城里来的时候，他妈提前给买好的，让他无论如何也得专程过来看看。何文他奶问西装领带男叫啥，他说姓李，单名一个诚字，诚实的诚。何文他奶又问李诚他妈叫个啥，李诚说叫韩淑梅。

何文他奶说："哦，韩淑梅？"在脑子里搜索了老半天，没有这么一个名字。

李诚说："我妈您可能不认识，我奶您应该是知道的。我奶叫魏丽英。您想想。"

何文他奶说："魏丽英？这个名字倒是有印象。对，肯定是亲戚。"说着，拍了拍脑袋，又说："人老了，脑袋不灵光了，啥事老是记不住。肯定是亲戚。"

何文他爷说："你二爷家的老三早先不是娶了个城里的媳妇，好像就叫魏丽什么。"

李诚说："对对对，您说的那是我二姨奶，叫魏丽娟。"

又说："我奶跟我二姨奶关系特别好。我奶早先老跟我说，我二姨奶那会儿跟我二爷在咱们陈家村住了一年多，是后来才回城里的。那会儿我二姨奶家里穷，饭都吃不饱，干活儿也干不动，多亏了您二老帮衬着，自个儿家里都吃不饱，还老给他们送粮食。"

何文他奶说："要是这人老了，是真记不住事了。你刚才说的这些个事，都记不住了。不过倒是想起来你二姨奶了。她身体还行吧？"

李诚说："她身体好着呢，在家里天天喝这东西，啥毛病也没有。"说着，拍了拍他拎来的高钙奶粉。又说："不过人老了，身体虽然健康，但说句不好听的话，谁也不敢保证就没病没灾的。总也不生病的人，一生病，多半都是大病。再说，城里车多，人也多，在道儿上走，说不准啥时候就磕着碰着了。真要是出了事，可得钱花了。"

又说："不过也不用太操心。我给我奶、我二姨奶、我爸妈都上了保险，真要是出了啥事，保险公司就给拿钱了。"

何文他奶说："可不是，人老了，不生病还行，一生病，就是得个感冒，也得要了半条命。"

李诚说："老姑，这话您说着了。真要是病了，不好治，可得钱花了。所以，我才给他们都上了保险。不生病最好，万一谁病了，花多少钱都没事，保险公司给拿，咱自个儿一分钱也不用花。"

何文他奶说："不用自个儿花钱，那挺好。不像俺们农村这里，除了吃的粮食是自个儿种的，水是井里压出来的，这个不用花钱，别的干啥都得花钱。"

李诚说："老姑，这个您就不懂了。不光是城里人可以治病不用花钱，咱农村人也行。只要是上了保险，不管你是城里人还是农村人，都一样。"

又说："也不光是看病不用花钱，比方说家里房子被火给烧了，自己得花钱重新盖吧。要是上了保险，这个钱就不用自己花了，保险公司给掏。"

何文他奶说："哦。还有这好事呢？你说的那个保险公司光给别人拿钱看病、盖房子的，它能有那么多钱啊？还有，啥叫上保险？你总说上保险上保险的，那是个啥？"

李诚说："也不是说人家就平白无故给别人拿钱治病、盖房子，是得先上保险，跟人家签一个合同。签完合同，在这个合同约定的期限里，要是生病了，或者房子着火了，人家给拿钱。"说完，李诚从他拎着的黑色公文包里拿出两份保险单的样单摆在炕上给何文他奶看。

何文他奶说："哦，签合同？签合同得花钱吧？"

李诚说："呃，对，得花点儿钱。也不是，不是签合同花钱，是上保险花钱。"

何文他奶说："上保险得花多少钱？"

李诚说："这个不一定，看您想保多少钱的。有几十块钱的，也有几百块钱的。当然，要想多保，几千块钱的也有。保的少，真要是出了事，保险公司给赔的钱也少。其实也不少。比如这个，保一百块的话，保险公司最多给赔三千块钱。要是保两百，就能给赔八千。要是保五百，最多能给赔两万。"

又说："像您跟老姑父，我觉着就挺适合保这个两百或者五百块的。像那些一个保单一千两千的太贵，不适合您二位。五十一百的赔的钱少，也不合适。像您跟我老姑父，两人一人一个两百的，总共才四百，没多少钱，但真要是用上了，八千块钱，一般的大病都能治了。"

何文他奶上下打量了一番李诚，不吱声了，低头瞅着炕上的保险样单。

何文他爷说："东西倒是个好东西。我跟你老姑都这把岁数了，真要是得了啥大病，也不治了，没治的必要了。"

李诚说："老姑父，您不能这么说。咋就没必要治了？早先穷，日子过得不好。现在总算是好了，可得多活几年，活他个一百几十岁。"

何文他爷说："能活多大岁数，那都是命里定了的。等你活到俺们这个岁数，对死活的事也就看开了。"

又说："你回去的时候，替你老姑和我给你奶、你二姨奶还有你爸妈带个好。"

李诚听出来了何文他爷逐客的意思，头次上门不方便把场面搞得太僵，便收了炕上摆着的保险样单，出门前说往后得空再来看俩老人。

李诚出了何文他爷他奶家的门，转身进了何文他爸妈家的门。说的话跟在何文他爷他奶家里说的大致没啥区别。何文他爸听李诚说话听得不耐烦，说你这亲戚攀得是真够远的，真是从来都没听说过。又说，俺家没钱上这个什么保险，这玩意儿不是骗钱的吧？天底下啥时候有过你给他一百他还你三千这样的好事。开公司哪有不为了挣钱的。要挣钱，钱从哪挣？何文他爸还想说，保险公司挣钱都是从上保险的人那里挣。保险公司从大家伙儿手里收钱，完了给一两个真正生了病的人看病，剩下的钱就自个儿留着了。这不是空手套白狼嘛。不过何文他爸最终没说这些话，给李诚留了面子，毕竟上门是客，况且还是亲戚，一个远得几十年从来没见过面的亲戚。

李诚走后，何文他爷拎起李诚拿来的说是他妈从沈阳城里买的高钙奶粉，塑料袋上居然印着"永陵百货"字样。

何文他奶说："我咋没记住那个魏丽娟跟我二爷家的老三在咱村里住的时候，咱给他家拿过粮食呢？"

何文他爷说："刚才那小子就是满嘴溜炮。咱压根儿就没给拿过啥粮食。咱自己都没得吃，拿啥给人家。再说，你二爷家的老三结婚以前就不住咱村了，你上哪儿给人家送粮食去。"

何文他奶说："对，我也记着是这样的。那刚才那个李诚咋恁说呢？"

何文他爷说："跟咱套近乎呗，完了让你花钱买他的保险。"

何文他奶说："不行，我得给老大老二他们都打个电话，别那小子回头跑他们那儿去，再给他们骗了。"

何文他爷说："快拉倒吧。人家比咱明白事。咱都唬不住，还能把他们给糊弄了？"

正说着，听何文他爸家的房门开了，何文他爸说："你到别人家问问去吧，兴许有人愿意买。不送了。"

冯伟国当上村书记兼主任以后，领着陈家村的人继续种人参。种的人参本来是打算五年以后下山，还指望着拿这批人参狠狠地再挣一笔。冯伟国对领着大家伙儿种人参这件事相当的上心。除了许富贵跟何文他爸两个人冯伟国劝不动，村里其他人家有听了许富贵的话，打算放弃种人参的，有一家算一家，冯伟国都专程上门劝说，而且不止一次，说人参毕竟是人参，是高级的大补药，不可能变成萝卜白菜，价格自然也不可能跌得稀烂。又说他跟城里好几家参行的老板都说好了，等人参下了山，保底价至少在保证成本费的基础上，额外再加一块钱的利。村书记拍着胸脯挨家挨户打了包票，还拿出来了几张纸，上面是冯伟国跟城里几家参行老板立的收购人参保底价的字据，摁了红指印。事情看起来确实可信，觉着冯伟国在种人参这件事上考虑得确实周全，连五年以后的事情都考虑到了，大家伙儿便没啥好顾虑的，一门心思跟着冯伟国继续种人参。冯伟国对领着大家伙儿种人参这件事如此上心，说得好听点，那叫为老百姓谋利益，带领全村共同致富奔小康。说得直白点，便是指望着拿这件事搞出一些政绩。即便赶不上许富贵当书记那会儿干得那么出彩，至少要把赵清明当书记那会儿干得稀烂的摊子甩出去二里地。得真正叫大家伙儿瞅着了好处，他在乡里才能敢说话，在村里也能挺起腰杆子出门走道。只是世间万物是运动变化的，计划往往赶不上变化快。冯伟国领着大家伙儿种下人参的第二年，人参就因为供应量太大，价格开始大幅度往下跌。再过一年，下山的人参更多，价格跌得更惨。眼瞅着价格一年赶不上一年，就快低成白菜萝卜价了，要是再多侍弄一年，不仅要多搭进去一年的力气，人参反而更卖不上价格，亏得更惨。实在没办法，冯伟国决定提前一年让人参下山。

冯伟国除了没有考虑到市场供求跟商品价格的关系问题，还误判了一类人，就是商人。他当初选择了相信市场经营讲究诚信，相信商人经商自当诚信为本，一诺千金，却忽略了市场经营的最终目的是为了营利，商人经商是要赚钱。能够赚到钱，诚信自然是要讲究的，还要很讲究，非常讲究。可是按照如今的行情，人参的价格几乎跌剩了四年前的一成，总不至于为了一张没有任何法律效力的破纸，把自己赔得倾家荡产、债台高筑，去兑现承诺吧。何况那几个参行的老板跟冯伟国并不是很熟络，不过是冯伟国请喝了一顿酒的关系，那几张字据也是在酒桌上喝得迷迷糊糊写的，上面的字东倒西歪，也都跟喝醉了酒似的。

人参下山之前的一个礼拜，冯伟国进抚顺城联系人参销路。找王记参行的王老板，找了两圈也没找着那家店。打电话给王老板，电话里说是空号。冯伟国向周边几家店的人打听，才知道王记参行半年前黄了，兑给一家姓朱的开了麻辣烫馆。打电话给甄参参行的秦老板，秦老板说他改行做鞋了，全家都搬去温州，在那边开了一个鞋作坊。

"不好意思了，人参的事，看来咱们是没法子合作了。不过你要是对买鞋卖鞋感兴趣，咱们倒是还可以合作。你们村有多少人？俺家厂子里做的好几款鞋在农村都卖得特别好。要不我给你发过去一双样鞋，你们村的人要是看好了，我再多给你们发些货，绝对最低价给你。"电话那边，甄参参行的秦老板，不，是以前的参行秦老板，现在的鞋厂秦老板，操着一口掺了温州方言的东北话。

又说："你要是干，我可以给你一双鞋两块钱提成，三块钱提成也行。你看……"

秦老板话还没说完，冯伟国就把电话给挂了。好好的人参不卖，卖啥破鞋呢。卖人参跟卖鞋，简直风马牛不相及。冯伟国在一家小超市正对着的路对面的马路牙子上蹲着抽烟，一口气抽完了烟盒里剩下的三根"大生产"。抽完烟，冯伟国过马路进超市买了一瓶矿泉水，拧开盖子猛灌了两大口，大半瓶水下了肚。拧好盖子，攥着那几张收购人参的字据，去下一家，也是最后一家。

最后这家叫刘老憨参行，名字听起来倒是挺憨厚的。还好，冯伟国找到这家参行，参行还在营业。参行老板刘憨看了冯伟国手里的字据，倒是不否认。

"这确实是我写的。那天真是喝大了，稀里糊涂就给你写了这么个东西。"刘憨说。

冯伟国说："你店里还收购人参吗？"

刘憨说："收，当然收啊。虽然这两年人参生意不比前些年挣钱，挣那两个钱只够买几只苍蝇腿，可好歹苍蝇腿它也是肉啊。生意好的时候咱买猪肘子吃，生意不好的时候，有苍蝇腿也总比没有强。"

冯伟国说："那，你看俺们村的人参，怎么个价收？"说着，把手里捏着的刘憨四年前写的那张字据朝着刘憨晃了晃。字据上的字已经被冯伟国身上的汗给晕开了不少，汗津津皱巴巴的。

正说着，有人进了店，跟冯伟国一样，也是来找刘憨卖人参的。当然，来人跟冯伟国又不同，这人手里没有刘憨写的收购人参的字据。冯伟国在一旁听刘憨跟那人谈收购人参的事情，从两个人的对话里听出他们比较熟络，合作了有些年头。来人姓吴，家住清原县，是一个倒买倒卖人参的二道贩子。刘憨管他叫吴老弟，想必是岁数上比刘憨要小，不过看起来要比刘憨显老，而且至少老七八岁。这个吴老弟除了倒买倒卖人参，也倒买倒卖山核桃、野蘑菇，每年秋天还倒买倒卖一个月粮食，完了去山东或者山西往回倒腾一两万斤苹果卖。

两个人说了十几分钟话，多是说些这几年人参一年不如一年好卖的话。末了，吴老弟说这次带来的参不少，价格就按电话里说的。刘憨把人参从一个个袋子里倒出来，粗略看了几眼，给参过了称，拿了计算器摁了一会儿，又把计算器转向吴老弟，让他看得出来的钱数。两个人倒也都是爽快人，一个当即结了账，和一个年轻女店员一起往袋子里装参，一个拿了钱便出门走了。

收完参，刘憨回到冯伟国跟前，两手搓着手上沾的泥，说："不好意思了，让你等了这么长时间。"

冯伟国说："不打紧，不打紧。"

刘憨说："冯大哥你也看着了，今年的参实在是卖不动。你看我这儿，不说是天天有人往这送参吧，可也差不多。卖出去的还没买进来的多呢。"

又说："刚才那个姓吴的，俺俩合作有七年了。从他那儿收参，我是给的价最高的了。刚才给的啥价，你也听着了吧？"刘憨瞅着冯伟国问。

"听着了。"

刘憨说："你那个字条上的价，我肯定是给不了了。要是按那个价从你那儿收，我得把我这个店给亏进去。"说完，回身让那个年轻女店员拿了两瓶矿泉水，递给冯伟国一瓶。

又说："这么着吧，我刚才给那个姓吴的啥价，我给你多加两毛钱。你看咋样？"

冯伟国拧开瓶盖，喝了一大口水，又喝了一大口水。刚拧上盖子，又给拧开了，再喝了一大口水。

"这个价，太低了。要是按这个价卖，那俺们村还不得一下子亏得回到解放前了！"

刘憨说："我这已经是给的最高的价了。不信你出去挨家挨户打听打听，别人价给的最高的，至少也比我这少一块几毛钱。"

冯伟国说："当初我都跟村里人保证了，我还拿这些字条给大家伙儿看了。就是因为大家伙儿看着了这些字条，才都愿意跟着我种这东西。现在弄成了这样，我哪还有脸回村里呀！"说完，拍了一下脑袋，然后拍变成了抓，不停地抓着稀疏且杂了白色的头发。

又说："我亏了也就亏了，自认倒霉。这连累了全村几百号人跟着我一起亏，别说是我这个村书记没法再当下去，就是村里都没脸回去了。"

刘憨说："大哥，我也真的是帮不上忙。我也得养活一家老小。要不，我再给你加两毛。不能再高了。那天是真喝多了，才写的那个字条。要不是因为那个字条，我也不可能给你每斤加这四毛钱。要不你回去再想想？要是行，啥时候往我这儿送，提前一天给我打个电话。"

冯伟国瞪圆了两只眼睛，说："啥？都这个价了，还得自己送货过来？"

刘憨说："不然呢？"

冯伟国说："自己送货过来，刨去来回的油钱，算下来还没白菜贵呢。这人参还是人参了嘛！"

刘憨说："都是得自己送货过来。现在种这东西的人太多，往这儿送的还收不完呢，谁还愿意大老远跑乡下去收，遭那份儿罪。"

冯伟国不吱声，一仰脖子，把瓶子里的水干了，长叹了一口气，出门坐车回陈家村了。

冯伟国回了家，把家里的存折翻了出来，瞅了瞅上面的数字：七千五。最多能够赔给两家。全村一百七十六户跟着他种了人参，现在手里的钱只够赔给两家，杯水车薪。不，或者连一杯水都没有，是滴水车薪。冯伟国他媳妇知道冯伟国拿着存折要干啥，说："大家伙儿种人参赔了，也不能都赖你啊。你又没拿刀架在他们脖子上逼着他们干。今儿要是他们都挣着了钱，谁会把挣的钱分给你点儿？挣钱不给你分，现在眼瞅着赔钱了，谁赔谁自己受着。"冯伟国白了他媳妇一眼，说："你个妇人，闭嘴。"冯伟国他媳妇觉着委屈，扒着门框抹眼泪。

"都听说了没？昨儿冯伟国进城打听人参价去了，这价还赶不上上回的两成。"赵清海他媳妇说。

冯野他妈说："真的假的？不能吧？那不跟白菜一个价了。"

赵清海他媳妇说："当然是真的。咱们可都得记着点儿，当初他冯伟国可是跟咱们拍着胸脯保证过的。咱们要是赔了钱，那可不干。得叫他冯伟国赔。"

赵亮媳妇说："可不是。咱们费劲巴拉地干了五年，一分钱挣不着，连种子钱都给赔进去了。这谁能干！"

又说："当初要不是听了村主任的话，俺家都打算种木耳了。你瞅人家何文他爸妈，种木耳年年挣钱。"

张森媳妇说："你家那会儿打算种木耳了？"

赵亮媳妇说："是呀，买木头的钱都准备好了。结果被村主任硬给拉着去种了人参。"

张森媳妇说："俺家那会儿也打算跟何文他爸一块儿种木耳来着，也是听了村主任的话，才种了人参。"

这几天，大街边到处是三五一群、七八一伙的人在说种人参的事，都说原本是打算种木耳，这回种人参亏了，都赖冯伟国。当初何文他爸劝大家伙儿跟着他种木耳的时候，大家伙儿可都不是这样说的，一个个信誓旦旦只种人参，别的啥都不种。赵清波他媳妇更是跟冯野他妈、张森他妈说："他们老何家种人参挣着了钱，现在不爱种了，凭啥也不让俺们种。这独食也不是这么个吃法的。还说啥往后种人参得赔钱。把大家伙儿都当傻子呢？俺家就种，种得比上次还要多。"那会儿真正听进去许富贵跟何文他爸话，有过种木耳想法的其实只有七八户人家。

赵清波他媳妇的话，还有大街上一群一伙埋怨冯伟国的话，一波接着一波传进了冯伟国的耳朵里。赵清波他媳妇还领着七八个女人到冯伟国家里撒泼讨说法，闹了一个多小时，直闹得嗓子冒了烟，才领着人回了。冯伟国坐在炕沿上，一口气喝了三个二两半杯子的六十度高粱小烧。心想，当初没把许富贵的话当回事，甚至还以小人之心度君子之腹，如今落了这么一个下场，也是咎由自取。有那么一刻，冯伟国突然抬头瞅了一眼屋顶，他想找一根房梁，一根足够吊起他体重的房梁，然后随便找一根绳子，把自个儿往梁上一挂。都以死谢了罪，凡事也应该一了百了了。可惜没找着房梁。五年前人参下山，冯伟国赚了一个新房子，就是他眼下住的房子，抬头不再是乌黑的房梁和梁上的泥草，而是雪白平整的白灰棚顶。

冯伟国喝第四杯酒的时候，何文他爸进了屋。何文他爸说他有个办法，就是不知道能不能行得通。冯伟国酒劲上来了，两眼潮红瞅着何文他爸。

何文他爸那晚去冯伟国家之后过了七八天，一个外乡人开着一辆半挂车进了陈家村，把何文他爸前两天让村里人起出来的人参都给过秤装了车，价格当然是按照那天刘憨给冯伟国开的价。价格虽然还是那个价格，不过好歹送货的油钱给省下了。车开走以后，过了一个多月，这天何文他爸去找冯伟国，给冯伟国撂下十万块钱。冯伟国在村部给大家伙儿发钱，一边发一边咧嘴乐得鼻涕泡都粘到了嘴上。

原来，何文他大爷跟那个开挂车的司机认识，那个司机正准备去南方拉一车橘子回来，回来的时候正好是深秋，橘子在东北下货快。可往年都是空车去满车回，白浪费去的油钱和多得离谱的过路费。正好陈家村出了人参的事，人参在南方又是紧俏货，便给出了主意，让挂车司机先按市场价收购陈家村的人参，回头送南方挣了钱，他给出主意和联系货应得的提成就不要了，把提成钱补给参农。见挂车司机有顾虑，担心一车人参砸在手里，何文他大爷便给做了担保，如果亏了钱，亏多少他给补上。没承想，这一车人参刚过了黄河就卖了个精光，价格比东北高出何止十倍。

十四

许小蒙去看何文的时候，手里摆弄着一个新手机，粉色滑盖，后盖上粘了一圈亮闪闪的"钻石"，正中间还贴了一张她自己吐舌头扮鬼脸的大头贴。

"这手机挺好看的。不便宜吧？"何文说。

许小蒙说："不知道。不是我买的，是捡的。"怕何文不信，往耳朵后边别了一下散在额前的头发，又说："上次从你这儿坐车回去，快到永陵的时候，坐我旁边的人下车了。车开了五六分钟，我才瞅着旁边的座上有这么个手机。我琢磨着肯定是那个坐我旁边的人的。"

何文说："那你那趟城里可是没白跑，捡了大便宜了。"何文从许小蒙手里拿过手机，翻过来掉过去瞅了两遍，说："这种手机我见过，我们班里有一个女的好像用的就是这种，说是值四千多。"

许小蒙两眼瞪得溜圆，说："真的假的？这么贵呢？"

何文说："应该差不了。"说完，向上推开手机的滑盖，手机屏幕刚亮起，许小蒙就伸手从何文手里把手机拿了回去。

"我可得好好瞅瞅，捡了它一个礼拜了，天天就揣裤兜里。要是知道它能值四千多，揣裤兜里再让人给偷了，还不心疼死了。"许小蒙也翻过来掉过去仔细瞅了两遍自己的手机，瞅完，就手把手机揣进了上衣内侧的兜里。

许小蒙把何文他妈让她捎给何文的一罐头瓶子猪肉蘑菇酱和一百块钱交给何文，跟何文在技校门口左前方马路对面的一家新开的云南过桥米线吃了一锅米线。米线吃到一半的时候，许小蒙去了一趟卫生间，回来没再接着吃，拎起椅子上黑色镶金边的手提包，跟何文说赶车，先回了。

何文说："你这才来一个多小时，屁股还没坐热乎呢，咋就要回呀？车半个小时一趟，有啥可赶的？"

许小蒙说："我着急回去，有事呢。"

何文说："你回村里能有啥事？在这住一晚上再走呗。上个礼拜你就没在这住，大上个礼拜也没。"何文撂下手里的筷子，掰着手指头算了算，压低了声音说："咱俩得有一个半月没那啥了。"

许小蒙说："等我身体好点儿的。"

何文说："咋了？你得病了？"

许小蒙说："不知道，就是老觉着浑身没劲儿，想睡觉，有时候还恶心。"

又说："不跟你说了。我来也就是想瞅瞅你。人也瞅着了，我回家睡觉去。"

许小蒙走了以后，何文把剩下的半锅米线和里边的干豆腐丝、豆芽菜一口气都吃干净了，撑得肚皮溜圆。出了米线店的门，何文突然怔了一下，旋即找了一个公用电话，给家里打了一个电话。何文问他妈，女人怀孕了是不是都犯困，还觉着恶心。他妈说是，问他问这些干啥，是不是小蒙怀了。何文说有可能。

挂了电话，何文他妈跟何文他爸说许小蒙可能怀孕的事情，何文他爸来了兴致，叫何文他妈吃晚饭前去小卖部打两斤小烧，再买两斤猪肉，晚上炖红烧肉下酒。

正说着话，上次来卖保险的那个叫李诚的亲戚又来了。倒是不空手来，拎了二三十块钱的一只烧鸡进屋。自从上次来卖保险，被何文他爸半送半轰走了以后，不出一个月，又拎着几条最便宜的鲤鱼上过一次门。那次虽然也提了保险的事，不过也只是提了几嘴，见何文他爸不接话，便把话题扯开了，问问木耳生意，问问何文在城里学得怎么样，还说沈阳城离抚顺城近，回头去瞅瞅何文。那次以后，李诚有小半年时间没再登过何文他爸家的门，倒是真去技校瞅了一次何文，请何文在技校附近的一家小面馆吃了一顿饭。吃饭间，又说起了保险的事，话里话外都是劝何文回头好好劝劝他爸妈。何文嘴上应了，却没把这事放在心上。转眼小半年时间过去了，李诚第三次登门，半句跟保险的事有关的话都没提。照例还是先寒暄问问何文他爸妈、他爷他奶身体都怎么样，说他妈让他给大家带好，又问村子里人参种得怎么样。听何文他妈接话茬说大家伙儿当初没听何文他爸的话，种人参赔了钱，便说这些年人参生意确实不好。也不光是人参生意不好，很多农民种蘑菇、种药材都不景气。都是瞅别人种啥挣着钱了，就都跟着种啥。现如今瞅种木耳挣钱了，又开始一窝蜂似的都种上了木耳。何文他妈说，家里头几年种木耳确实挣了些钱，最近两年木耳也开始掉价了。

李诚说："你看，我没瞎说吧。"

又说："我这半年去了不少农村，也去外地，发现现在农村光靠种植人参、蘑菇、榛子、细参啥的，或者养牛羊猪，弄得再好，也挣不着多少钱。"

何文他妈说："也不知道俺们老农民还能种点儿啥、养点儿啥，能挣着钱。现在钱是越来越不好挣了。"

李诚说："今年开春，城里倒是有些人在家里开始养蚂蚁了。那东西还真挺挣钱的。"

何文他妈说："养蚂蚁？养那东西能干啥？那东西农村满地都是，啥稀罕物似的。"

李诚说："这您就不知道了。人家养的那个蚂蚁跟咱外边地上瞅着的不一样。人家养的这个蚂蚁是杂交出来的一个新品种，个头大，肚子里的蚁酸多，药用价值高。"

何文他爸说:"那蚂蚁的肚子弄破了,淌出来的水是有点酸味儿。"

李诚说:"对对对,那个就是蚁酸。"

何文他爸说:"养那东西,完了卖给谁啊?再说了,你就是养一万个蚂蚁,放一块儿也没一斤沉。要想挣着钱,那得要多少?"

李诚说:"老哥,跟您透个底儿。金子您知道贵吧?那东西都是论克的,一克金子比一麻袋大米都贵。一克蚁酸能换五克金子。"

何文他爸撇嘴,说:"扯淡,那蚂蚁哪哪都是,还能比金子贵了?"

李诚说:"蚂蚁肯定是哪哪都有,咱说的是蚁酸。"

何文他爸说:"要是照你说的,俺们就天天在外边挖蚂蚁,一个窝里还不挖出来几千个了。我还就不信了,一千个蚂蚁还挤不出来一克蚁酸。俺们一天就能挣几麻袋大米的钱了呗?"

李诚说:"我刚才不是说了嘛,得是人家杂交出来的新品种蚂蚁才行。再说了,您弄蚂蚁,挤出来的也不都是蚁酸,那蚂蚁肚子里总还得有肠子、肚子、屎尿吧。蚁酸那东西,咱自己弄不了。"

又说:"我就知道老哥您不信。我当时听了也不信,跟您现在一样一样的。"

何文他爸摸出一盒烟,李诚赶在何文他爸从烟盒里掏出烟之前递了一根烟过去。何文他爸瞅了瞅,中华烟。李诚打着打火机,给何文他爸点着了烟。

"这烟味儿是不错。啥东西贵有它贵的道理。"何文他爸又瞅了瞅烟卷上的字,说:"你说你早先不信,咋现在又信了?"

李诚说:"我在家里也养了。我不是有半年没过来了嘛,就是在家里养蚂蚁来着。三个月就回本了。三个月往后,一个月能挣一千五六百块钱。挣得不算多,关键是那东西好养活,给它早上喂了食就一天都不用管它,该上班上班,该遛弯儿遛弯儿。"

何文他妈说："一个月能挣恁多钱呢？真的假的？"

李诚说："嫂子，这事我骗你，我都不是人。"

何文他妈说："那你得养多少蚂蚁啊？"

李诚说："没养多少，就一万只。主要是一直怕被骗了，就先少养点儿。谁家的钱也都不是大风刮来的，都是挣的辛苦钱。真要是给人家骗了，怕是后半辈子都过不好。"

又说："我这还打算过几天再多养一万五千只。本来想多养点儿，人家公司规定，一家最多只能养两万五千只。"

何文他爸说："两万五千只？那得多老些？咋养呢？那东西个头小，又可哪儿都爬，根本管不住。"

李诚说："两万五千只没多少，就五箱子，一个箱子里能养五千只。箱子也没多大，比两个鞋盒子放一块儿大不了多少。里边是人家公司给提供的蚂蚁窝，窝里有小蚂蚁。箱子放窗台底下就行。蚂蚁一个月就能长大，人家公司也是过一个月就来家里取一次，完了再给拿来小蚂蚁叫你养。钱都是现场给的。"

何文他爸问："我还是没弄明白。你说人家花那么老多钱让别人养蚂蚁，刚才你也说了，养那东西简单，那他们自己咋不养呢？还能省不少钱。"

李诚说："他们自己也养啊。我去他们的基地瞅过，养了好几千箱。主要是他们人手不够，地方也不够大，养不了那么多。"

又说："老哥您要是有兴趣，回头我领您去他们基地瞅瞅，您就信了。"

何文他爸说："你说他们收那个东西能干啥？"

李诚看了看手表，说："老哥，您家电视机能收着××台不？"

何文他爸说："能。"

李诚说："您现在打开电视，××台这会儿应该是正好在演这个广告呢。"

何文他爸按照李诚的话，打开了电视机，调到××台，电视里还真在演一个跟蚂蚁有关的广告，是在推销一款叫"蚁真神"胶囊的广告。广告里说这款胶囊能增加睾丸内分泌功能，刺激大脑皮层兴奋，壮阳效果能"化腐朽为神奇"，让八十岁的老汉重新"硬"起来。广告里还有一个看上去确实有七八十岁的老头在现身说法，丝毫没有羞怯地说自己吃了这款胶囊，才吃了两盒，阳物就坚挺了起来，浑身焕发第二春，"吓得老伴都不敢跟我睡一张床"。

何文他爸妈最后信了养蚂蚁能挣钱，倒不是光凭李诚的一张嘴就信了，毕竟这事儿关系到很多钱，而且每一分每一角都是浸透着血汗味儿的辛苦钱。信，是因为相信了眼见为实。何文他爸留李诚在家里吃晚饭，晚上就在原先何文住的小屋将就一晚，第二天跟他去他说的那个公司看看是不是真的在养蚂蚁。李诚同意留宿，不过没在何文他爸家里吃晚饭，而是硬拉着何文他爸妈去了乡里下馆子。

吃完饭时，李诚说："除了自己养蚂蚁能挣钱，带着别人养，也能挣钱。发展一家，公司一次性给五百块，发展两家给一千五。发展得越多，公司给奖励的钱越多。而且，往后您发展的这些人，养蚂蚁挣了钱，每个月公司都按您发展的人数额外给您钱，一个人给一百块。您想想看，要是您能在村里不用多，就发展十家，就是您自己不养蚂蚁，一分钱成本也不用掏，一个月就能拿一千块钱。"

又说："而且加盟养蚂蚁，前期投入也不算多，一箱押金三千块钱，三个月肯定就回本了。往后就是干赚。加盟以后，啥时候不想干了，把箱子退给公司，人家还返还押金。这不就相当于咱自己啥成本也不用付嘛。再说了，人家那么老大一个公司就在那儿，值一个多亿，人家还能为了大家伙儿养蚂蚁那点儿钱跑了不成？"

第二天，何文他爸妈从沈阳城里回来，一进家门，就去柜子的暗格里把存折翻了出来。一共三张存折，一个存了六千，一个存了两千，一个存在三千五。何文他爸说把六千和三千五的存折取了,正好够养三箱蚂蚁的钱。何文他妈犹豫说,要不先取三千五的,养一箱试试。最后两个人折中,把六千的存折取了。李诚带了一个穿黑色西装、扎红色领带的板寸头型小伙子来何文他爸妈家收钱,签了租养合同,完了把装蚂蚁的两个箱子留下,两个人开着喷有"蚁真神"字样的银灰色面包车,一脚油门,扬长而去。

何文他爸妈高兴了。高兴是因为家里有三件喜事:第一件喜事是何文他弟考上了大学。第二件喜事是何文他媳妇许小蒙生了一个七斤四两重的男孩。男孩像妈,孩子长得跟许小蒙特别像,好看。何文他爸妈闲的时候就撺掇许小蒙进城去看何文,留下孩子,老两口抢着抱。第三件喜事是家里养的蚂蚁真的挣着了钱。虽然不像李诚说的那样,三个月就能回本,而是到了第五个月结束才回本,但终究是回本了。本钱都回到存折上,心里也就踏实了。往后每养一个月,就能净挣一个月的钱。

在村子里养蚂蚁,这种奇闻逸事自然是不超过三两天,全村人便都知道了。赵清波他媳妇说:"养蚂蚁要是能挣着钱,我回家把茅坑里的屎都吃了。"结果第一个月月底,一辆喷着"蚁真神"字样的银灰色面包车在何文他爸家门口停下,搬走两个箱子,又搬回两个箱子,留下一千块钱。

冯野他妈瞅着赵清波他媳妇说:"我记着你上个月好像说,他老何家养蚂蚁要是能挣着钱,你就吃茅坑里的屎。现在人家真瞅着回头钱了。"

赵清波他媳妇说:"这是头一个月,不是还没回了本钱呢嘛。你瞅着吧,肯定得亏。"

第二、第三个月月底,仍然是一辆喷着"蚁真神"字样的银灰色面包车在何文他爸家门口停下,搬走两个箱子,又搬回两个箱子,留下一千块钱。

冯野他妈瞅着赵清波他媳妇说:"人家老何家可是又轻飘儿挣了两个月的钱。眼瞅着就要回本了。等回了本,瞅你咋办。"

赵清波他媳妇说:"等回本了再说。"

到了第四个月底，赵清波他媳妇在大街上偶遇何文他妈，主动搭了话，问早上吃了啥，要干啥去。闲扯了几句，便把话题扯到养蚂蚁的事上来。何文他妈知道赵清波他媳妇跟她的偶遇，其实是对方一早就在她每天去她爸家的小卖部必经的路口刻意等来的。何文他妈倒是也没隐瞒，把事情的来龙去脉跟对方说了个干净，最后还把李诚的手机号码告诉了对方。

何文他爸第五个月养蚂蚁回了本。本来第四个月和第五个月各挣了一千三，算下来离回本还差四百块钱。不过第五个月的时候，何文他三舅三舅妈拎着山楂罐头、小米、挂面和鸡蛋去了何文他爸妈家里，说是给当时还挺着大肚子的许小蒙吃。看许小蒙是借口，目的是要让何文他爸给牵线，带着他家一块儿养蚂蚁。于是，何文他爸就算是发展了一个新人入伙，得了五百块钱奖励，刚好回了本钱，还挣了一百块钱。

何文他爸妈只发展了何文他三舅三舅妈一家人入伙。本来是有不少人打听养蚂蚁的事，也表达了要入伙的意愿，可最后都被何文他爸给回绝了。不是不想带着大家一块儿挣钱，如果是想吃独食，也不会把李诚的电话号码告诉给大家，让大家伙儿自愿联系李诚，公司的奖励让李诚给挣了。他拒绝牵线，是因为他哥何成伟不让。何成伟说，这种事自己来干，亏了赚了都好解决。如果把别人牵扯进来，万一出了什么岔子，大家伙儿不会去找涉事公司，人家公司财大气粗，咱小老百姓小胳膊拧不过人家的大腿。大家伙儿最后会找那个撺掇他们入伙，给他们牵线搭桥的人，把气都撒在他头上。就算人家当初是自愿的，求你领着他们一起干，一旦涉及利益损失，冯伟国领着大家种人参就是最好的警示例子。何文他爸妈倒是没觉着养蚂蚁这事能出啥岔子，而且有钱不挣可惜了，不过觉着何成伟毕竟是好意提醒，说的话也好像有些道理，加上何文他爸怵何成伟，便答应说绝不拉别人入伙。

何文他爸倒是没拉别人入伙，可别人却拉了更多的别人入了伙。何文他三舅三舅妈把家里的七大姑八大姨都生拉硬拽入了伙，赵清波他媳妇也把家里能攀上的远的近的亲戚都拉入了伙。就这样，一个家庭变成一个家族，一个家族又变成更多个家族，像病毒扇形传染一样，几个月下来，像陈家村这样几乎全村养蚂蚁的村子，遍地开花。

何文他爸妈把挣了的钱和存折里剩下的钱又换了三箱子蚂蚁。后来李诚领来的那个西装领带小伙子说，公司因为产品畅销，生产量加大，需要更多的蚂蚁，把一户最多养两万五千只蚂蚁的规定取消了，想养多少就养多少。何文他爸又从何文他爷他奶那里借了三千块钱，自己家里勒紧裤腰带又省出三千块，再添了两箱蚂蚁。秋天卖了粮，许小蒙手里有了三千多块钱，也拿给了何文他爸，让他换了一箱蚂蚁回来。许小蒙平常要么在家里带孩子，要么被何文他爸妈撺掇进城去见何文，没时间养蚂蚁，何文他妈就帮着养，得了钱归许小蒙。

不止是许小蒙，入秋卖了新粮，挨家挨户都把之前养蚂蚁挣的钱和卖粮食的钱都换了更多的蚂蚁来养。赵清海家和冯野家更是把家里的四不像给卖了，得了钱换了两箱子蚂蚁，说是等挣了钱，买辆轿车开。

赵清海没有等到挣到钱的那一天。在他把家里的四不像卖了换成两箱子蚂蚁后的第三个月月中，他突然就死了，死在了自家的炕头。他死得确实很突然，没有任何病症，也不是寿终正寝，而是从供销社买了一大瓶敌敌畏，喝了大半瓶。

自杀的原因，村里人都心知肚明。赵清海卖了家里的四不像，换了两箱子蚂蚁之后的第一个月月底，喷着"蚁真神"字样的银灰色面包车仍然准时来村里取了货，又给派送了新货。不过这次没有当即给钱，而是挨家挨户给打了欠条，说是下个月一并发放，并且保证每箱多给发二十块钱。对于打欠条，对方给的理由是，公司因为有一大笔钱借给某机关单位临时急用，下个月月中才还。所以，到下个月机关单位还了钱，才能给大家伙儿发工钱。对方挨家挨户出示了一份某机关单位向公司借钱一亿三千万的文件，一切看起来合情合理。既然是机关单位借走了钱，归还是肯定会归还的。而且公司能借出去一亿三千万块钱，如此财大气粗，自然不会为了养蚂蚁人的几个工钱耍赖。于是便多等了一个月。到了第二个月月底，喷有"蚁真神"字样的银灰色面包车迟迟没开进村。直到第三个月月中，电视台《新闻联播》播报称"蚁真神"公司涉嫌诈骗、非法集资、私刻公章、伪造公文等，团伙主要头目已经被警方控制，大家伙儿才知道，那份借款文件是公司伪造的，养蚂蚁这个事情自始至终就是一个骗局，骗得大家伙儿血本无归。

　　按说，因为养蚂蚁被骗得倾家荡产的不止是赵清海一家，可最后只有赵清海自杀，冯野他妈发了疯。赵清海自杀，不仅是因为赔了所有的存款和一辆四不像，更因为他把能借钱的亲戚朋友都借了个遍，还借了高利贷。他仔细计算过，高利贷三千块钱一个月要还三百多块钱利息，拿来养一箱蚂蚁能挣五百块钱。这种小学一二年级水平的减法算数，明摆着是拿别人的钱给自己挣钱。赵清海从亲戚朋友手里借了七千，又借了一万一千块高利贷，加上卖四不像的六千块、卖了全部口粮的不到三千块，以及之前投进去的九千块，总共三万六千块钱，全都打了水漂。且不说跟亲戚朋友借的钱猴年马月才能还完，也不说家里的粮食最多只够维持半个月基本生活，就是借高利贷的一万一千块钱，一个月要还的利息就有一千一百块钱。赵清海知道，凭他自己，就是卖血也还不完。他有两个女儿，老大七年前嫁了出去，老二五年前也嫁了出去，都是嫁到了外村，三年两年能回来瞅他一眼，平常电话更是一年到头打不上一个。他媳妇一年前夜里突发心脏病死了，从发病到没了气，前后没超过一个小时时间。原本的一家四口人变成了他一个人，算是家破人亡了。如今又遇着倾家荡产，不死的话，好像都对不起老天爷这么一番煞费苦心地折磨他。

　　冯野他妈跟赵清海的情况差不多，跟亲戚借了一万三，又借了八千块钱高利贷。高利贷上门催债，头一次把冯野他妈家的房门给踹出了一个饭盆大的窟窿，要不到钱，便拿家里的电视机抵了头一个月的利息，给抱走了。第二个月再来催债，数九天还没过去，人在屋里穿毛衣毛裤还直打哆嗦，冯野他妈却下身只穿了一个大红裤衩，上身只穿了一个半透明的灰白色挎篮儿背心。没穿内衣，透过背心可以清楚地瞅着两个明显下垂了的乳房像被霜打了的茄子，软塌塌垂着。催债的人进屋的时候，冯野他妈正披着一张被罩，手里握着烧火棍，嘴里念叨着"我是白眉大侠的师姐蚂蚁侠，我掌管五万蚂蚁天兵，妖怪，还不过来送死"。说着，挥起手里的烧火棍，"吃我一刀"。啪的一声，屋顶的灯管应声碎了一地。催债的人在门口杵着瞅了老半天，觉着冯野他妈可能确实疯了，不像是装出来的，便去找她儿子冯野要债。去了冯野家，冯野家大门紧锁。跟邻居一打听，原来冯野和他媳妇怕被追债，大半个月以前就进城打工去了。

何文他爸给李诚打电话，想找李诚讨个说法。养蚂蚁的事情，归根究底是李诚挑起来的。全村几百口人十几年勒紧裤腰带，从牙缝里省下来的钱，都因为李诚说得天花乱坠的该死的蚂蚁，全都搭了进去。在这件事情上，李诚不站出来给个解释，左右是说不过去的。可是何文他爸打了十几个电话，电话先是占线，后来是关机，再后来就传出一个女人的声音："对不起，您所拨打的号码是空号，请查证后再拨。"

何文他爸觉着气愤，领着村里几十号人去公司讨说法，结果连公司大楼都没进去，公司的大门被法院给查封了，贴了封条。别说是去讨说法，整栋十八层高的大楼里连一个人影都没有。

"只能认栽了。"何成伟对坐在自家炕头上喝闷酒的何成军说。

据何成伟带来的消息，"蚁真神"犯罪集团涉案主犯已经被控制，政府对此严惩不贷是必然的。但他们非法集资的钱已经被挥霍殆尽，根本没有了偿还能力。也就是说，大家被骗的钱，拿不回来了。

十五

人说千里之堤溃于蚁穴，这话确实说得有道理。因为一只小小的蚂蚁，陈家村挨家挨户奋斗了十几年攒下的本钱，全都付之东流。何文他爸种了两茬人参，又种了四年木耳，加上种地卖粮，辛苦攒下的三万块钱，一分钱没给剩下。何文家的三千块钱也给搭了进去。何文他妈因为急火攻心，大病了一场。这一病，在医院躺了半个月，回家在炕上又躺了三个多礼拜。等终于能下了地，比病之前瘦了将近三十斤。本来就不胖，这回瘦得几乎脱了相。

虽说因为这么一场骗局，存款一夜回到了解放前，但终究还是有值得庆幸的事情。何文他爸关起门来跟何文他妈说，早先何成伟不叫他们拉别人入伙，那时候何文他妈还一百个不乐意，说为啥送到手里的钱不挣，偏要帮着揣到别人家的兜里。这回看来，多亏当时听了何成伟的话。即便是这样，村里还是有人私底下把养蚂蚁受骗的屎盆子往何文他爸妈头上扣，说那个李诚跟何文家有亲戚，村里第一个养蚂蚁的又是何文他爸，要不是他先养了蚂蚁挣着了钱，大家伙儿也不会跟着干。如是种种。如今想想，当时要是脑子一浑，这会儿还不得被全村人戳脊梁骨，骂祖宗十八代。想到这里，何文他爸不禁倒吸了一口冷气。

何文他妈病了的一个多月时间里，许小蒙在医院陪过她一个晚上，然后就再没去，说是得在家里看孩子。到了周末，仍然去城里看何文，每个礼拜五都去，在城里住两个晚上，礼拜天晚上回来。有一次礼拜天晚上也没回来，而是到了下一个礼拜的礼拜二晚上才回来。

又是一个礼拜五，许小蒙一大早就坐车进城看何文去了，孩子丢给何文他妈带着。太阳偏到西山山梁上的时候，何文他妈把孩子哄睡，在厨房生火做饭。火刚点着，屋里电话响了。何文他妈进屋接了电话，是何文打来的。何文在电话里说话有点语无伦次，说了老半天，他妈大致听明白了他的意思，就是如果许小蒙回家了，她要是想抱孩子走，一定不能让她给抱走了。何文他妈问到底出了啥事，为啥不能让孩子他妈抱孩子，何文喘着粗气说，反正就是别让她碰着孩子就是了。说完，便挂了电话。

何文他妈让何文这一通电话搅得心神不定，根本没心思去做饭。灶坑里的火因为没续柴，柴烧完便灭了。孩子本来刚睡着，让何文的一通电话给吵醒了，咧着嘴哭个没完没了。何文他妈一边抱着孩子一边琢磨刚才的电话，越琢磨越觉着怕是要出啥事。她把何文给她打电话的事跟何文他爸学了一遍，何文他爸给何文打电话，电话通了，但是一直没人接。隔一个小时再打，还是没人接。老两口晚饭也没吃，在炕里坐着，一晚上几乎没合眼。

第二天快晌午的时候，何文回来了。

何文他妈说："你咋回来了？"

何文说："许小蒙回来过没？"

何文他妈似乎察觉出来事情的严重性。何文跟许小蒙结婚以后，从来不直呼她的名字，要么唤许小，要么就唤媳妇，直接唤许小蒙是从来没有过的事情。

"她昨天不是进城里瞅你去了吗？到现在一直没回来。到底出啥事了？"

何文瞅了几眼他妈怀里抱着的孩子，别过脸长出了一口气。

何文他妈说："到底出啥事了？你倒是跟妈说呀！我跟你爸昨儿晚上因为你打的电话，一晚上都没睡。"

何文说："她他妈的昨天就不是去看我的，她是去偷汉子，在城里找了一个小白脸。"

何文他妈被何文的话给惊着了，瞪圆了眼珠子，老半天才说："这，这话可不敢瞎说。你是听谁说的，还是你亲眼瞅见了？"

"我把她跟那个男的堵被窝里了。"说完，何文别过头，狠狠地跺了一下脚，蹲下身子，头低得几乎触到了地面。

事情是这样的。

礼拜五上午九点多，许小蒙就进了城，到十二点十几分的时候，才到何文念书的技校门口。何文只剩不到三个月就毕业了，课程基本都已经结束，大部分时间都是学生们自由活动。有人自己找地方实习，有人钻网吧里白天黑夜地打游戏，有女朋友的出去逛街。何文也打游戏，不过不常去网吧。不常去网吧，不是他打游戏没上瘾，他和很多年轻人一样，被那些从来没接触过的网络游戏一下子就吸引住了，就好像一块磁感超强的吸铁石，把所有的铁钉、铁块、铁屑都牢牢地吸附住。何文也是一根被吸引的铁钉，不过他把自己钉在了牢固的木板上，钉在了坚硬的墙壁里，让网络游戏那块大吸铁石吸不走。何文能够有这样大的毅力克制自己，其实是为了许小蒙。去网吧打游戏，光是上网，一小时两块钱，一天下来，少说也得二十几块钱。何文舍不得花那么多钱在网吧里，如果非要把这钱花出去，他到宁愿把钱花在许小蒙身上。

何文知道许小蒙那天会去学校看他，前一天晚上，许小蒙给他打了电话，说他妈还让她给他捎了一套新衣裳。跟往常一样，何文九点半就在学校门口等许小蒙，许小蒙每次也都是在那么一个时间前后不出十分钟就到。可那天，何文一直等了两个半小时。何文性子躁，要是在往常，早就等得不耐烦了，甚至会操起电话抱怨几句。不过那天何文心情好，耐住了性子。心情好，一来是他给许小蒙买了一条银项链和一对银耳坠。结婚四年多，何文一直没给许小蒙买过项链、耳环、戒指之类的饰品，内心里多少是有愧疚的。何文有一天在大街上闲逛，在一家银饰品店的橱窗里瞅见了那条银项链和银耳坠，觉着好看，就省吃俭用了一个月，省下一百三十块钱，把它们买下了。何文觉着许小蒙瞅见它们的时候，一定会嘴里说着"你买这干啥，挺老贵的，我又不愿意戴"，脸上却掩饰不住高兴的神情，两只手也忙着把项链戴上，还问何文好不好看。二来是何文已经有差不多一年时间没碰他媳妇身子了。许小蒙怀孕十个月，完了又坐了一个月的月子，再完了虽然进城瞅过几次何文，可每次都说不舒服，而且每次都好像有天大的事情等着她，便急急忙忙就走了，没在何文那里留宿，甚至没给何文去小旅店开房的时间。何文觉着这回她瞅见了银项链和耳坠，一高兴，说不定就让他碰了。

许小蒙是从一辆黑色的奥迪车上下来的，看车牌子，是抚顺本地的号。她下车的时候，一个穿花衬衫、灰色休闲裤的男人从驾驶室里出来，跟她拥抱了一下，完了回到驾驶室开车，她向车里的男人挥手。车子当然没有停在学校正门口，而是停在了学校门口左侧大约三十米远的路边。这个距离并不远，足够何文把两个人的亲昵动作，甚至是脸上的表情都看得清清楚楚。何文甚至从许小蒙嘴唇的翕动判断出来，她跟那个男人约好了一会儿见面。

"来了？"何文说。

"嗯。"许小蒙回答说。

何文说："怎么才过来？还寻思你今天不来了呢。"

许小蒙说："早来了。出车站的时候，碰着一个朋友，非拉着我跟她去逛街。我就跟她去了。"

何文说："啊。碰着朋友了。男的女的？"

"女的，我小学同学。今天从清原过来买衣裳。刚才她把我送到这儿，就自己走了。"许小蒙瞅着何文，说："你该不是一直就在这儿等着了吧？"

"没。等了半个多小时，没瞅着你，就回宿舍了。这会儿饿了，刚出来准备去吃饭。"何文说。

"我也逛街逛得饿了，走，吃饭去。"许小蒙转过身，朝着她跟何文经常去吃饭的那几家饭馆走了过去。

许小蒙要了一盘熘肥肠和二两米饭，何文从隔壁的米线店里端过来一碗米线。两个人各吃各的，都埋着头吃，没有交流。饭快吃完的时候，何文先开了口。

"今天在这儿住不？"

"不行，我得回家看孩子呢。"许小蒙抬眼瞅着何文，"再说，你妈病刚好没多长时间，我得回去照顾她。"

"哦。"何文应了一声。

吃完饭，许小蒙把何文他妈让她捎来的衣裳拿给何文，陪何文闲扯了几句，其间看了两次手机上的时间。第三次看手机，便起身说得走了。何文送许小蒙出了饭馆的门，许小蒙一个人走了。何文已经记不起来是从啥时候开始，许小蒙不再让他送她去车站了。以前都是她黏着他送她，后来突然有一天黏性失效了，不让他送，而是看着他进了校园，她一个人离开。至于这个突然来的一天，何文想了老半天，就是想不起来到底是哪一天。何文在饭店门口瞅着许小蒙走开，不多久她又转身回来，走到何文跟前，在何文的左脸蛋上轻轻地亲了一口，然后又转身离开了。

这回是真的离开了。

因为许小蒙亲他的这一口，何文觉着可能是他多想了。虽然许小蒙跟他撒了谎，虽然一个开黑色奥迪车的男人抱了她一下，或许那人是她的亲戚也说不定。毕竟已经给他生了一个儿子，还有啥可不放心的。可想是这样想，两条腿却不听使唤，一直在许小蒙身后，不远不近地跟着走。

许小蒙边走路边从粉红色拎包里掏出小镜子，画眉、涂口红、扑粉。

收了镜子，又掏出一条项链戴到脖子上。那项链在午后的太阳底下闪闪发着金光，闪得何文睁不开眼睛。

何文一路跟着许小蒙过了两个红绿灯，进了一家酒店。许小蒙敲开了310房间的门，一个围着浴巾的男人给开的门，一把将许小蒙拽进屋，回身用脚把门关上。何文站在310房间的门口，用早上借同学的手机给许小蒙打电话。直到这个时候，他还在想可能是自己跟踪跟错了人，他希望是自己搞错了。可许小蒙的电话从房间里传出了响声。电话一直在响，但是没有人接听。

何文一脚就把房门给踹开了。他进了房间，傻眼了。他瞅见许小蒙跟一个男人在床上紧紧地搂抱在一起，两个人身上一丝不挂。

何文上前一步，一拳头打在了男人的鼻子上，男人没来得及反应，直挺挺往后倒在了地上。

"多长时间了？"何文瞅着许小蒙问。

许小蒙使劲抓身子下的被子，想把自己赤裸的身子包裹住，抓了老半天，许是因为慌张，没抓起来。

"我问你，跟他多长时间了？"何文一字一句地说。

许小蒙低头穿戴丢在地上的文胸和内裤，没回答。那个男人从地上爬起来，捂着被何文打出血的鼻子，眼珠子瞪溜圆地瞅着何文。

见两个人都不吱声，何文脑子一热，转身出了房间，直奔二楼的餐厅。他去餐厅是去找刀子，不论是菜刀、尖刀还是水果刀，只要能杀人就行。餐厅开着门，里边还有人在吃饭。何文闯进厨房，从厨师手里抢了一把菜刀，又返回了310房间。不过，何文返回房间的时候，许小蒙和那个跟她通奸的男人已经不在了。两个人逃得匆忙，匆忙得连男人开房后放在床头柜上的身份证和房间押金票据都忘了拿。何文瞅着那张身份证，那个三十九岁叫杨德志的男人，想起他刚才赤身裸体地压在同样赤身裸体的自己媳妇身上，恨得牙齿嘎嘣嘎嘣几乎能咬出火星来。

何文半年以后在法庭上才知道，他捉奸在床那天，他媳妇跟那个叫杨德志的人已经好了有一年多时间。根据许小蒙的说法，她早先并不认识杨德志。许小蒙之前从来没进过抚顺城，甚至从来没离开过清原县。头一次离开清原县，就是坐着婚车嫁去了新宾县何文家里。杨德志是地道的城里人，只去过一次农村，还是抚顺城郊区的城乡接合部。所以许小蒙跟杨德志本来是没有交集的。两个人后来有了交集，这个交集跟何文有关。许小蒙那天进城找何文，回的时候，何文把她送到车站，帮她买了票便回学校了。许小蒙在车站里等车的时候，遇着一个年轻的女小偷偷她裤兜里的手机。小偷被她发现了，便拿着手机跑出车站。她跟着小偷追出车站。正追着，一辆车撞上了她。说是撞上，其实只是轻轻碰上，对方瞅着有人冲上马路，紧急刹了车。开车的就是杨德志。后来是杨德志帮她把手机给抢了回来，还硬拉着她去了医院。因为去医院误了回村里的车，杨德志便开着他那辆奥迪车，把她送到了村口。那次，她对他印象不错，他也因为她相貌好，又有着大部分城里人没有的带着乡村土气的淳朴，对她印象颇好。两个人于是互留了电话。那往后，杨德志常给许小蒙打电话，每次她进城找何文，他都请她吃饭、逛街。他出手阔绰，人长得也不难看，虽然明知道她有丈夫，还是毫不掩饰地追求她。她跟何文说的那个在车上捡的价值四千多块钱的手机，就是他带着她在手机专卖店里买的。还有她的手拎包也不是仿品，是价值六千多块钱的真皮正品货。最终，穷怕了的许小蒙没能抵住来自杨德志的金钱诱惑，就在怀上孩子之前的半个月时间左右，跟杨德志第一次有了肌肤之亲。所以，后来许小蒙每个礼拜都进城，其实是去找杨德志。有时跟杨德志开房住酒店，有时则住在杨德志家里。据杨德志讲，他结过一次婚，媳妇两年多以前跟他离了婚。离婚原因是杨德志得了无精子症，生不了孩子。所以，许小蒙虽然是怀孕之前就跟杨德志发生了性关系，生的孩子却是何文的。

何文半年以后上了法庭，不是因为他踹门进屋后打了赤身裸体跟他媳妇通奸的杨德志，当然，更没有对他后期报复，甚至真的动手杀了他。何文倒是有那么一个多月的时间里，真想着去找杨德志，捅他几刀。他甚至按照杨德志身份证上的地址，背包里装着一把杀猪的尖刀找了过去。算是杨德志万幸，也是何文万幸，那天何文真的是动了杀心，可惜到了地方才知道，杨德志家几年前就不住那里了，在别处买了新房子。抚顺城说大不大，但要是想找两个人，还是两个刻意想躲起来的人，跟大海里捞针还真差不多。何文在城里找了五天，没找着人，脑子倒是清醒了不少。何文心想，要是真找着了人，给人家捅死了，自己肯定也得给偿命。如果偿了命，自己的孩子就没了爸，不值得。于是便回了家。

回了家，何文在他盖的那个房子里反锁了门，几天没出屋。他性子躁，这一点不假。不过他讲道理。许小蒙跟别人乱搞男女关系，无论如何都是不对的。可他自己其实也有不对在先。他平常管许小蒙叫许小，不叫全名，也不叫小蒙，偏偏叫许小，因为在他心里，一直装着的女人是许小雨。他唤许小蒙许小的时候，眼前好像真的就瞅见了许小雨。他跟许小蒙晚上闭了灯办事的时候，脑子里想着的也是许小雨，想着自己正跟许小雨翻云覆雨，越这样想就越来劲，然后在许小蒙的身体里一泻千里。还有，何文不喜欢上技校学农业技术，最后却学了，其实也是为了有能留在抚顺城里的借口。这样，他就跟许小雨在同一个城市里生活，说不定哪天就在大街上碰着了。要真是碰着了，他只要远远地看她一眼，知道她过得好，就够了。许小蒙是身体对他不忠，何文却在精神上对她不忠。精神上出轨，难道就不是出轨吗？

何文辍学了。辍学那天，距离他技校毕业只差不到两个月时间。

何文撞破许小蒙跟杨德志奸情半个月以后的一个火烧云烧红大半边天

的傍晚，许小蒙给何文打来了电话。

许小蒙说："离婚吧。出了这样的事，你不可能原谅我。就算你勉为其难原谅了我，你爸你妈也不会原谅我。我也知道迟早会有这么一天。早先想过跟你好好过日子，可我穷怕了，我不想老是窝在农村过这样的穷日子。他对我挺好，也跟我说过想跟我结婚。我知道，你心里一直有一个女的，不是我。那个女的在你心里可能比我重要。我知道她叫许小雨，有一回咱俩办事的时候，你叫了她的名字。我说这事不是在为我的出轨找借口，我做了对不起你的事，不敢求你原谅。希望咱们好聚好散。"

何文叹了口气，说："离吧。"

许小蒙说："那好，那就找一个合适的日子，去县民政局把手续办了。还有就是，家里的财产我啥都不要，我只想要孩子。离婚以后，孩子跟我。"

何文说："家里的其他东西，你想要啥，都可以商量。孩子的事，没得商量。他是老何家的种。"

许小蒙说："别的我都不要，我就想要孩子。他也想要一个孩子，可是他生不了。"

何文说："那个奸夫能不能生孩子，关我屁事？他不能生，凭啥打我儿子主意？"

许小蒙说："咱们村的小学都黄了，孩子上学都得去乡里。再说乡里学校，初中英语老师还是在家里自学的。孩子上这样的学校，将来能有啥出息？城里好学校好老师多，你不想让儿子将来有出息？"

又说："他看过儿子的照片，他特稀罕。他说了，往后肯定给儿子找最好的学校让他念书。"

又说："他还说了，儿子跟了俺俩，可以还姓何，往后儿子大了，也可以告诉他，你才是他爸。你也可以每个月都来看他。"

又说："你家因为养蚂蚁的事，已经把所有的钱都赔进去了。没钱，咋养活儿子？"

何文越听越来气，只回了一句："你他妈的别欺人太甚了，是你跟别人搞破鞋，有啥资格跟我要儿子？"说完，挂了电话，拔掉了电话线。

何文觉着只要不接许小蒙的电话，平常把孩子看好，许小蒙想跟他争孩子的事情就没可能了。不想，过了三个多月，何文竟然收到了法院的传票。许小蒙把何文告上了法庭，要用法律的手段，跟何文争夺儿子的抚养权。何文拿到传票，仔细看了一遍，颇为惊讶。以为是自己看错了，又看了一遍，确实是她给他告了。何文冷笑了一声，心里话说：明明是你许小蒙跟别人乱搞男女关系，我没去告你，你竟然还敢觍着脸去法院告我，也不嫌丢人。

何文本来没打算去应诉，他爸也没把法院的传票当回事，倒是没给扔了，或者仍灶坑里烧了，而是丢在了里屋房门框上沿斜挂着的一个木制大相框后边。何成伟是在法院开庭前一天听说的这件事情，赶忙给何文他爸打了电话，说如果不去应诉，法院那边就直接判何文败诉，孩子在法律上就判给了孩子他妈。到时候就是不给，法院也会强制执行。何文他爸听了这话，吓得差点把尿给撒裤兜子里，着急忙慌从苞米地里跑回家，拽上何文匆忙进了抚顺城。

开庭那天，杨德志没有出庭，不过他给许小蒙请了律师。因为准备充分，法院方面自然是考虑到何文跟他爸妈家里因为养蚂蚁赔得分文不剩，抚养能力和各方面条件都不如一个月前跟杨德志结了婚的许小蒙，再加上一个熟懂法律的律师，最终孩子被判给了许小蒙。

本来是受害者，结果反倒被法院把儿子判给了让自己当了王八的许小蒙，这口气何文怎么可能咽下。而且这件事在村里很快就传开了，私底下说啥难听话的都有。有人说许小蒙跟何文离婚，八成是何文先对不住人家在先，不然法院咋会判何文输呢。也有人说何文看不住自己媳妇也就算了，连亲生儿子也马上改名换姓，管别人叫爸，这种完蛋玩意儿，活该当王八。还有人说做人窝囊到何文这个份儿上，真就不如买块豆腐撞死，或者喘口气把自个儿噎死得了。

儿子被法院判给了许小蒙，何文本来就不服，对许小蒙，尤其是帮她请了律师的杨德志，恨不得拿刀捅他一百几十刀，或者剁碎了喂狗。听了村里人人前人后的风言风语，更是把何文内心的火气拱到了不得不爆发的地步。如果不把许小蒙和杨德志，或者他俩当中随便哪一个给弄死，何文在陈家村里怕是后半辈子都得成为人家的笑柄。可要是真弄死一个，不管是谁，也不管是谁犯错在先，杀了人就得偿命，这是天经地义的。何文是有杀人的心，他倒是也不怕死，可他就是不想因为这件事死了。

何文想到了离开陈家村。一来是不想整天听见村里人的冷嘲热讽，他觉着自己留在村子里，早晚会因为村里人的冷嘲热讽变成杀人犯。二来是想离开这个叫他伤心的地方。他喜欢的许小雨走了，媳妇叫他当了王八，跟他从小一起光着屁股长大的冯野、潘老二、王大成、汤林、陈宗宝也都进城打工去了，分散在天南海北。他在技校念书的时候，从一本书上知道了抑郁症这种病，他觉着自己再继续留在陈家村，用不了多久准会患上这种病。

所以，为了不成为杀人犯，为了不得抑郁症，何文决定要离开陈家村。

十六

何文决定离开陈家村。确切地说，是为了逃离陈家村，逃离许小蒙留给他的阴影，也逃离他自己。

既然是要离开一个地方，自然是要投奔另一个地方。其实何文最想去的是抚顺城。一来何文在抚顺城里学习农业技术，住了两年零九个多月时间，对抚顺城，至少技校周边熟门熟路，城里还有他的同学。何文面子矮，不喜欢求人办事，即使是面对他爸妈，也从不张口求助。所以，即使是关系再好的同学，何文也几乎不可能有求于人。但不求同学不等于他们就没用。他们在那里，即使什么也不做，彼此不相往来，何文心里多少也能感觉踏实一些。二来是何文长这么大，真没出过远门，去的最远的就是沈阳城，一次是跟他爸去联系买家，卖自家种的木耳，一次是跟他在技校的同学去逛商场。这回要离开家，去到城里生活，一想到要远离生活了二十几年的农村，就感觉自己像一根长得正壮实的苞米秆子，被人家连根拔起，提溜进城市里，走得越远，越是有种远离了赖以生存的土地，前途未卜的迷惘。而如果留在抚顺城里，离家近，使劲伸一伸腿，好像还能踩到庄稼地。三来是许小雨就在抚顺城里。虽然再见着面的机会连百万分之一还不到，但终究还是有希望的。

留在抚顺城的理由很多，但不能留下来的理由有一个就够了。何文不能留在抚顺城，因为许小蒙就住在抚顺城里。而且她和奸夫组成了新家庭，带着何文的孩子，一起住在抚顺城里。更要紧的是，许小蒙似乎丝毫不害怕何文找上门报复，竟然把她和杨德志婚后的住址告诉给了何文，说如果他愿意的话，往后每个月都可以选一个礼拜天去看望他儿子。去之前给她打个电话说一声就行。何文觉着气愤。这算什么？算是她许小蒙大度，还是得了便宜卖乖？何文不想也不可能再想见着许小蒙，哪怕是一想起她，脑子里就又蹿出来那天在如家酒店的房间里，许小蒙跟她的奸夫两个人赤身裸体地交织在一起的画面。他觉着恶心，可恨，恨得牙痒痒。如果留在抚顺城，何文不敢保证哪天突然情绪不受控制，真去找许小蒙，会出人命的。所以，他不能留在抚顺城里，绝对不能。

在炕上翻来覆去几个晚上，何文把自己能够想到的几个城市反复对比了不下一百遍。这一天早上半睡半醒间，何文好像瞅见许小雨朝他招手。她背后是老大的一个太阳，太阳光打她的身体四周放射出去，金光闪闪。许小雨说，去北京吧。说完，金光消失了，许小雨也消失了。

何文醒了。

何文因为一个梦，决定去北京。他觉着这个决定是许小雨给他出的主意，应该错不了。而且北京原本也是他除了抚顺城之外的首选城市，因为跟他关系最好的潘老二去北京快有一年时间了。五一放假的时候，潘老二回过一趟陈家村，找何文在乡里喝了一顿大酒。他知道何文前妻的事，几次劝他想开点，还劝他也出去闯一闯，换个地方换种心情。又说天底下那么老大，好看又本分的花有的是，没必要为了一朵已经插到别人家牛粪上的狗尾巴草坏了心情。还说要是想通了，愿意出去闯一闯，他在北京城随时等着何文。何文信潘老二说的是真心话。两个人打小光屁股一起长大，二十几年的交情，况且往赵大壮家酱缸里掺大粪和砍赵大壮家苞米秆子的事情，何文都帮潘老二给扛了下来。就冲这，潘老二也不可能对何文虚头巴脑。

潘老二那次专门为何文前妻的事情回陈家村，给何文不小的触动。那时候，潘老二进北京城不过半年时间，变化之大连他自己都给惊着了。原本想着回家拿些衣服回城里，结果把箱子柜子翻了个底儿朝天，翻出来七八条裤子和五六件衣裳，有几件还是他在村里的时候尤其喜欢穿的，这会儿却怎么瞅怎么觉着老土，土得掉渣。原先一头乌黑的板寸头发也留长了，三七分向右盖住了右眼睛，连右半边脸也盖住了一大半，刘海染了一撮暗红色一撮枯黄色，比放了一个礼拜的猪血还暗，比熬了一冬天的枯苞米秆子还枯。何文瞅着潘老二的牛仔裤膝盖位置一边破了一个大洞，确切地说，是各自少了一块巴掌大的布，回家取了一条自己的给他。潘老二怔怔地瞅着何文，老半天才反应过来，说裤子是故意抠的洞，不是磨破了没钱买。又说，这种裤子在北京城里特别流行，看上去特别有范儿。何文半信半疑，心里话说，北京城可是祖国的首都，首都人民都喜欢穿破了洞的裤子？还说啥看上去有范儿，看上去像要饭的还差不多。潘老二除了穿着打扮变了样，出手也阔绰了许多。早先别说是请何文吃饭，在何文的印象里，只请他吃过一回东西，一根冰棍，一毛钱一根。就是这一根冰棍，潘老二还硬是自己先咬下一大口吃了。这回不仅破天荒地主动请何文吃饭，还专门挑了乡里最贵的馆子，点了何文最爱吃的铁锅炖大鹅、蒜酱蒸白肉、酱猪蹄、烧鲤鱼、回锅肉，另外又加了两大碗羊杂，羊汤管够喝。潘老二拿着菜单翻来翻去还想点菜，何文说："就俩人吃饭，点那么老多根本吃不完。"潘老二说："文哥你甭管我咋点，你就只管吃就行了。我过两天就回北京了，下次再见还不知道要到猴年马月呢，今天咱就放开了吃，放开了喝。"潘老二最终还是又点了一个炸家雀，一个炸河鱼，要了一箱天湖啤酒，一瓶半斤装的牛栏山二锅头。两个人打晌午一直喝到太阳落山才打车回了家。其间，两个人喝完了二锅头，也喝完了一整箱天湖啤酒，又要了一箱，喝了十四瓶半。

"文哥，你猜我在北京一个月能挣多少钱？"潘老二酒喝高了，舌头打不了弯，说话含含糊糊，一边跟何文说话，一边朝着饭馆外墙撒尿。

何文说："能挣多少钱？五百块？"

潘老二趴在何文耳朵边说："一千几百块还不止"。说话的时候，潘老二还在撒尿，不想身子一转，"水龙头"刚好朝向了何文，尿了何文一身。

潘老二返回北京那天，何文起大早送他上了车。潘老二还是那句话："老在村里待着，真就跟井里的蛤蟆一样了。出去闯闯吧。来北京城，我在那边儿随时等着你来。"

半年以后，何文真去北京城找潘老二了。虽然在电话里只说是去北京城随便转转，散散心，最多不超过一个礼拜就回，但其实并不只是为了随便转转那么简单，而是为了最终决定要不要去北京城长期落脚做前期考察。

进城自然不能像在农村走门串户，空手来空手回，有时甚至是空手来满手回。进了城，就得按照城里的规矩来。也不知道何文他妈从哪听说的，说城里人相互串门，"仨瓜俩枣不嫌少"，但如果没有这"仨瓜俩枣"，空着手上门，说明你没把人家放在眼里。既然你不把人家放在眼里，人家自然也不会给你好脸色看。

　　听何文说他有进城打工的想法，何文他爸妈起初是不愿意的，毕竟进城打工不是进城耍几天，是要在城里常住，要靠自己挣钱来养活自己。何文虽说在抚顺城里待过将近三年，但住的是学校宿舍，所有的花销是家里给的，吃穿住用都不必何文自己操心。此次去北京城打工，凡事就变成不想操心也得操心。而且不光是何文要操心，他爸妈也跟着操心。不过后来何文他爸妈想开了，孩子大了，想出去闯一闯，见见世面，多一些在社会上的历练，终究比一辈子守在农村的一亩三分地里要强。其实何文他爸后来支持何文进城打工，有一个很重要的原因，就是希望何文要比赵家的同辈有出息。啥就是有出息？进了城，成了城里人，每个月都有固定的收入，这就是何文他爸眼里的有出息。

　　既然决定了要进城，准备礼物是必然的。去的还是首都北京城，虽然去投奔的是跟何文打小混到大的潘老二，但礼物绝不能轻了。

　　礼物是何文一手准备的，打入秋开始，前后整整准备了差不多两个月。尤其是那五十只河蛤蟆，光准备它们就花了何文一个多月时间。打一入秋，河蛤蟆陆续下山，何文就背着家里的小发电机到处找水泡子电蛤蟆。一个多月下来，蛤蟆倒是抓了一百几十只，都养在厨房里的一口暗红色水缸里，可几乎全都是公的，肚子里没油没子。吃河蛤蟆讲究的就是吃蛤蟆肚子里的油和子，没油没子的蛤蟆，谁稀罕得吃。按说何文手里有二十几只母河蛤蟆，送礼走亲戚也算是拿得出手。那会儿进农村收河蛤蟆的二道贩子，一只一两多重的母河蛤蟆能给出三块钱的价。转手卖到城里，起码价格要翻一倍。何文把全部的母河蛤蟆装进塑料袋，反复掂量，总觉着分量轻了。毕竟这次进北京城，是去投奔，往后凡事还需要仰仗潘老二多照应。思来想去，最后又花钱从别人手里买了二十几只，凑够了五十只，这才觉着算是够了分量。

光有河蛤蟆还不行。何文架梯子从房顶上拣下来四十几颗晒干了的松塔，剥了十来斤当年的松子。从吊在仓房房梁上的灰布袋里挑了些品相好的干松伞蘑，从另一个印着"尿素"字样的尼龙袋里抓了两大把干蕨菜，分别装了袋子。潘老二爱吃蝲蛄，何文临去北京的前一天，拎着铁锨子进山沟，凿冰抓了一百多只蝲蛄。何文他妈从鸡窝里摸出一只生了两年蛋的芦花鸡，拿布条五花大绑，把好端端一只鸡捆得跟木乃伊似的。

因为怕显土气，何文没带那只芦花鸡去北京。蝲蛄死了一些，只捡了七十几只活的带去。

何文在北京城算是长了见识。道上跑的汽车多到堵车堵出两里地去，这在何文进北京城的第一天就见识过了。城里人上班，早上坐火车去单位，晚上再坐火车回家。当然，城里人不管那叫火车，叫地铁。何文活了二十几年，只知道出门远行才坐火车，他这次进北京城，还是他头一次坐火车。不承想，火车在北京城里竟然被当作"公交车"来用。城里人穿衣服也让何文不能理解。明明是冷得掉渣的冬天，大道上一群一群年轻的不年轻的女人上半身穿着貂或者羽绒服，下半身却只穿一条紧身裤，外边套一条黑裤衩。究竟是冷还是热？有些甚至连紧身裤都不穿，光着两条细长腿，黑裤衩短得几乎要露出半个屁股。何文觉着臊得慌，不敢看。潘老二抽了抽鼻涕，说人家穿着裤子呢，穿的是肉色的裤子。又说，就算没穿，人家光腿露屁股都不嫌害臊，你害哪门子臊。城里的新鲜玩意儿多，就连上厕所的马桶也能整出花样来。在村里，冬天上厕所最遭罪，冻屁股。赶上便秘，在茅坑里蹲上十分二十分钟，屁屁渣都能给冻在屁股上，拿书纸来回揩十几下，屁股揩得生疼，却还是揩不干净。这事在城里就不一样了。潘老二领着何文溜进一家大酒店。溜进去不是为了吃饭，若是为了吃饭，自然就不能说是"溜"进去，而是堂而皇之地走进去。况且那里的饭贵得很，不是何文和潘老二这等人吃得起的。两个人溜进酒店，为的是去用酒店的马桶。屙完屁屁，马桶居然能自动喷出温水冲洗何文的屁股，洗完还能给烘干。何文头一回发现屙屁屁原来可以这样舒服，忍不住又坐回到马桶上，洗了三次屁股才离开。

在北京城里待了七天，何文决定留下来了。他坐火车回陈家村，只收拾了一些衣物，两天后便返回了北京城。临走前，何文他爸沉默了好一会儿，叹了口气，只说了一句"去吧，闯出点儿名堂来"。何文他妈几次欲言又止，最后抹了一把眼泪，从炕柜的暗格里摸出来发了霉的五百块钱，塞进何文上衣内侧的兜里。

"在城里别不舍得吃，缺钱了就跟妈要。"又说，"在那边要是过得不好，就回家。"

何文说："要是混不出个名堂来，我指定不回来。"

何文他妈说："混不混出名堂来，只要是想回来，就回来。"

再次进了北京城，潘老二安顿何文跟他一起住。他在靠近房山附近与另外一对小夫妻合租了一个农家平房。平房中间隔了一堵墙，东西两侧各有一扇木板门，漆了天蓝色。小夫妻俩住东屋，男的是医托，女的在几里地外的一个饭店里做服务员。那女的潘老二认识，她工作的那个饭店就在他打工的那个饭店的斜对面。潘老二和何文住西屋。西屋比东屋小，算下来最多也就十三四平方米。外屋有一眼灶台，过道很窄，稍不注意就会蹭一身墙上的烟熏灰。里屋有一铺炕，不足三米长，算上炕沿有一米八宽。

何文身高一米八五，晚上躺在炕上只能是蜷着身子。实在蜷得难受，就等潘老二睡熟了，把身子斜过来，腿脚向潘老二的方向伸。何文后来细想，他后来总是自觉不自觉地有些佝偻背，大约就跟睡了几个月的那个一米八宽的炕有关。

何文回家收拾东西那两天，潘老二抽空帮何文联系了两个工作，一个是和他一起在饭店刷盘子，一个是去一家养鸡场出苦力，做些卸饲料、清理鸡粪之类的杂活。何文丝毫没有犹豫地选择了后者。一个大老爷们儿，天天蹲在后厨里刷盘子，这事何文干不来。

何文进了北京城的第三天就被通知去养鸡场上班了。何文喜欢在这家养鸡场工作。喜欢，一来是因为养鸡场名叫来福。多么朴实的一个名字，天然带有一股子农村原生态的乡土气息，让何文突然就有了一丝家乡的感觉。二来，这家养鸡场距离何文的住处不出二里地远，上下班方便。三来，是何文每次闻到养鸡场里的鸡粪味，就恍惚身子始终没有离开过老家。许小蒙刚怀孕的时候，邻居孙大吵吵家里就开始养肉食鸡，一批养七八百只，四十五天后出栏时候，能出栏将近六百只。六百只鸡，相比来福养鸡场里的十万只鸡，连百分之一还不到，但在村子里，怕是全村的鸡加在一起也不过就是这么个数。何文在进北京城之前，闻了将近两年的孙大吵吵家的鸡粪味，起初不习惯，还因为许小蒙不喜欢而跟孙大吵吵抱怨了两回。后来闻着闻着也就习惯了。如今虽然身在千里之外，但天下的鸡粪大约都是一个味。闻到北京城的鸡粪味，便仿佛孙大吵吵就住在隔壁。喜欢来福养鸡场，后来还有第四个原因，因为场主张来福的女儿叫张晓雨。张来福常常"晓雨""晓雨"地唤她，虽是春晓的晓，但发音上跟"小雨"没有区别。每次张来福唤"晓雨"的时候，何文就想起了许小雨。何文见过几次张晓雨，她年龄不大，跟何文记忆里读初三时候的许小雨差不多岁数，白白净净，腼腆，脸颊也有两个明显的酒窝。还真别说，跟许小雨确有几分相似，大约天底下好看的姑娘都有相似的相貌。

"也不知道她现在在哪里，那个男的对她好不好？"何文撮完最后一锹鸡粪，左手拄着铁锹，右胳膊揩了一下额头的汗，自己跟自己说。

何文在来福养鸡场过了几个月还算舒坦的日子。虽然每天跟臭烘烘的鸡粪打交道，一个人要打扫几吨重的鸡粪，甚至流出的汗都透着鸡粪味，但终究不用去胡思乱想，许小蒙的事情也就渐渐淡了。而且，何文干活实在，一个人能出三个人的活，张来福自然喜欢他，三天两头会给他一两只折了翅膀或者瘸了腿的半大鸡。张来福只偷偷给何文一个人，其他的工人都不给。有更多折了翅膀或者瘸了腿的鸡，张来福就低价卖给二道贩子，最后进了熏鸡烧鸡工厂里。还是回过头来说何文。何文得了鸡，拎回住处，跟潘老二两个人开了灶，或红烧鸡块，或辣子鸡块，或小鸡炖蘑菇，有时也干脆取下铁锅，直接在灶里的炭火上烤，又或者专门去几公里以外挖些黄泥，折些杨铁叶子回来，做叫花鸡。潘老二则总是能从饭店里拿回来客人喝剩下的酒，有时候是北京二锅头，有时候是山西汾阳王，甚至还拿回来过两次小半瓶的飞天茅台。两个人有酒有肉，过得蛮滋润。

因为与何文关系处得好，何文偶尔邀请张来福到住处喝酒，张来福竟然也都答应了，跟何文、潘老二一起挤在何、潘二人的那个几平方米的炕上，侃侃大山，吹吹牛。张来福不光是去何文住处喝酒，也偶尔留何文在家里喝酒，并让何文把潘老二一并带上。何文愿意在张来福家喝酒，因为喝酒的时候能够见到张晓雨。见到张晓雨，便又能想起许小雨，于是晚上便能在梦里回到陪许小雨一起上下学的那段时光。

何文以为自己的后半生可能就这样在北京城混了。每个星期都有酒喝有肉吃，扣除租房钱，每个月还能剩下六百多，这样的日子倒也不赖。然而，他只在北京城待了不到半年时间，第二年飘柳絮的时候，便转道去了晋原。

这年入了三月，张来福新上了一批鸡雏。打三月下旬开始，养鸡场的鸡出了状况。先是零星地有一些鸡打蔫，不出三天，超过一半的鸡都耷拉了脑袋，甚至饲料也不吃，水也不喝。之后便是有鸡死掉。起初一天只是扎堆死掉三五十只，张来福还召唤何文跟他一起用独轮车偷偷把鸡推到野地里埋了。一边埋鸡，张来福一边咂着嘴，说："埋了太可惜了。"何文捡起一只小半大鸡，再瞅瞅扔进坑里的几十只，咂着嘴说："要不咱把鸡腿都给卸下来吧，就算鸡得病了，腿应该还能吃。"张来福犹豫了好一会儿，叹了口气说："算了。"于是两个人极不情愿地把鸡都给埋了。后来一天死几百只，埋不过来，张来福这才意识到事情的严重性，慌慌张张出了一趟门。张来福是天微微亮就出门进了北京城的，等到将近晌午的时候便回来了。何文隔着玻璃窗，望见一列车队打大老远一路扬尘而来，最后停在养鸡场的大门口。那是两辆警车和三辆医护车。张来福打车上下来，跟他一起下来的还有十一二个穿着白大褂，戴白帽子、白口罩的人。

　　这些人闯进养鸡场的时候，何文刚从鸡舍里推出满满一车死鸡。还没等推出院子，就被来人中的两个男的一人架着一条胳膊，给强行架上了车。

　　何文被关进了一个没有窗的房间里，单人单间。直到所有人都像躲瘟神一样匆匆逃离了那个房间，何文才渐渐回过神来。之前他一直处在一种大脑完全空白的蒙的状态。仿佛过去的一个多小时里，他的大脑神经短路了，丧失了对身体的支配能力，就好像一个塑料人体模特，或者一个多小时以前被他从鸡笼里拣出来的一只死了的鸡，任人摆布。

　　抓他的人每天都给他量体温，给他吃不知道什么药，有药片，也有口服液，有时还注射药剂。他不知道自己究竟是犯了什么错，为什么突然要把他抓起来。他搜肠刮肚想了好几天，把他从小到大干过的坏事都想了个遍。何文想给他爸妈打电话，可是那些穿白衣服戴白帽子、白口罩的人不准。想托人给潘老二捎话，叫潘老二心里有个数，别以为他失踪了。可是没人给他捎话。

这下坏了。何文在心里合计着，问题可能比他想象得要严重。何文正在为后半辈子的事情犯愁，不承想等到第十六天，又从房间里被放了出来。这时他才知道自己原是被关在了医院的病房里，说是叫隔离。除了他被强制隔离，张来福、张来福的媳妇、张晓雨以及其他几个在养鸡场打工的人也都被隔离了。何文刚走出医院，就看到潘老二也从医院里走了出来。原来，潘老二也被隔离了。

再回到来福养鸡场，十万只鸡已经全部被扑杀，连同何文和张来福之前埋掉的几百只鸡，都就近焚烧掉了。虽然焚烧的事情已经是十几天前发生的，但何文似乎仍然能在空气里闻到焦煳的烤鸡味。

"十万只烤鸡，可惜了了！"何文自己跟自己说。

何文后来才知道，那次被隔离，是赶上了一种叫 SARS 的病毒疫情暴发。据说这种病毒一旦感染上，会死人的。而在来福养鸡场的工人里，就有一个人被确诊为非典患者，据说被隔离没多久就发病死了。想到这里，何文不禁惊出一身冷汗。

被解除隔离后的第五天，何文离开了北京城，去了晋原城。离开北京城，一来是因为这场 SARS 疫情，来福养鸡场的鸡全部被扑杀干净了，并且看张来福的意思，三两年内可能都不会再养鸡了。不养鸡，何文便没了工作。二来是潘老二几番怂恿。潘老二其实早就有辞掉饭店刷盘子工作的想法。之所以迟迟没辞职，因为找不到性价比更好的工作。论学历，小学尚且没毕业；论相貌，实在是千篇一律的一张脸；论能力，还不如论学历靠谱。所以，稍微好一点的工作都找不上，而像何文这种打扫鸡粪的工作，他又嫌脏嫌累。也是机缘巧合，在何文和他被隔离之前，这天有几个操着华西口音的人在潘老二打工的饭店里吃饭。那天，店里四个传菜员有两个都请假了，潘老二被临时安排传菜，刚好负责这桌华西客人。一个领头模样的人突然问潘老二一个月能开多少钱，潘老二往高虚报了两百。那人撇了一下嘴，说跟我走吧，保准你比现在挣的高至少一倍。潘老二与那人细聊了十几分钟，当下就决定辞职，跟那个包工头走。他问包工头还缺不缺人，说是还有一个好兄弟，人实在，力气大，干活一个顶仨。包工头很爽快地便答应了。

"一个月真能给一千五，还包吃包住？"何文问。

潘老二说："还不止呢。干好了，两千都打不住。"

何文说："那行。"

就这样，何文跟着潘老二跑去几百公里以外的晋原城，投奔那个只有一面之缘的连姓名都忘了打听的包工头。

十七

多年以后，何文回想起那次跟潘老二冒冒失失地跑去晋原城投奔一个素不相识的人的举动，真是替自己捏一洗脸盆的汗。按理说，二十九岁已经是老大不小的人了，距离而立之年只差不到一年，办事情做决定之前，即使做不到三思后行，总也要有"一思""二思"，或者即便哪怕是"半思"。可当初偏偏就鬼使神差，连脑子都没动一下，就不管不顾地抬腿走了，就好像那个行为是由屁股做出的决定。当然，何文后来对此的解释是，这可能就是命。

这是一次荒唐的决定，但结果却还不赖。这可能就是傻人有傻福吧。又或者，应该把这个还不赖的结果归功于这天底下原本还是好人多。是的，潘老二跟那个包工头模样的人只见过一面，而且仅仅有过十几分钟的交流，而何文只是从潘老二口中听说有这样一个包工头模样的人，却不想那个包工头模样的人真的就是一个包工头，并且真的收留了何文和潘老二。

包工头姓高，叫高革，老家在华西省林溪市。说是包工头，其实也并不是人们印象中那种靠一张嘴指挥别人干活的人，高革本身也和何文他们一样，一起干体力活。何文后来跟高革混熟识了，相互问起来，才知道高革早先不叫高革，叫高文革，闹"文化大革命"运动头一年出生的。长大以后觉得这个名字不好听，就自己去派出所改了名字。本来是想把"革"字去掉，却不知怎的，被负责改名字的民警把"文"字给去掉了。何文由此想到了自己。何文早先叫何文革，因为小时候咬字不清，说起自己的名字只能大致听出前两个字，于是大家叫着叫着就把"革"字给丢掉了。因为名字相近，名字的遭遇也相近，何文与高革相互间也因此增添了几分好感。

高革早先跟着一个姓秦的南方的包工头一起干。干了五年多，因为姓秦的不实在，经常拖欠高革他们的工钱，有时也克扣或者背地里匿下一些钱，高革几个人心里有气。潘老二在饭店碰到高革几个人的时候，他们刚拿到姓秦的拖欠他们前一年的工钱。也是从那天起，高革决定带着兄弟几个单干。跟姓秦的几年摸爬滚打，高革手上也掌握了一些资源。高革邀请潘老二跟他一起干，那时候刚联系好晋原城的一个工地活。

何文和潘老二被高革领着进了一个枯灰色的工棚。进到棚子里才发现，工棚原是军绿色的，只不过外面覆盖了厚厚一层黄土和水泥的混合灰，看上去就成了枯灰色。棚子里非常简陋，一侧有十几个并排放着的临时木板床，床上铺了半寸厚的草席，另一侧杵着几个木质的支架，晚上休息时候挂衣服用。除此之外，便只剩下床下横七竖八的十几双臭烘烘的脏鞋和几个磕掉漆的搪瓷盆。工棚靠近门口刚好还剩两个空床位，何文选了靠门的位置。

在另外一个工棚里，有三排一百多个两尺长一尺半宽一尺半深的铁皮柜。漆皮斑驳，从掉了漆的铁皮锈蚀程度判断，想必也是饱经沧桑了。高革分别给何文和潘老二分了柜子和钥匙，说可以把贵重物品锁进去。说完想想，又说其实来工地打工的，也都没啥贵重物品带在身边，能算得上贵重的，也就是个屌。屌你们懂吗？就是你们裤裆里那坨肉。说完，自顾自地笑。何文和潘老二互相看看，也跟着笑。

何文去的那个工地似乎是要建一个以冶金废渣为原料的厂子。何文和潘老二在工地上负责搬砖头、抬钢筋、和水泥，偶尔也上脚手架打打下手。何文力气大，干活不要奸，别人一次最多搬十块砖，何文最少也要搬二十几块。别人都是两条胳膊拎半桶水泥，何文一条胳膊拎一个，两个桶都满得几乎溢出来。

"你每趟少拿点，又不是给自己家干。"高革说。

何文说："我劲儿大。"

高革说："你这么个干法，几趟下来就没劲儿了。"

何文说："我有的是劲儿。"

高革白了何文一眼，拿袖子帮何文揩了一把额头的汗，揩出个大花脸来。高革凑到何文耳朵边，低声说："咱们是按天发工钱，干多干少都是那些钱。你把自己累个半死，也没比别人多挣，你图个啥？啥屌用没有。"见何文龇牙憨笑，又说："你这么干，显得别人好像都在偷懒，你让人家都怎么想？"

何文低头细想，觉得高革后一句说得在理，于是也每趟只搬十块砖，只拎半桶水泥。

工地每天早上七点半上工，晚上六点半下工，午休一个小时，工钱七十块，每周轮休一天。下了工，何文习惯在饭后冲澡。工地上不缺水，水龙头拧开，套在水龙头上的胶皮管子里就汩汩地往外冒水。何文让潘老二拿着胶皮管子往他身上喷水，从头到脚喷个遍，直到把身上的汗液和泥灰的混合物冲洗干净，见四下里没人，赶紧脱了裤衩拧干，再迅速穿上。后来有一次被一个在工地上做饭的姑娘远远地看见了光着身子的何文，傍晚天色半黑不黑，也不知道对方看没看见何文的尿，打那以后，何文便不在工地冲澡了，而是去几里地以外的河里洗。

工地的工程量不小，几栋楼同时在建，除了高革这一伙儿人之外，还有几个小包工头也带了人一起干。工地每月结算工钱，只有一次拖了一个月的工钱，第二个月一并补发了。发了工钱，有下了工的人偷偷摸摸溜出工棚，趁着夜的黑，几个人打一辆车，进市区找小姐要。何文知道这事，是从潘老二那里听说的。潘老二不只跟何文说了这事，也跟同一个工棚里的其他人说了。

"昨天中午，我听隔壁那个工程队的几个人闲侃，说一百块钱就能要个处女。"吃过晚饭以后，七八个工友猫在工棚里看三级片。潘老二边看三级片边说，两只手还不停地在裤裆里搓着。

"我也听说了，说是五十块也能找一个小姐。"有人说。

"尿。五十块你就想跟小姐要？那是得长成啥尿样。"又有人说。

"管她长啥样，大下晚儿黑的，啥尿也看不见。能用就行呗。"说完，大家哄笑。

"笑归笑，我不希望咱们这帮兄弟把钱花在找小姐上。咱挣的是血汗钱，累死累活一天挣七十块钱，出去找小姐也就舒服那么几分钟。就为了那么几分钟的舒服，一天就这么白忙活了？"高革说。

潘老二嬉皮笑脸，说："高哥，你才几分钟就不行了？你这身子骨需要补补啊。"说完，大家又起哄。

高革也跟着笑。笑罢，摆摆手说："我说正经的呢。咱们虽然是出苦力的，但也不能因为这把追求也变庸俗了。大家伙儿跟着我出来混饭吃，我得替大家伙儿想着往后的事。咱干的是重体力活，最多也就干到四十多岁，再往后就干不动了。四十岁五十岁以后怎么过日子？"

"哥，你咋想的？"何文问。

"啥咋想的？"

"以后的事。"

"哦。"高革猛吸了最后一口烟，用左手的拇指和食指将烟头上的火星掐灭，丢在地上，双臂抱在脑袋后倚靠在床尾的被子上，一脸认真地说："再干几年工地活，攒够了钱，回老家开个削面馆或者烧烤店。我都考察过了，开烧烤店非常简单，只要是能把东西烤熟了，不愁卖不出去。而且干烧烤店是暴利，恨不得一块钱成本能得五六块钱的利润。"

"哥，你都咋考察的？"潘老二问。

高革说："进不同的店，随便点些烤串，完了就找机会跟店家撇呗。"

何文知道高革嘴里说的"撇"是什么意思。"撇"是地方土话，跟东北的"侃"意思差不多，都是很随便聊天，甚至有胡说八道的意味。

潘老二说："哥，你下回再去考察，也带上俺们呗。"

高革说："一说到吃，你比哪个都来劲。"正说着，脱下左脚的袜子丢在潘老二的脸上。

工地生活，几个老爷们儿除了一起看三级片消遣漫漫长夜，有时也打牌。高革不会玩东北的"刨幺"，何文不会玩华西的"双升"，两下商量，最后折中玩"快十"。输赢不以钱做筹码，而是以劳动。比如最小的输赢单位是洗一双袜子，洗一件背心与洗五双袜子或洗一条内裤等值，洗一件外衣折合洗十五双袜子，刷一双鞋折合洗二十双袜子。何文脑子灵，当初能把他奶杨占秀手里那本东北中草药书里记载的几百种中草药记住大半，记几张扑克牌实在是不在话下。一副牌分到个人手里，谁手里有什么牌，何文基本都能知道个大概。知己知彼，这牌玩得想输都难。高革不如何文脑子灵光，但耍牌经验比其他人都丰富，又沉得住气，自然也不容易输牌。不像潘老二，屁股长刺嘴里哼曲的时候一准儿是手里拿了好牌，拿了孬牌的时候便是一副吃了一百斤苦瓜蘸黄连汁的表情，光是看上一眼，都觉得嘴里苦得很。所以，第一次耍牌，潘老二便输掉了洗一百三十多双袜子的筹码。

"高哥，文哥，我觉着咱们这个规则得改一改。"潘老二边搓洗着一个工友的袜子边说，鼻子上不知道什么时候夹了一个木制的晾衣夹子。

"怎么改？"高革问。

潘老二抬手将一只袜子递给高革看，脸夸张地扭向一边，说："老蔡这袜子也忒臭了。顶风能臭二里，顺风二十里内寸草不生啊！"

高革捏住鼻子后退了两步，一口唾沫啐在地上，隔着工棚的门帘喊："老蔡，你这袜子几年没洗了？怎么比厕的屄屄还臭。"

斜倚在床上的蔡学朋放下手里啃了一半的苹果，抱起右脚凑到鼻子底下闻。"我闻了，还行，不太臭。"说完，放下脚，捡起苹果继续啃。

"像这么臭的袜子，洗一双最起码得顶普通的十双。"潘老二正说着，竟然真就呕了一大口，把中午刚吃的菠菜豆腐给吐了个干净，菠菜的绿和豆腐的白，青白分明。

鉴于蔡学朋和另外一个姓蒋的两个人的袜子味道实在是太过难以让人接受，此后耍牌的游戏规则略有改动，即洗一双蔡或蒋的袜子，与洗三双普通袜子等值。

潘老二喜欢耍牌，尤其是连续输过几次，欠下了几百双袜子的清洗债之后。若欠债的是洗普通袜子也就罢了，偏偏还包括蔡和蒋的五十多双。每次洗这两个人的袜子，总免不得胃里几次翻江倒海。后来再有洗这两个人袜子的时候，索性提前两顿饭便不吃了，免得吃了还要吐出来。为了尽快捞回欠债，潘老二下了工就撺掇牌局，可仍然是每耍必输。等到这个工地的活干完的时候，核算下来，竟然欠了两万三千多双袜子、一千多条内裤、七百多双鞋的清洗债。

当然，这些债最终绝大部分都没有兑现。

工地背后不到两百米有一座山，叫崛突山。何文早先在老家的时候喜欢爬山，但只爬了一次崛突山就再不爬了。用何文的话说，连树都没几棵，也能叫山？何文不喜欢崛突山，树少是其次，主要是山上不长野菜、野果和野蘑菇。陈家村地处长白山余脉，四围的山里野菜、野果、野蘑菇应有尽有。野菜多到什么程度？这么说吧，据何文他四舅妈说，她经常是锅里的荤油都已经开始上热了，才去后山随便采些猴腿、蕨菜、刺老芽，回来刚好下锅。可这崛突山，除了硬邦邦的黄土，就只剩大片裸露的土石头。上一趟山，费了好大力气，什么野物收获都没有，得不偿失，这是何文的逻辑。不过，何文不爬崛突山，却愿意多走四五里地去爬阳虎山。阳虎山虽然树比崛突山稍多一些，但也不长野菜、野果、野蘑菇。何文喜欢去，因为阳虎山坐落在晋原工学院的校园里。何文没念过大学，严格地说，连高中也没念过，只念了几个月的初中就辍学了。何文辍学多多少少跟许小雨有关，喜欢去爬阳虎山也多多少少跟许小雨有关。

有一天工地休息，潘老二嚷着要去看大学长啥样。别看潘老二在北京城混了将近一年半时间，基本上就没怎么离开过他打工的那个饭店方圆一公里范围。北京的大学倒是不少，可他一个都没去过，连路过都没有，好像他这样一个小学没毕业的人，打一所大学旁边路过都让他觉着自惭形秽似的。这次不知怎的，非得拉着何文一起去晋原工学院长长见识。后来何文弄清楚了，是潘老二有一天偶然遇到一个晋原工学院的女学生，两个人不过是一走一过，他便暗自发春了。

大学确实是一所不错的大学，不过给何文印象最深的竟然是校园里的阳虎山。对阳虎山印象深刻，是因为打山上下来的时候，路上对面碰见一个梳着马尾辫的二十出头的女学生。何文只瞥见了一眼，瞬间便对整座山都有了好感。因为那个马尾辫女学生粉红干净的鹅蛋脸让何文一下子又想起了许小雨。

打那以后，何文一有时间就去爬阳虎山。有时是带着潘老二一起去，有时是自己。冥冥中他希望再遇到一次那个马尾辫女学生，虽然直到工程结束离开也再未遇到过，但他在心里其实每次都遇见了，甚至两个人在半山腰的凉亭相对坐了下来，谁都不讲话，就静静坐着看风景，也看人。从山上下来，何文常去学校附近的一个小摊前，吃那里的现做菜饼。一张类似于煎饼的薄饼铺在平底锅上，上面铺一些胡麻油拌过的碎豆腐、葱花、豆芽、韭菜末，再用一张同样的薄饼盖住，最上面扣一个直径一尺多的铝锅盖。平底锅加热，卖饼人一手压实铝锅盖，通过转动锅盖，带动下面夹着菜的饼同步转动。过一分钟，将菜饼上下调转，继续旋转。三四个反复，菜饼即做好。除了吃菜饼，何文也喜欢吃一个小摊上的夹肉馍。半个巴掌大的烤馍，横向剖开大半，剁一小块卤肉塞进饼里，配少量碎青椒，装袋前再往饼里浇小半勺肉汤。

这天下午，何文照例从阳虎山上下来，在晋原工学院附近那个小摊前吃了一个夹肉馍和一个夹菜馍，用摊主递过来的一截卫生纸揩了嘴角的肉汤汁，这时候裤兜里的手机响了。

手机是何文十几天前托高革在晋原火车站附近买的二手货。九成新的银灰色翻盖小灵通手机，一百块钱就到手了。很显然，这手机不是正路来的。何文拿到手机，突然冷笑了几声。何文冷笑，不是因为手机来历不明，也不是因为捡了便宜，而是突然想到三年多以前不惜花费两千多块钱给许小蒙买新手机，而这三年来却从未舍得花一百块钱给自己买个二手或者三手、四手甚至是九手的手机。可许小蒙却用他买给她的手机，跟别的男人勾搭上了。

手机铃声响到第五声时，何文接了电话。电话另一端是何文他妈。

"你要是有空，就回来一趟。"

何文问："家里出什么事了？"

何文他妈说："小蒙把你儿子给送回来了。"

何文说："啥意思？啥叫'送回来了'？"

何文他妈在电话里说了大约十分钟，便挂了电话。挂电话，一来是把事情说清楚了，二来是长途电话，长途漫游费很贵的。何文大致理清了头绪。就在何文他妈给何文打电话这天早上，何文他妈出门抱柴火回屋生火做饭，一开门，就看到门口有一个婴儿车。掀开盖在上面的毯子，车里睡着一个两三岁左右的孩子。孩子旁边放着一封信，信的大概意思是说，许小蒙要结婚了，男方各方面条件都不错，就是不喜欢何文的这个孩子，想要自己生养。许小蒙知道何家想要回孩子，毕竟那是何家的种，孩子回到何家，不会受虐待。这样一个结果，对大家都还不赖。关于许小蒙是什么时候把孩子放到何文他爸妈家门口的，何文他妈说听村里的刘老八说起，大致是在那天早上鸡叫头一嗓子之前十到十五分钟之间，有一辆黑色或者深蓝色的小汽车驶进了陈家村，在距离何文他爸妈家不远的地方停下，从车上下来一个穿白衣服的女人，还从车里搬下来一个什么东西。刘老八当时正在做豆腐，出门倒完泔水就回屋了，所以没注意女人到底去了哪里，又干了些什么。由此推断，许小蒙大约就是在那个时候把孩子送回何家的。

何文给许小蒙打电话。许小蒙留在婴儿车里的信中留有手机号码，何文听他妈说这事的时候提到了，就让他妈把电话号码告诉了他。电话打通了，但是没人接听。再打，还是没人接听。何文索性改发短信。

何文在短信里说：你到底想干什么？孩子当初我不给，你们串通缺大德的律师欺负俺们不懂法，把孩子硬给抢走了。现在不想要了，就又扔给俺们，你把俺们何家人当什么了？

又说：我都听说了，咱俩离了第二个月，你就跟那个人结婚了。你现在告诉俺家说你刚要结婚，你蒙谁呢？不想要孩子就说不想要孩子，少扯别的没用的。

又说：你嫌孩子累赘，反过来却说是我们家想要这孩子，当了婊子还要立牌坊，咋啥好事你都想占呢？

何文一口气给许小蒙的手机发了十几条信息。发完信息，等自己冷静了下来，忽然有些后悔说那些话。两个人既然已经分开了，没必要搞得跟仇人似的，大不了老死不想见。况且何文觉得，许小蒙在抚顺城，他在晋原城，相去千八百里地，确实很有可能老死不再见面。想想两个曾经赤裸着身子睡在同一张床上的人，下半辈子将老死不再见面，竟不免生出几分惆怅。再一想，不管是什么原因，把孩子送回来了，终究是一件好事。既然是好事，再去责备甚至谩骂许小蒙，就有点得了便宜又卖乖的意味，不厚道。

何文长出了一口气，坐在马路牙子上给许小蒙又发了一条信息。

前面的短信你就当我是一时的气话。你现在把孩子送回来，肯定是有你的难处。你放心，这孩子是我们何家的种，是我亲儿子，亏待不了他。以后想孩子了，你也可以回去看他，或者给我打电话，我领着孩子进城看你。

何文发送出短信，刚合上手机盖，短信提示音就响了。打开短信息，许小蒙回复了四个字，确切地说是三个字加一个标点符号：谢谢你！

许小蒙当初跟何文离婚，并且带着她和何文的孩子嫁给了那个叫杨德志的人，确实过了一段还算舒坦的日子。在城里住一百多平方米的楼房，随时可以逛大大小小的商场，出入家门有轿车坐，杨德志隔三岔五还给她买一两件新衣裳或者手包。最让她满意的是屋里有冲水马桶，不像村里的旱厕，一年四季臭烘烘的。关于她和何文的孩子，确实是杨德志提出来想要的，甚至把要来孩子当作同意跟原配离婚并与许小蒙结婚的筹码。许小蒙在跟何文离婚之前，杨德志曾很多次告诉她说，自己跟妻子离婚了。等到许小蒙离了婚，男人却说，他实际上还没跟原配办理离婚手续，法律上还是夫妻，不过两个人已经没有了感情。许小蒙知道她的出轨对不住何文，没脸再去跟何文争孩子的抚养权。可杨德志喜欢孩子。因为之前十几年的婚姻里，原配一直都没给他生个一儿半女，后来去医院检查，原配拿着他的检查报告，说他没有生育能力。两个人曾想过领养一个孩子，也去了好多家孤儿院挑过，没有中意的。他们甚至动过从人贩子手里买一个孩子的念头，但终究没那样做。其实在杨德志心里，仍然是想要一个由自己的种长起来的孩子，至少孩子的身体有一半来自父亲或者母亲。既然自己生不出孩子，许小蒙跟何文的孩子便成了他退而求其次的选择。所以才有了后来的许小蒙跟何文闹到法庭上争夺孩子抚养权的事情。二婚后的许小蒙日子过得惬意，这惬意的日子有很大程度得益于孩子。而这段惬意的日子持续了不到一年半时间，便不再惬意，原因很大程度上还是因为孩子。杨德志不缺钱，事业也还不错，个人生活又不是很检点，裂缝的蛋自然周边缺不了苍蝇，何况他不是裂缝的蛋，而是破了洞的蛋，眼瞅着蛋黄就要溢出来了。所以，杨德志再次出轨，这本该在意料之中。可不在意料之中的是他出轨众多女人中的一个比许小蒙小六岁的女孩怀孕了。女孩找杨德志负责，杨德志哪里肯认下这个责任。孩子可能是张三的，可能是李四的，反正绝对不可能是他的。谁知道她都跟谁上过床。可女孩说得肯定，只跟他一个人有过那事。为了尽快息事宁人，杨德志去医院做了检查，结果报告显示他的性功能正常。他打电话质问前妻，才知道上一次检查结果，不能生育的是前妻，他从头至尾都是正常的。前妻怕他提出离婚才隐瞒了实情，可结果还是离了。为了保险起见，杨德志耐着性子等那女孩肚中的孩子足够月份，带她偷偷去做了亲子鉴定，结果确实是他的种。他背着许小蒙，又带着许小蒙的孩子去做了亲子鉴定，孩子不是他的。权衡之下，女孩比许小蒙年轻漂亮，女孩未有过婚史，甚至跟他之前还是处女，而许小蒙已经有过几年的婚史，最要紧的是女孩肚子里的是他的亲骨肉，而许小蒙带来的是和别人生的孩子。孩子还是那个孩子，之前是块宝，现在跟自己的种比起来，就成了拖油瓶。所以，杨德志选择了跟许小蒙离婚，仅仅给了她一万块钱的补偿费。被扫地出门的许小蒙带着她跟何文的孩子在抚顺城里租房子，边带孩子边干饭店刷盘子的活。干了不到半年，认识了她即将第三次出嫁的这个男人。男人四十出头，老光棍，从农村进城打工，在路边流动摆摊卖水果也卖蔬菜。男人对她蛮中意的，待她不错，只是唯一不能容忍养活她跟别的男人的孩子。

这些事情是何文后来断断续续从许小蒙发给他的短信里知道的。

能理解。往后想孩子了，随时可以回去看。何文在回复许小蒙的短信里说。

十八

北京举办奥运会那年，何文在距离北京城几百公里以外的晋原城开了一家烧烤店。准确一点儿说，是和高革一起开的店。高革出资十七万，何文把进城这几年打工攒下的八万块钱全数拿了出来。顺理成章，高革是这家烧烤店的大老板，何文是二老板。

自打跟了高革一起跑工地，几年里，何文和潘老二跟着高革几乎把整个晋原城的工地跑了个遍。说回来，那几年，晋原城像是开了春的竹林，楼房跟雨后竹笋似的寻了空地就飞快地往起拔。林子里长满了，就向四下周边里蔓延。工地午休的时候，何文愿意边蹲着吃饭边仰头数在建楼盘的楼层，三天或者五天接一层楼，根扎在大地之下，可不就和竹笋一样，都拔节生长。何文嚼着满嘴的放了陈醋的刀削面，两个腮帮子一收一鼓，自言自语说："盖了这老些楼，啥时候也能给咱自己盖一间？"

陈醋厂房翻建是何文干的最后一个工地活。回到晋原城，高革就解散了他的工程队。有人揣着存折回农村老家盖房娶媳妇，有人改行做了城市流动商贩，有几个想再干几年工地活，高革帮他们联系了熟人，跟了另一个人品还不错的包工头。高革问何文怎么打算，何文说想跟着他一起开店，不知道他欢不欢迎。高革给何文一个大大的拥抱，欢迎，当然欢迎。这是他最希望的结果。高革又问潘老二怎么想，潘老二说他没想好，想先跟着高革和何文一起干。高革便张开手臂，把潘老二也搂了进来，三个人抱在了一起。

高革其实早就物色好了一个门市店，七十多平方米，距离号称"晋原版王府井"的花巷只隔了一条马路，门市店西侧不足六十米还有一家中型超市。花巷，"铜锣湾"式的商业步行街，晋原城最繁华的商业老街，有着三百多年的商业历史，是中国著名的夜市之一。当然，何文不知道啥叫"铜锣湾"，也不知道中国"著名夜市"究竟是哪些夜市。其实知不知道这些都无所谓，只要每天的人流量足够大，客人足够多就好。

盘下那个门市店，加上办理相应的手续证件，加上店内装修、桌椅炊具等购置，算下来总共二十四万四千块钱。高革出的十七万加上何文的八万，等到店面装修完，只剩下六千块钱。潘老二因为嘴馋，之前干工地活挣的钱多半都变成了肚子里的油水和屙出来的大粪。加上他正值血气方刚的年纪，下半身的需求旺盛，偶尔也背着高革和何文，偷偷跑出去找小姐，所以几年下来，存折上只有不到五千块钱。

"六千块钱进货估计够用了。你那几千块钱先存着吧。啥时候实在是钱周转不开，你再拿出来应个急。"高革对潘老二说。

潘老二觉得跟着高革和何文一起开店，两个人都出了钱，只有他潘老二一分钱也没掏，难免内心里感到惭愧，所以店里店外无论啥活都卖力地干。

开店，自然要给店起个名字。用高革的话说，一个好名字能把远在京城的客人都勾引过来。高革用"勾引"这个词来形容招揽生意，这让何文多少感觉有些像是在开古代的妓院，而不是新社会里一家堂堂正正、清清白白的烧烤店。不过话糙理不糙。

"叫'瞎××烤'咋样？这名字够俗，好记。"潘老二说。

高革说："不行不行，晋原人看不懂东北方言。"

潘老二说："那就改成'瞎尿烤'。"

何文说："倒是容易记住，就是太俗了。我要是客人，看到这名字，一准儿觉得烧烤不好吃。瞎尿烤的嘛。"

三个人花了一天时间琢磨店名，想了不下一百个名字，最后高革拍了一下大腿，说："要不，就叫'文革烧烤'吧，取我和老何名字中各一个字。"

潘老二也拍了一下大腿，说："这个好。这个名字不俗气，有怀旧感，还容易让人记住。"

何文也说："名字确实是好名字，只是把我的名放在哥你的名前头，我觉着不太合适。你才是大老板。"

高革拍了一下何文的肩膀，说："啥大老板不大老板的，咱都是兄弟。这个名字就是有一点不好，没办法把潘老弟的名字加进去"。

潘老二说："哥，你多想了。这个名字实在是起得好，就这么叫吧。"

于是，高革、何文和潘老二开的这家烧烤店正式起名"文革烧烤"。

试营业的前一晚，高革和何文还是有些顾虑，觉得很多人可能对"文革"这两个字，或者说这两个字的组合内心里多少是有抵触的。所以，第二天开业如果店里没有客人，得想些什么办法上街招揽客人。两个人商量到晚上十一点多，各自打了十几个哈欠，这才睡下。

不承想，第二天营业，从上午十点半开始进店第一个客人，到十一点四十九分，一张大桌和八张小桌便都坐满了。到了十二点半，竟然有十几个客人排起了队伍在店外站等。这可把何文他们三个人给累坏了。潘老二会吃，吃得多了自然懂得什么食材用什么调味料、烧烤到什么程度味道会恰到好处。所以，潘老二当仁不让成了烧烤大师傅。何文早先在村里的时候也经常领着一帮"小弟"到野地里烧烤，算是经验丰富，所以潘老二忙不过来的时候，也上手做烧烤二师傅，同时兼做前厅服务员。高革虽是店里的大老板，因为客多服务员少，也前厅后厨两头跑，负责下单、传菜、打扫和结账。三个人连续忙了五个多小时，到下午四点前后，店里备的食材竟然见底了。一天当中食客需求最旺盛的时间还没到，备用食材却不足了，这还了得。头一天营业，就把客人拒之门外，实在是说不过去。于是三个人简单商量了一下，由高革到最近的农贸批发市场大量采购猪牛羊肉，顺便又买了一些调味料。

店门拉下来的时候，已经是晚上十一点半了。潘老二搬了三把椅子并排放好，躺在椅子上，一手挡在眼睛和棚顶亮着的灯之间，另一只手攥拳捶腰。何文蹲坐在后厨的地板上，拿钢丝球擦洗收拾下来的铁扦、竹扦。高革抽完一根烟，也进了后厨，蹲坐在何文旁边，跟他一起清洗。洗毕，回到前厅，三个人大致算了一下账，这一天的净利润竟然有一千一百多块钱。

"来，咱哥仨走一个。"高革开了三瓶啤酒，三个人一人抱着一瓶，对瓶一口气吹了。

"文革烧烤"就这样开了起来。三个人原本曾设想过小店营业以后，来店吃烧烤的人可能会不少，毕竟在那个地段开烧烤店的只此一家。而实际上，进店的客人何止是"不少"，简直是多得连下脚的地方都没有。客人一波接着一波，店门外最多时候竟然等了三十一单客人。有人宁愿在门外等上一两个小时，就为了买两串烤酱油筋。

何文提议，店里多备一些塑料凳子或者马扎，店外有客人排队的时候，不能让人家就那么站着等。高革和潘老二表示赞同。于是，店里购置了二十个塑料凳和十五个马扎。此后，烧烤店门外沿街便多了一道烟火味十足的风景——十几、二十几个互不相识的穿着打扮讲究的城里人，临街坐着高凳或低马扎，右手拿着肉串左手攥着啤酒瓶，一口肉一口酒，吃的人吃得不亦乐乎，看的人看得满嘴淌哈喇子。有人吃好喝好了走人，位子刚空出来，不出一分钟，保准又有一个屁股坐上去。

烧烤店开业的第四个月，八月八号，北京奥运会开幕。何文又提议，买两台二手的电视机，屋里一台屋外一台，晚上营业的时候，给客人直播奥运比赛。高革拍手叫好，第二天一早就去了商场，临近中午时候坐着一个小厢货回到店里，并且带回了三台簇新的液晶电视。

"既然要买，就买新的，反正以后世界杯的时候也能用上。"高革说。

又说："我想了一下，买三台电视更合理。屋里挂一台就够了，但是门外需要两台，门外左右两边都有客人，都得照顾到不是。"

这天，有两名穿城管制服的人进店。何文当时正在给两位客人结账，城管便径直朝他过去。两个人表明来意，说高革和何文等人占道经营，必须立即把店外的经营设施收回，否则将被没收。高革突然从后厨出来，把两位城管请到一边的角落里，给两个人各自塞了五百块钱。其中一人用手指捻了一下钱，没吱声。高革遂又从裤兜里摸出一千块钱，给两个人每人五百。

"你们这样占道经营是不允许的。你瞅瞅，多影响市容市貌啊。不过，这几天咱们国家办奥运，大家都想凑个热闹，也可以理解。我丑话撂在这，就奥运会这几天，过了这几天再叫我抓住，东西我全都给没收。"一个城管说。

高革忙赔笑，说："谢谢两位大哥照顾。"说着，小跑去后厨，旋即又回到前厅，给两位城管每人递上一把刚烤好的烤肥瘦儿。

城管走后，高革回到后厨，朝潘老二竖了一下大拇指。

"以后别那样了。咱确实是占道经营，理亏。"高革说。

潘老二朝地上啐了一口，骂道："瞅那尿样。啥执法，就是来要钱的。哪有那么容易白拿的钱，让你们都尝尝我的浓痰烧烤。"说完，自己忍不住笑："我好像半个月没刷过牙了。"

北京奥运会，中国拿了五十一枚金牌，排在大会金牌榜首。而奥运会这半个月里，"文革烧烤"每天的净利润都在四千块钱以上，比平时多两千三四百块钱。除去买电视的钱、给两个城管的钱，以及雇三个临时工的钱，还多赚了一万多。

"文革烧烤"从第一天开业到赚回本钱，只用了七个月零九天。而回本后的烧烤店依然是每天营业火爆，依然是门里门外都是客。三个人夜里高兴得睡不下，坐起来商量扩大经营的事情。不想，大家想到一块儿了，把马路斜对面开了不到半年的"人民公社烧烤"兑下来。因为看到"文革烧烤"火爆，自然有人也想过来分一杯羹。所以，就在"文革烧烤"斜对面隔一条马路，一对浙江的中年夫妻开了这家"人民公社烧烤"。单从这个店名就知道是在模仿"文革烧烤"。可店名容易模仿，手艺却不好模仿。那对夫妻以食客名义，来"文革烧烤"偷艺不下十次，但自己烤出来的味道显然差一大截。即便后来故意把价格压得比"文革烧烤"低一毛钱，人们仍然愿意顶着老大一颗太阳或者冒雨撑着伞在"文革烧烤"门前排队，也很少有人坐进"人民公社烧烤"店里。所以，不到半年时间，"人民公社烧烤"已经把三个服务员辞退了两个，剩下的一个也随时可能被要求走人。

两下谈得还算顺利，不出半个月，"人民公社烧烤"改名"文革烧烤二店"，原来的"文革烧烤"自然就成了总店。高革把老婆孩子从老家接到晋原，夫妻俩照顾总店，何文和潘老二到马路对面的二店照料生意。两个店各雇了三个服务员，又雇了一个进货员，帮着高革给两边上货。何文贴出招聘广告，招了三个烧烤师傅，总店两个分店一个，潘老二统一培训。很快，二店也和总店一样火爆起来。说也奇怪，之前只有总店的时候，每天店内爆满，店外总是有十几、二十几个人排队等空位。如今对面开了二店，两家店一样火爆，仍然是店内爆满，两家店外都有十几、二十几个人排队等空位。换句话说，吃烧烤的人凭空增加了一倍。

　　即便这样，高革、何文和潘老二还是希望食客能更多一些。三个人绞尽脑汁，每个月都推出新品。比如何文发现晋原人似乎没有吃猪连剃的习惯，至少在晋原城混的几年来，没发现有用它当食材的店面甚至小摊。所以何文跟屠宰场联系，把猪连剃全部低价购进，烤猪连剃卖。猪连剃在何文老家可是好东西，半只烤连剃在街上能卖五块钱。何文两块钱一斤买进，一斤平均能称四只猪连剃，烤熟后以五块钱一只卖出，净挣至少十六块钱，八倍的利润。再比如，何文把东北的特色实蛋引进到了晋原城，自己买进鸡蛋，再把鸡蛋做成实蛋烤了卖。做一个实蛋成本大约三毛钱，三个实蛋穿一串卖四块，三倍多利润。秋天时候，何文还雇人到农村收蚂蚱来烤。头两天没人敢吃，到了第四天，四十多斤蚂蚱就被吃完断货了。

　　这天二店轮休，何文睡了个懒觉。前一晚营业到后半夜两点多，实在是累坏了，铁扦、竹扦、碗筷杯碟顾不上洗，何文就给服务员都放了假，自己锁了店门便回卧室睡觉去了。轮休是高革提出来的想法。按他的话讲，挣钱肯定是重要的，但不能为了多挣三头二百的把自个儿身子骨累坏了。人家卖衣裳的、摆地摊的每个月还知道给自己放几天假，咱也得适当休息，不能钻钱眼儿里了。所以，高革想出来了轮休的办法，总店和二店每个月各休息四天，两店不同时歇业。

何文一觉睡到中午十二点多。原本还能继续睡，但被什么东西摔碎的声音吵醒了。声音是从后厨里传出了的。何文从床上爬起来，穿了衣服去后厨，进门的时候跟一个人撞了个满怀。何文身体壮，虽是对方撞了上来，被撞倒的反倒是对方。何文赶紧去扶。被撞倒的是店里雇的一个服务员，叫刘梅。刘梅二十出头，据她自己讲，是打附近乡下来的。这姑娘长得不丑，一身上下收拾得干净，眉心偏左有一颗小米粒大小的痦子。何文对这姑娘印象不错，印象不错主要是她特别勤快，干活不藏奸。她前襟、袖口和衣领处褪色泛出的白，说明她生活过得仔细，是个会过日子的好姑娘。再者就是她不爱化妆，头发也打理得简单，一根最普通的黑色橡皮筋把头发向后一拢，扎一个马尾，或者在头顶盘成一颗"丸子"，难得的朴实，或者说是朴实的难得。何文不喜欢女人过分化妆，他总觉得那些经过粉饰后好看的脸，背后不知道掩藏了多少见不得人的秘密。

"今天不是给你们放假了嘛，你不在家休息，来店里干啥？"何文把刘梅从地上扶起来，说。

刘梅说："昨晚没洗餐具就走了，我寻思今天来把厨房收拾一下。"

又说："刚才我不小心摔坏了一个碟子，我赔。"

何文说："摔坏个碟子算啥大不了的事，用不着赔。"说完，目光跳过刘梅，扫视了一遍后厨，三千多根扦子都洗好了，四大盆碗筷杯碟也都洗净，正在沥水。烤炉已经擦洗干净，刀具也都摆放整齐。

"你来有一会儿了吧？"何文问。

刘梅点头："十点多过来的。"

何文说："你干活实在，容易吃亏。"说着，从衣兜里掏出一百块钱，塞给刘梅。

"拿着，你该得的。"

刘梅忙用手推，说："哥，这钱我不能要。"

"为啥不能要？"

"我从乡下来城里打工，卖过衣服、发过传单、当过导购，风里雨里的，最多一个月能挣一千七八百。哥你把我招来，每个月固定工资两千五，还管两顿饭，加班还额外给钱。你是好人，我乐意跟着你干。"刘梅说。

何文硬是把钱塞进刘梅的衣兜里，说："就当是赔你裤子的钱。"

刘梅回身看了一眼，刚才被何文撞倒，坐在了擦了一半的地板上，沾了泥浆和油渍。

"不用，我一会儿回住处洗洗就好。"

何文说："叫你拿着你就拿着，还得我领着你去买不成？"这话说完，忽然觉得气氛有些尴尬。

刘梅突然想起了什么，噔噔噔跑去前厅，不大一会儿又噔噔噔跑回后厨，递给何文一个粉红色保温盒。

"哥，我猜你应该是还没吃早饭。现在都中午了，肯定饿了。我早上煮的速冻饺子，韭菜鸡蛋馅的。我吃过了，你要是不嫌弃，这会儿应该还是热的。"

话说何文的肚子也真是不争气，刘梅递过来装了饺子的保温盒，何文刚想说不饿，肚子就咕噜噜唱起了空城。于是尴尬地笑笑，改口说："肚子还真饿了。"

何文坐在前厅吃饺子，刘梅擦完后厨的地板，回到前厅擦地。何文四下里找醋瓶，刘梅已经从后厨拿来一个刚洗干净的碟，就手把醋倒好。

"你甭收拾了，昨晚你也没休息好，赶紧回家补一觉。"何文说。

刘梅没停手，边擦地边说："再擦一遍就好了。我不困，一会儿收拾完，我想去花巷看一场电影。"

何文说:"也行。我听说最近刚上映一部片子,好像是叫《2012》,外国片子,据说拍得不错。"

刘梅停下手里的活,说:"哥,你下午干什么?"

何文说:"没想好。可能在店里看电视,也可能去花巷瞎转悠。"

刘梅说:"哥,要不咱俩一起去看电影吧。"

何文低头吃了一个饺子,再吃了一个,说:"也行。"

吃过饺子,何文回屋换了一身衣服。本想着拉潘老二一起去看电影,免得何文和刘梅两个人尴尬。可潘老二还睡着,何文推了他两把,他只哼唧了一声,翻个身继续睡。

何文和刘梅去花巷电影院买了《2012》的电影票。距离开演还有一个多小时,两个人先出了影院,沿着步行街逛,给刘梅买裤子。电影马上开演的时候,两个人刚好买了裤子返回。

何文是八排十五号座位,刘梅是八排十六号座位,两个人之间只隔了一个不足十厘米宽的扶手。何文很久没有这么近距离地挨着一个女人,他那狗一样灵敏的鼻子能够清晰地闻到刘梅身上透出来的香。那香味很淡,不是香水味,也不是香皂或者洗衣粉味,而是女人特有的香味。这种味道,他以前在上学路上等着许小雨骑车经过时闻见过,跟前妻许小蒙躺在一个被窝里时也闻见过。那味道徐徐袭来,像一万根狗尾巴草在心里挠痒痒,挠得何文大气不敢喘一声,眼前有些恍惚。

"哥,这些年,你想过再找一个吗?"出电影院的时候,刘梅突然问了这么一句。

何文长出了一口气:"你都知道了?"

刘梅说:"嗯。我听潘哥说过。已经过去这么多年了,还是放不下吗?"

何文说:"放下了,早就放下了。"

刘梅说:"哥,你觉得我咋样?"

何文没立刻回答。两个人并排往前走了十几步，何文无意间撞到了对面走来的一个大学生模样的女孩，忙说了声："对不起。"

"你是个好姑娘。"何文说。

过了一会儿，又说："我想认你当我妹妹，早想跟你说了，一直不知道怎么开这个口。你愿意不？"

两个人无语。无语的两个人继续往前走，走了一百多步，眼瞅着走到了步行街尽头，刘梅突然搂住何文的右胳膊，喊了一声："哥。"

"哥，反正天还早，陪我再逛一会儿街呗。"

于是，两个人沿着步行街从南头一直逛到北头，再从北头一直逛回南头。直到晚上九点多，何文把刘梅送回住处，才紧赶慢赶坐上了最后一班路过烧烤店的公交车。

何文知道刘梅对他有意思，他两个多月前就察觉到了。而且他能感觉出来，这种有意思是真心的，不是因为他老板的身份。话说回来，他不过是一家普通烧烤店的二老板，这算哪门子老板？何文不是没有想过跟刘梅过日子，可是思来想去，总觉得不妥。一来，何文结过婚，老家还有一个九岁多的孩子，而刘梅可能还是个处女。二来，何文三十五岁，比刘梅大了十四岁。三来，何文虽然放下了许小蒙，但心里还住着许小雨。何文知道刘梅是真心想跟他好，可就是因为她的真心，他才犹豫不决。如果她是对他有别的企图，他反而说不准就跟她上床了，反正你情我愿，各取所需。但她偏偏没有别的企图，这让何文觉得如果真跟她好上了，心里会过意不去，觉得亏欠她。何文后来细想，拒绝刘梅的原因还有其四，就是他也确实在某一刻对她动了心，比如从她手里接过装饺子的保温盒时候，比如在电影院并肩看电影时候。因为动了心，所以不能把这样一个好姑娘给耽误了。

十九

老话说得好，人怕出名猪怕壮。这猪长壮了就要被杀，人出名了便难免遭来不怀好意的惦记。"文革烧烤"只花了一年半时间，不仅火遍了整个晋原城，竟然连北京城都有人开始惦记上了。这话不假，前前后后已经有四波北京人来找高革和何文，商量在北京开加盟店的事情。

"我们考虑一下，尽快给你答复。"高革对每一个来人都这样说。

高革和何文之前确实没想过加盟连锁店的事情。他们考虑的是不久的将来在晋原城里再找一个合适的门市店盘下来，把三店开起来。不过听了第一个北京城来人提到加盟开连锁店的想法，两个人都豁然开朗。这确实是一件好事，不过是把店名借给人家用一用，自己不用经营出力，一分本钱也不用掏，每年就能有一两万的收入。白送上门的钱，干吗不要。高革对来人说需要考虑，不是考虑是否同意外人加盟，而是考虑怎样把加盟的事宜做得周全。高革轮休的时候，就去肯德基、麦当劳、星巴克、辣怪鸭店里转悠，跟店长套话加盟的事情。何文轮休的时候，也出去转悠，去耐克、阿迪达斯，也去乔丹、李宁。

这天，何文转了两家李宁、一家阿迪达斯、一家耐克，返回二店时，发现店外停放了十几台摩托车，店门敞开着，店里有骂人声传出。

何文拨开围在店里的十几个人，才看到刘梅躲在结账台后面，脸色煞白，浑身发抖。

"今天不是休息吗，你怎么来店里了？"

刘梅说："我在家闲不住，寻思过来收拾一下卫生，结果他们就闯进来了。"

何文环视围着的人群，有染屎黄色头发戴银耳钉的，有光着膀子胳膊上文两条蛇的，有穿了鼻环瘦得跟麻秆似的，还有一个一脸横肉左眉骨斜向一条三四厘米长刀疤的。不必多说，这是来找碴儿闹事的。

"兄弟几个先坐，有话好说。"说完，何文给刘梅递一个眼神，示意她进后厨，"快去烧水，给泡壶好茶。"

"少跟我扯犊子。谁他妈的是你兄弟。"刀疤脸啐了一口老痰在地上，斜了一眼何文，"这里你说了算呗？"

何文说："我是这家店的店长，有话您说。"

刀疤脸言简意赅，三五分钟便说清了事情的来龙去脉。按照刀疤脸的说法，前一天晚上七点多，他领着两个小弟来何文的店里吃烧烤，九点多离开。晚上十点多，三个人开始拉肚子，一晚上拉了十几趟。他怀疑是店里的肉不干净，还说早上去医院检查，检查结果是食物中毒。

"哥儿几个昨晚是坐在哪个位置？"何文问道。

刀疤脸怔了一下，回身指着角落里靠窗的位置："那儿。"

何文快速滑动鼠标，翻看前一晚的监控录像。"您是不是记错了，我看了监控，昨晚哥儿几个没来我家店里。"

刀疤脸脸上的横肉上下跳了几下。"监控？什么监控？我说昨晚来了就是来了，不服怎么着？"

何文赔笑，说："没那个意思。这样，刚才不是说早上去医院检查了嘛，化验单能给我看看不？"

"去你妈的，说去医院了就是去了，爱信不信，凭什么给你看化验单？你他妈的算老几？"刀疤脸身后的蛇文身平举着一根擀面杖大小的铁棒子，指着何文骂道。

"去你妈的。"潘老二突然从卧室出来，手里提溜着一把菜刀，刀刃对着蛇文身。"你他妈的算老几？"说着，哐的一声，菜刀一角砍进了柜台的木板上。

屎黄头发摸了一下右耳钉，往前蹭了一步："怎么着，就你俩还想跟咱们比画比画？"

"不信你就试试。"潘老二瞪圆了眼睛，目露凶光。

何文伸开手臂，把潘老二拦在身后，朝着刀疤脸说："我们做生意的，不想惹事。以后这生意可能还得靠大哥您多照顾。今儿这事您给拿个主意，看赔多少钱合适？"

刀疤脸瞟了一眼潘老二，顺带着瞅了瞅他手里的菜刀，咽了口唾沫。"咱们不差钱。三万五万的根本不放在眼里。你这店我大哥看上了，给你二十万，两个店归我大哥，钱你拿走。"

说完，刀疤脸又瞟了一眼潘老二手里那把菜刀，说："不急，给你们五天时间，好好考虑考虑"。之后，便领着蛇文身、屎黄头发、鼻环瘦麻秆几个人出了店门。一阵摩托车的突突突声过后，人就不见了踪影。

"报警吧，他们这摆明着是要明抢。"夜里，何文和潘老二去找高革商量刀疤脸的事。何文算了一笔账，仅仅是盘下二店就花了二十九万，加上重新装修花了五万，加上大半年来那个地段一平方米房价上涨了六百多，光是店面价值就将近四十万。而且二店每个月净利润都在三万五以上，这样算下来，刀疤脸提出的二十万条件可不就是明抢嘛。何况还是想要用二十万买两个店。

高革说报警没有用，先等等看。他的分析是，监控录像的证据不足以让警察抓人，毕竟对方并没有实质性的违法犯罪举动。即便公安局立了案，最多就是给对方以警告。可警告之后呢？这个梁子就算结下了。高革和何文是做生意的，在明处；对方是社会混混，在暗处。一旦跟对方结下梁子，恐怕往后的生意就难做了。潘老二也不同意报警。潘老二不同意报警，倒不是因为想到了高革想到的这一层，而是纯粹因为虎。对方还没怎么着就报警，这就有点儿像小学生遇着屁大点儿事情都要去告诉老师，忒没出息。潘老二之所以小学没毕业就辍学了，很大程度上是因为被他欺负的同桌三天两头去老师那里告他的状。他嫌同桌窝囊，嫌老师絮叨，索性就退学了。如今遇着有人要来踢场子，还没怎么着就报警认怂，这不是他潘老二的做派。

"别瞅他们人多，真打起来，没几个敢下死手的。"潘老二说。

"打架这事不要想。不能为了钱把兄弟折进去。不是说给五天时间考虑嘛，咱先走一步看一步。"高革说。

很快第六天过了，什么事也没发生。第七天也没人来，没事发生。第八天、第九天也是一样。何文在心里嘀咕，看那天的架势，不像是开玩笑。谁会无聊到开那种玩笑。潘老二的解释则是，他砍在柜台上的那把菜刀起了作用。那些嘴上还没长毛的家伙，都是欺软怕硬的货。

第十天一早，何文开了卷帘门，发现出事了。

门前不知是谁在地上摆放了一个白纸花圈，一边写着"识相敢快滚蛋"，一边写着"找死没人收尸"。字写得七扭八歪，还有一个错别字。

何文赶紧收拾了花圈，跑去对面的总店。总店也出事了。总店那边没有摆放花圈，而是被人在卷帘门上用红油漆画了骷髅并写了"找死"两个字。

再过一天，不仅有人给店里送花圈，还有人半夜在店门前用录音机和扩音器播放哀乐。哀乐声吵得潘老二睡不着，气呼呼提溜着菜刀准备出去跟对方拼命，结果刚开了卷帘门，就听见一阵突突突的摩托车声远去，除了门前的花圈，空旷的大街上连个鬼影子都没有。

何文最终还是选择了报警。选择报警不仅仅是因为有人总是半夜送花圈和放哀乐，还因为有两天后半夜被人在店门前堆了大粪。对，不是泼，是堆，堆了足有上百斤的大粪。为此，何文不得不花上几个小时时间去处理这些大粪。可即便是清洗了地面，粪臭味却还顽固地趴在地上。那股令人作呕的臭不仅影响二店和总店的生意，连带着两家店周边的门市店也受了牵连。

何文报警以后，警察勘查了一次现场，也看了何文提供的监控录像，给何文、潘老二和刘梅都做了笔录，然后让何文等消息。报警确实有了效果，之后的半个月里，虽然一直没有等来警察的消息，但好在一切相安无事。

这天中午，刀疤脸领着一个穿西装、头发向右三七分开的中年人进了何文的店，直奔何文过去。

"我是晋北律师事务所的律师。你们店严重侵犯了我的当事人的商标权，我代表我的当事人要求你们必须立即停止侵权，并做出道歉和赔偿。"三七分说。

何文一脸的莫名其妙。

"什么商标权？我的店没用什么商标，咋就侵权了？"

三七分说："你这个店和对面那个店都叫'文革烧烤'对吧？"

何文说："对。这是我们大老板想出来的。"

三七分不紧不慢地从腋下夹着的皮包里掏出一沓纸，向何文出示。"请看清楚了，'文革烧烤'这个名字是我的当事人向商标局注册的商标，商标权归我的当事人所有。"

何文仔细看了三七分手里的文件，说："你这个东西是昨天才注册的，我这个店名可是用了快两年了。怎么能说是我侵权？"何文不懂什么商标权，他只知道凡事总该有个先来后到。

三七分冷笑，说："建议你去学习一下商标法。"

"别跟他废话。要么道歉、赔钱、换名字，要么法庭上见。"刀疤脸在一旁不耐烦地说。

"那个律师说得没错。虽然'文革烧烤'这个名字是咱们先用的，可人家先拿它注册了商标，这就成人家专有的了。是咱们疏忽了。"晚上何文和潘老二去找高革商量，高革拍着脑门说。

潘老二气得跺脚，说："那咋办？真就把店名换了？"

高革长出了一口气，说："先把'文革'两个字拆下来吧。回头再重起个名字。"

潘老二咣当一声摔门离开，留下一句"真他妈的窝囊"。

"是挺窝囊。"何文自言自语说。夜里何文睡不着觉，脑子里全是那个三七分欠揍的嘴脸。他不明白，律师到底是一个什么行业，难道就是专门给有钱有势的人当狗，为虎作伥，欺负普通小老百姓的吗？之前那个帮着杨德志跟他争夺孩子抚养权的律师是这样，如今这个帮着刀疤脸争商标权的律师也是这样。难道做律师的不是最应该懂法守法和敬畏法律的吗？法律是要保护老百姓的，可偏偏叫这些顶着律师头衔的歪嘴和尚给念歪了。这天下公道何在？

窝囊归窝囊。既然认了窝囊，只能把"文革"两个字从店名上拆了下去。不过，店还是原来的那个店，烧烤两个字还在。食客认的是口感，店名可以改成张三、李四、王五，只要味道还是那个味道，就还是原来的那个"文革烧烤"。所以拆了店名，客源并没有受到太大影响。

"文革烧烤"被迫变成了"烧烤"。有大约一个月时间，刀疤脸的人没再上门挑事找碴儿，生意照常做。何文以为事情可能就算过去了，毕竟对方已经把"文革烧烤"这个品牌抢走了，还能再怎样？然而，事情并没有像他想得那样简单。

先是区食品卫生局的人来店里，说是有群众举报称店里的烧烤师傅是乙肝患者，于是将潘老二和其他几位烧烤师傅带去体检中心做了检查，结果显示潘老二携带乙肝病毒。潘老二原本是持健康证上岗的，一个多月前体检还是各项指标正常，怎么就突然成了乙肝病毒携带者？潘老二突然想起，大约十天前的晚上，他在花巷里逛夜市，有一个打右耳钉、染棕色头发的人用针管"不小心"扎了他。如今想来，恐怕不是"不小心"扎到，那个针管很可能是被乙肝患者用过的。因为这，何文负责的店被罚款一万元，潘老二也失去了继续当烧烤大师傅的资格。没过几天，一个穿警服的人领着七八个自称是便衣警察的突然闯进了何文的店里，说是有群众举报店里私底下组织卖淫，一通翻腾过后，把高革和何文带去一家小旅馆的房间里问了大半天话，后半夜三点多才给放出来。

这还没完，没过几天，抓组织卖淫的那几个便衣警察又来店里，这一次是抓赌博。抓完赌博，又抓逃犯、抓小偷、抓诈骗、抓人贩子，理由五花八门。最不靠谱的一次，是高革半夜里被突然闯入的警察从被窝里抓了出来，让他证明床上的他媳妇是他媳妇，否则就是嫖娼。高革的儿子哪里经历过这样的事情，吓得哇哇大哭。

事情还不止如此。二店的四个服务员，三个突然集体辞职。一个说乡下的妈病了，需要她回去照顾；一个说相中了一个对象，回老家结婚；还有一个说是查出了传染病，不适合再在烧烤店工作。何文问她得了什么传染病，她随口说了个禽流感。

三个人走后，刘梅告诉何文，是有人逼她们走的。已经连续十几天了，每天下班回家，刀疤脸的人都尾随她们，有时朝她们吹口哨，有时用喝完的易拉罐、啤酒瓶往她们身上丢。昨天晚上那个屎黄头发还当着她们的面，拿一把砍刀砍掉了一只猫的脑袋。大家心里都清楚，那些人的目的是店不是人，而且为了达到目的会不择手段。

"你也走吧。要是什么时候这事过去了，我是说要是有那么一天，那时候要是愿意，你再回来。"何文说。

"哥，我不走。只要你还在这一天，我就哪也不去。"刘梅说得坚决。

何文原本是个暴脾气。当年只有几岁的时候，因为一棵小根蒜就敢跟比自己大五岁的赵大壮对打，而且一直打了多少年。按照那时的脾气，何文非得跟对方拼个头破血流、你死我活不可。可如今已是奔四十的人，虽然膀大腰圆，浑身上下有使不完的力气，脾气却收敛了不少。脾气还是那个暴脾气，只是经历了一些事，见过了一些人，一节一节往上爬的年龄教会了他什么叫作克制。冲动解决不了问题，相反，只会让问题像细胞分裂一样，从一个发展成几个甚至更多，变得越来越麻烦。但克制归克制，一味地克制也解决不了问题。何文不能理解，这光天化日，恶人如此猖狂，竟没人收拾得了？天理何在？法律何在？公安何在？想到公安，何文又想起那几个反复来店里"办案"的警察。傻子都想得到，他们和刀疤脸是一伙儿的。

"你说对了，那些警察是假的，他们和刀疤脸是一伙儿的。"高革说。

出了这么多的事情，高革私底下也做了一些工作。他找道上的人打听，托公安局的朋友调查。多方面的信息反馈汇总，高革万般不情愿却又无可奈何地接受了现实。

"对方不是咱们平头小老百姓招惹得起的。"

又说："那个刀疤脸倒是没什么可怕的，早年混社会，把别人打成了植物人，被抓进监狱蹲了十年，出来以后重新混社会。我查过他，他没有什么特殊背景。"

又说："真正厉害的角儿，是刀疤脸背后的'大哥'，叫任盈。"

何文说："名字听着有点儿娘。"

高革说："人家本来就是个女的。"

潘老二说："×，一个娘们儿，靠卖身找人撑腰呗？"

高革说："你还真别瞧不起她一个女人，人家自己就是手眼通天的人。"

高革决定认栽了，刚把老婆孩子接到晋原城团聚一年，又不得不举家搬回林溪。说是搬，其实用逃来形容更贴切。是仓皇逃走，丢盔弃甲，慌不择路。

任盈想抢高革、何文和潘老二正做得风生水起的"文革烧烤"，这不仅仅是要在三人身上硬生生撕扯下一大块肉的问题，而是要连骨头都砸烂。既然不给留活路，总还是要搏一把。用何文的话说，电视里戏文里都有上京告御状的桥段，这事情旧社会都能行，现在是新社会，更应该行得通。在这一点上，高革和何文达成了共识。告御状不太现实，不过可以给北京写举报信。何文有六年多学历，又念过将近三年技校，高革只上过四年学，所以举报信由何文执笔，内容由两个人商定。潘老二不赞同写举报信，因为这事他觉得不靠谱。他说古时的戏文里确实有告御状，可戏文之外还有一句话叫官官相护，叫狼狈为奸。也不知道潘老二都是从哪里学来的这些成语。不过，不赞同归不赞同，潘老二终究没阻拦。不仅没阻拦，写好的信还是由他投递的。

举报信寄出去的第四天下午，高革的儿子放学回到家，交给高革两样东西。一样是一张百元钞票，钞票上的一角被烟头烧出一个洞。另一样是一封被拆开了的信，正是由何文执笔的那封举报信。根据儿子的描述，交给他东西的人是那个蛇文身。

高革找何文和潘老二商量，打算把两个店低价卖掉。广告打出去半个多月，根本没人敢接。一打听，是"大哥"任盈放了话，说是谁敢接盘，就是跟她对着干。没办法，高革托人给刀疤脸带话，说愿意让出两个店，拿二十万走人。结果中间人捎话回来，说对方说了，一分钱也没有。

"我说什么来着，官官相护。举报这事行不通。"潘老二说。

高革说："我认栽了，店我不要了。他们让我儿子把东西捎回来，明摆着是恐吓。再闹下去，怕是要出人命。"

高革领着老婆孩子逃回林溪之前，把总店的钥匙交给了何文，并且留下一句话："我劝你也认了吧，咱小老百姓先得保住命。"

高革一家走后的第二天，刘梅夜里回家路上被三个人给打了，左腿小腿骨裂，右侧第三第四根肋骨骨折。打人的三个人，刘梅只认出了那个屎黄头发。

屎黄头发只在派出所被关了不到半天，就被放了出来。

这天，何文刚从医院回到店里，屁股还没坐热乎，就见潘老二慌慌张张打外边回来。何文开了灯，看见潘老二左眼角开了一道足有三厘米长的口子，血流了满脸，衣服扯掉了三颗扣子，衣襟和两个拳头上也粘着血。

"刀疤脸他们干的？"何文问。

潘老二揩了一下眼角的伤口，从牙缝里挤出嘶的一声疼，说："他们也没占到便宜，估计这会儿躺医院去了。"

何文说："他们来找的你？"

潘老二说："不是，是我找的他们。"

原来，潘老二因为刘梅的事情气不过。潘老二喜欢刘梅，但他知道刘梅喜欢何文。虽然何文认刘梅做了妹妹，刘梅也接受了，但她实际上还是心里有何文。不过这并不影响潘老二喜欢刘梅，喜欢不一定非得占有。刘梅被屎黄头发打伤住院了，何文能吞下这口恶气，他潘老二肚子小，吞不下。所以花了三天时间，才终于找到屎黄头发。潘老二跟踪了他两天，直到这天夜里屎黄头发跟刀疤脸他们散了酒局，独自往家走，潘老二才得着机会，在一处光线模糊且没有摄像头的巷子里拍了屎黄头发一板砖。不承想，刚刚和屎黄头发散伙了的几个人又跟了过来，正好撞见潘老二在踹倒在地上的屎黄头发，于是双方就打了起来。

"你怎么样？"何文问。

潘老二说："没事儿，就是破了点皮。"

何文说："那个黄毛呢？他怎么样？"

潘老二说:"我就拍了他一砖头,没下死手。踹他也都是踹的腿和胳膊。"

事发突然,容不得何文多想。一时间,何文能够想到的就是赶紧离开晋原城。屎黄头发是任盈的马仔,在这个节骨眼儿上他被人打了,虽然天黑看不清是谁打的人,可无论谁都会猜到是"文革烧烤"的人干的。任盈是黑道上的"大哥",手底下马仔无数,真要想找人,他和潘老二恐怕在晋原城连一天都藏不住。要是屎黄头发有个三长两短,两个人搞不好还得给偿命。所以,三十六计,走为上计。

何文和潘老二匆忙收拾了贵重物品,锁了两家店门,朝火车站奔去。去火车站之前,何文先拐去了医院,简单跟刘梅说了事情的经过,把两家店的钥匙交给了刘梅,又替她提前办了出院手续,让她回老家躲一躲。送刘梅上了当晚最后一趟去她老家的汽车后,何文赶去火车站,潘老二已经买好了车票。潘老二准备南下,去南方投奔在那边打工的赵震。何文打算回东北,去丰吉投奔在那边政府工作的他哥何寅。

"哥,这事是我连累了你。"临别时候,潘老二抹了一把眼泪说。

何文说:"这事你不干,我早晚也得干。你没连累谁。"

潘老二说:"这么多年的努力,就这样全没了,真不甘心。"

何文说:"老天会有睁眼的一天。"

二十

这世上的事就是这样,福兮祸兮,谁说得清楚呢。

何文虽然脾气躁,但凡事讲理。讲理的人最怕遇着不讲理的,而不讲理的又以有能力指鹿为马者为最。讲理的何文遇到的就是这种能够指鹿为马的不讲理的，加上好兄弟潘老二拿板砖打伤了对方的人，生死未卜，晋原城他是待不下了。其实对于这时的何文来说，最好的去处是回新宾老家。在过去的一年来，何文他爸两次在电话里劝何文回老家。一来，何文他爸在自家院子里开起了一家小型拼板加工厂，是那种比小型还要小一些的，或者用微型加工作坊来形容可能更贴切一些。但别管是小型厂还是微型作坊，生意还是不错的，一年下来能有十万八万揣进腰包。开厂子或者作坊，需要有人手。花钱雇人，且不说一个人一年工资要三万多，就是干活的积极性和态度，终究还是不如自家人。在家上班，吃住有人照应，工资照常拿，怎么着也比一个人在外饥一顿饱一顿的漂着强。二来，何文的儿子何许生已经开始上小学一年级了，打记事起，只见过何文一面。那次见面，何文那时还在跟着高革在晋原城盖楼房，孩子连续七天高烧不退，何文请了十天假回老家陪孩子。何许生虽是何文的亲生儿子，虽说血浓于水、骨肉相连，但他和何文一点都不亲近，总是有意躲着何文，让何文的热脸一次又一次贴了儿子的冷腚。用何文他爸的话说，再不回家陪儿子，儿子真就不认爹了。道理何文自然都懂，但何文有自己的想法。一来，他是因为在晋原城惹了事，逃出来避仇的。对方有黑社会背景，逃回老家跟束手就擒没啥两样。即便是终有一天要被抓住，何文也不希望自己是在老家被抓的，理由很简单，不想让他爸妈和他儿子看见，更不想让赵家人看见，给爸妈丢脸。二来，他当初离开家时，曾信誓旦旦地跟他爸妈说过，在外面不混出点名堂，决不回家。如今灰溜溜一事无成地回去，自己心里过不去。三来，是何文离家这些年越发觉得，故乡回不去了。他上次回老家，发现陈家村已经不再是当年那个陈家村。十户人家有七八户在养肉食鸡，离村子老远就能闻到臭烘烘的鸡屁屁味。几十几百只死因不明的鸡雏被抛在河里，或冲到岸边或卡于石缝或顺流而下，整车的鸡屁屁被倾倒在退去水的河床上，数以万计的黑头、绿头苍蝇群蝇狂欢，等待下一场洪水带走一切，河水变成屁屁浆。

所以，何文最终选择了去丰吉市，投奔叔伯哥哥何寅。

何文到了丰吉市，在一家药业公司干销售，何寅帮忙联系的。何文干医药销售，并不是站柜台卖药那种，也不负责上门推销，而是上酒桌拼酒量。何文酒量好，不仅仅是在陈家村，在整个乡里乃至县里都是出了名的。县里曾经举办过一次天湖啤酒节，现场三分钟喝酒比赛，何文一口气喝了六瓶半，一战成名。以何文的酒量，做这个销售职位自然是绰绰有余。何文起先做起这份工作也确实得心应手，不用耍嘴皮子，也不用跑腿出力，每天都能喝上好酒，关键是不用自己掏钱不说，还能挣钱。何文后来慢慢摸索出门道了，这做生意光靠质量好、价格好不够，还得酒桌上功夫好。能喝大酒、敢喝大酒，把潜在的客户喝高兴了，借着酒劲，很多生意就在迷迷糊糊之间做成了。他干的这个销售工作就是这样。虽然有专门的销售经理出面谈生意，何文只是经理屁股后的跟班，但到了酒桌上，真正扛枪冲锋的是何文，他的枪就是手里盛满各种白酒的酒杯。谁不服，就用压倒性的酒量把谁喝倒。

以喝酒作为职业，这话听起来确实新鲜。不过作为当事人，这样的职业干久了，别说新鲜感，就是提起酒都觉得反胃。能不反胃嘛！每天中午、晚上各一顿大酒，有时是从中午一直喝到晚上，有时晚上喝完一顿再去烧烤店继续喝。这样的情况每周少则三四天，不过更多时候是五天以上。酒大伤身。寻常人喝一次大酒甚至需要两三天才能缓过劲来，何况何文是用一斤打底的高度白酒长期浸泡着胃。

这天晚上，何文陪着客户经理去见一位专程赶来的"重要"客户，难免又喝多了。经理跟他说这位"重要"客户的时候，他在心里嘀咕，每次见的都是"重要"客户，客户都重要，客户都是上帝，就他妈的自己贱。抱怨归抱怨，上了酒桌还是得自始至终赔出一张笑脸。经理适时递给何文一个眼神，何文会意，端起三两半装的高脚杯先干为敬。酒一入口，嗯，十五年的五十二度五粮液。喉结上下一翻，咕咚一声，一杯酒进了胃。

"我说这个谁真够实在的，好酒量！我也干了。"两个"重要"客户中体型偏胖、个头偏矮的一个也是一仰脖子，喉结上下一翻，咕咚一声，一杯酒进了胃。

对方显然没记住何文的名字，而是随口用了"这个谁"代替。当然，记不记得住何文的名字无关要紧，因为这样一个酒局之后，生意假使成了，客户经理后续跟进即可，不再需要何文为这单生意拼酒；假使不成，双方各自鸣金收兵，这便也是一个散伙的酒局。对于这样的称呼，何文早就习惯了。之前陪客户喝酒，有人也称呼他"那个谁""大个子""大兄弟""小老弟"，甚至一些酒局上被称呼成"小刘""小赵""小马""小王"，就是不叫"小何"。无所谓，名字嘛，就是个代号。就好像他给他儿子起名何许生，起得很随意，他妈在电话里征求他意见的时候，他顺嘴溜出了这么个名字。他妈觉得别扭，尤其是名字里带了一个许字。许生，许小蒙生。虽然这是事实，但毕竟许小蒙给何文戴了绿帽子。何文后来想想，倒是觉得这名字还行，便坚持留了下来。有那么几回，何文喝多了躺在床上，迷迷糊糊间又想起了许小雨。这孩子要是他跟许小雨生的该有多好，同样还是可以叫何许生。

何文后来知道，这一晚跟他喝酒的"这个谁"是从内蒙古科尔沁草原来的，六十二度的套马杆喝一斤半不打晃。两个人最终各自喝了多少，何文丝毫想不起来了。据说当晚散了酒局，经理带着他陪客户又去了KTV边唱边喝，然后再去烧烤店喝，喝到一半觉得那家店烤得不好吃，换了一家重新喝。结果是，"这个谁"和他的同事都喝大了，何文的经理和另一个同事也都喝大了，各自怎么回的，什么时候回的，都没了印象。

何文喝断了片。半夜里隐约觉得胃里烧得厉害，翻江倒海几乎把胆汁也给吐出来了。有人递给他一杯温水，他喝了几口，胃里舒服了些，重新昏睡过去。

何文是第二天上午十一点十七分前后醒来的。一睁眼，对面墙上挂着万年历。何文翻了个身，脸朝向窗口投进阳光的一面，床下发出吱吱呀呀一连串声响。这床真软。

进错家门了。这是何文脑子渐渐恢复意识后的第一反应。自己家里没有万年历，床也没有这样柔软。仔细一闻，还有一股淡淡的无法形容的香味，可能来自枕头，也或者来自身上裹着的浅粉色抓绒毯子。

确实是进错家门了。这既不是自己家，也不是宾馆酒店，而是一个普通的两居室私人住宅。房子不大，何文只用了不到半分钟就参观完了。家里没其他人，餐桌上放了一杯冷掉的速溶牛奶，杯子下压着一张字条：酒醒后，先把牛奶喝了，饭菜在保温盒里。字写得工整秀气，很显然出自女人的手。何文瞥了一眼牛奶杯旁边的保温盒，盒子后面有一个相框，里面是一个五六岁的女孩举着气球的单人照。很讨喜的一个孩子，眉眼间天然给人一种亲切感。

何文把桌上的半杯水喝了，甜的，加了蜂蜜。这家的女主人还真是细心。应该是女主人吧，何文心想。进错了家门，对方没报警已经是万幸，这是非之地不宜久留。何文穿好鞋子，从裤兜里掏出两百块钱放在桌子上，低头看了一眼皮鞋，很显然鞋子被擦过，遂又掏出一百放到桌上，当是叨扰人家的钱。正准备推门，门外响起了开锁声音，随之门开了。

何文怔住了。他一眼就认出了门外这个手里攥着钥匙的女人。

"许小雨？"

"我还担心你没醒酒呢。你昨晚实在是喝太多了。"许小雨说。

何文说："你，不是在抚顺吗？怎么会在这？我，我又是怎么会在你家的？"

许小雨说："说来话长，进屋坐下说。"

许小雨又变回了当年的许小雨。染烫过的头发经岁月漂洗恢复了本色，曾经的浓妆艳抹褪去，露出骨子里山明水秀的乡土气息。尽管眼角浅浅地爬过几道皱纹，依然如那年骑自行车打何文身前经过时那般美得单纯、自然、通透。

　　先说许小雨怎么就到了丰吉市。当年许小雨在抚顺城打工，架不住对方猛烈的求爱，给人当了小三。那男人原说是早想跟老婆离婚，可婚离了两年半，许小雨的肚子都鼓起来五个月了，这婚还是没离成。实际上，那男人委婉地劝许小雨把肚子里的孩子打掉的时候，许小雨就明白了，这婚不是离不成，而是那个男人压根儿没打算离。不想离的原因她也搞清楚了，男人在外面大手大脚花的钱，并不是他自己靠本事挣来的，而是拜他背后那个长相虽然不敢恭维但特别有钱的老婆所赐。离了婚，就意味着自断财路。男人在爱情和金钱面前，很显然已经做出了选择，他选了金钱。之所以不肯放手许小雨，不过是贪得无厌，得了熊掌还想再捞一条鱼。许小雨原本就对当小三这件事情尤其在意，甚至因为这事都没脸回老家见她爸妈一面。而那个信誓旦旦要娶她为妻，要给她幸福，爱她到下辈子的男人，在她面前选择了金钱，她便心灰意冷了。她坚持要把孩子生下来，因为那已经是一个成形的生命了，她在她的肚子里有呼吸、有心跳，她还会不时地踢她一脚以提醒她关于她的存在。她在那个男人做出选择之后也做了选择，离开他。许小雨不愿再提起那个男人的名字，所以在跟何文讲述那段不堪回首的经历时候，都是用"那个男人"来称呼。说来也算那个男人讲些良心，送了她一套房子。那房子便是何文醉酒后睡在其中的这个房子。

　　"这个就是你女儿吧？"何文指着桌上相框里的相片说。难怪第一眼看上去就觉得亲切，如今看来，长得还真像许小雨。

　　许小雨点头，说："是我女儿。上二年级了，这会儿在学校呢，下午四点半放学。"

许小雨给何文和自己各倒了一杯水，接着讲何文为什么会出现在她家里。前一天晚上，或者准确一点儿说是这天凌晨一点多，许小雨的女儿突然发烧，许小雨下楼买退烧药，去了周边好几家店，都关门了。于是去远一些的大药房买。回家的路上，就遇到了喝大了的何文。许小雨起先没认出何文，因为一来是很多年不见，何文跟当年比起来变化很大；二来是何文喝多了酒，走路打晃，脸也变了形，加上路灯昏暗，空旷的马路上只有一个女人和一个喝多了酒的酒鬼，许小雨哪里敢仔细打量迎面过来的这个男人，三步并成两步赶紧走开。何文虽然喝多了，却在无意识状态下认出了许小雨。他喊了她的名字，并且自报家门，这才有了后面的事情。当然，这是许小雨的一面之词，何文丝毫想不起来。不过他信了这话，因为是许小雨说的。

　　"当时实在是太晚了，问你住哪儿你又说不清楚，只能先把你带来我家。"许小雨说。

　　这世上的事，还真是福兮祸兮。在晋原城丢了多年挣下的辛苦钱本是祸事，不想逃来丰吉市却意外联系上了几十年扎根在心里的许小雨，这祸事转眼又成全了喜事。

　　2014年，何文跟许小雨在民政局领了结婚证。这一年，何文和许小雨的儿子何许梁也出生了。结婚没办婚礼，这是许小雨的意思。她不想张扬，原本也没什么好张扬的，一个是当小三被抛弃的，一个是前妻出了轨的，这样两个人的结合还是低调点好。两个人都邀请了各自的爸妈，想着两家人坐在一起吃顿饭就罢了，所谓婚礼不过就是个形式。再豪华的形式，心不在一起终究不能长久。而心在一起，有没有形式也就无所谓了。这顿喜饭，何文他爸妈没来，许小雨她爸妈也没来。人没来，不是不赞同两个人在一起，恰恰相反，两家人都非常高兴。尤其是何文他爸，高兴过了头，临出门的前一天不小心掉到路边的沟里，闪到腰了，在炕上养了一个多月。最后是何文他爸妈把许小雨她爸妈请到家里，双方家长在村里喝了一顿喜酒。喝酒的时候，何文他爸发视频给何文，直播了喝酒场面。

何许梁满月的时候，何文他爸妈代表双方家长到丰吉市看了孩子。他爸妈建议等孩子断了奶，把孩子送到村里由老两口给带，这也是许小雨她爸妈的意思。毕竟在城里，何文和许小雨无依无靠，两个人又都得上班挣钱养家，孩子谁来带着实是个让人头疼的问题。大的倒是能够自己照顾自己，但是她每天上学，不能照顾小的。若是雇保姆，能够雇来的让人不放心，能让人放心的又雇不起。所以，最靠谱的办法就是把孩子送回村里，由爷爷奶奶和姥爷姥姥养。

"也只能这样。"许小雨说。

许小雨怀着何许梁的时候，她和何文就在为孩子出生以后谁来带的问题发愁。何文他妈和许小雨她妈都答应可以进城照顾孩子到断奶。但这已经是两位妈妈能够给出的最大承诺了。何文他爸每天忙着生意，别管生意是大是小，毕竟要养家糊口，还要努力攒钱给何文他弟说媳妇，所以家里不能长时间没人给做饭洗衣。许小雨他爸因为许小雨在外当小三的事情，多少年都觉得在村里抬不起头，没事就在家喝闷酒，把好好一个身体硬是给喝垮了，快走几步道都喘得厉害，就差大小便失禁了，自然也离不开老伴前后照应。孩子由许小雨来带，这其实是最好的选择。但这又是最糟的选择。在城里生活不比在农村，啥啥都要花钱。大米要花钱，萝卜、白菜、土豆、茄子要花钱，做饭烧的燃气要花钱，就连早上洗把脸，洗脸用掉的水也要花钱。就算头不梳、脸不洗躺在家里辟谷，还得给住房支付物业费，虽然住的是自己花钱买的房子，虽然常年没见物业提供啥服务。这些钱别看分开来都是小钱，一个月拢下来，也要小一千块。而这些在农村都不需要花钱，完全可以自给自足。而相比起来，这每个月小一千块钱的不小支出，比起孩子的开销，又显得微不足道了。且先不说当时还在肚子里未出生的何许梁将来每天要花的奶粉钱、尿不湿钱，单说许小雨和那个人生的已经上五年级的孩子许愿，每周末补习数学、英语各两小时，课外补习班数学一小时收费一百二，英语一百五，一个月下来就是两千一百六十块钱。这还是许小雨对比了无数个补习班，花了三十几个晚上时间精挑细选选出来的低收费补习班中性价比较好的。那些补习效果好的课外班，动辄一小时收费三五百，甚至有三小时收费两千的，这还是打了八折。

"远的不说，你瞅咱村里出去的何寅，也没上过啥补习班，不是也考上大学出息了。"许小雨她妈说。

许小雨懒得跟她妈解释，解释了她也未必能理解。凡事都是此一时彼一时。二三十年前的教师和二三十年后今天的教师是不一样的，农村的教师和城里的教师又是不一样的，因为地域环境不一样，社会背景也不一样。

这确实就是现实。不管你愿不愿意接受，它就在那里。有时夜深人静，许小雨会偷偷掉几滴眼泪，她觉得对不住女儿。周围人家的孩子，周六周日比周一到周五上课都忙，英语、数学、语文、物理、化学、生物、政治、地理、历史恨不得补个遍，除此之外，还要给孩子培养一两项特长，比如音乐类的钢琴、古筝、小提琴、单簧管或者箫，益智类的围棋、象棋、国际象棋，文艺类的舞蹈、播音、表演、主持、作文，等等。许愿喜欢听钢琴声，她手指纤长有力，十指灵活且节奏感很强，有学习钢琴的天赋。但一节钢琴课要三到五百块钱，每周至少需要学习两节课，且每天需要练习。一架钢琴要几万块钱，基本学会弹钢琴也要几万块钱，而想学好钢琴，要支出的钱简直就是个无底洞。许愿懂事，说自己不想学钢琴，但许小雨能从孩子的眼睛里看出孩子本不该在她那个年龄里承受的无奈。

在城市生活成本太大，在城市养大一个孩子成本更大。这个再简单不过的现实，许小雨清楚，何文也清楚。尤其是何许梁出生以后。刚出生的婴儿不懂得体恤爸妈的不容易，一天下来能撒二十几泡尿，尿不湿刚换没多久就不得不再换一个。好在许小雨奶水充足，不然以何许梁的食量，怕是两个人辛苦一个月连孩子的奶粉钱都挣不够。这样的生存现实，许小雨哪里敢辞职在家专心带孩子。

所以，等到何许梁八个月的时候，许小雨和何文商量，就给孩子断了奶，改用奶粉加辅食。何文他妈又专程进城，把孩子接回陈家村。

"先忍几年。过几年许愿考大学了，咱能轻松些，到时候再把孩子接回来。"何文这样宽慰许小雨。许小雨长出了一口气，借着夜的黑抹了一把眼泪，把头扎进何文的怀里。

以前努力挣钱是为了婚姻和家庭，有了孩子以后，一切的努力就都变成为了孩子。为了孩子，许小雨放弃了一年的送奶假，全勤工作之外，也推着小车去夜市卖煎饼果子、烤冷面和炸鸡柳、炸鸡米花。钱虽挣得不多，但贴补家里的油盐酱醋和水电用度足够了。何文也换了工作，确切地说，是又换了工作。之前在医药企业的陪酒工作在跟许小雨重逢半年后就辞掉了。生活还是有希望的，不能每天浑浑噩噩、醉生梦死。辞职后的何文干了大半年的油站加油员，之后去了大润发连锁超市当仓库理货员。这次辞职，何文重操旧业，去了建筑工地当力工。活虽然累，但累点就累点，挣得多就行。如今吃饱穿暖已经不成问题，肯卖力气挣生活的人越来越少，力工自然也就物以稀为贵。在晋原城那会儿，干一天力气活挣七八十块钱，如今已经涨价到了两百块。何文之前在工地上跟瓦匠师傅断断续续学了一年多的瓦匠手艺，这回也派上了用场，休息的时候就跑去给瓦匠师傅打下手。谁承想，何文后来竟也干上了瓦匠。当然，这是两年以后的事了。

二十一

何文让他妈把何许梁接去陈家村大约半年以后，许小雨为了筹钱把房子给卖了。卖房子不是因为何许梁，而是因为何文和许小蒙的儿子何许生。

何许生惹了大祸了。

因为从小就爸妈都不在身边，作为留守儿童，或者严格地说连留守儿童都算不上，因为他妈不要他了，他爸常年不回家看他一眼，以至于何文在他的印象中就只是每年给家里汇两次款的空气人。何许生性格自卑且暴躁，逆反行为表现尤其突出。他爷他奶希望他好好读书，他偏就每次给考个不及格回家，还不多不少，正好五十九分。他奶跟他说不好好学习就考不上大学，将来没出息只能在家种地。他偏就不考大学，连小学都没毕业就死活不再去学校了。他爷何成军气得拿着笤帚疙瘩狠狠地揍了他一顿，他不躲不逃，硬是一声没吭。揍也揍了，这学就算是不上了。何许生不上学，不跟着他奶做家务或者下地干活，也不跟着他爷一起打理家里的拼板生意，整天跟着社会上的一群半大小流氓混。

何文刚听说何许生闯了大祸的时候，恨不得一通乱拳打死这孩子。要不是许小雨拦着，他真就去火车站买票回村里找何许生算账了。许小雨说，孩子之所以能闯出今天的祸，原因不在于一天两天，也不能都归罪于他一个孩子，做父亲的有责任，她这个做后妈的也有责任。等何文冷静下来细想，许小雨说得在理。何许生之所以不念书到社会上胡混，跟何文不在跟前管教有直接关系。他爷他奶倒是在跟前，但隔辈终究不好往深里说。何许生跟着混社会的那群小流氓岁数都不大，最大的十九岁，最小的十一岁，都是长期的留守儿童。这些人最经常干的事就是在放学路上堵那些有爸妈在身边的孩子，抢他们的零花钱，砸烂他们好看的文具盒，往他们的新衣服上抹大粪。为什么这些留守的孩子会混到一起？为什么他们只针对那些非留守孩子？答案不言而喻。另外，何许梁被何文他妈抱回村里，何文和许小雨隔三岔五就给家里打电话，跟孩子手机视频。何许生在村子里生活了十几年，何文竟然只跟他打过两次电话。同样是儿子，同样是留守儿童，待遇一个天上一个地下，这事放谁身上，谁能坦然接受？

所以，这天上午乡里派出所的警察来家里找何许生，他爷何成军才注意到，孩子前一天穿的衣服前襟上竟然星星点点溅着血迹。警察给出的解释是，何许生前一天晚上放学时候，把红石沟村的一个小学生打伤了，孩子正在医院抢救。

那个被打伤的孩子最终在沈阳城的医院被确诊为植物人。何成军跟植物人孩子的家人最终达成赔偿协议，一次性赔偿六十万。原本这六十万不用全部由何家人出，何许生一口咬定打人的有七八个人，他只是其中之一。无奈其他人都死不承认。

何文说，何许生惹的祸，不应该许小雨卖房子来偿还。何文在丰吉市马德桥附近有一套房子，他打算把那套房子卖了。那套房子还是他刚来丰吉市的时候，何寅帮他联系的经济适用房。何文当时兜里揣了九万多块钱的存折，刚好买了一个八十多平的房子。这几年房价翻了几番，估计能卖上四十来万。许小雨说，既然结了婚，凡事总要分个彼此，日子就过生分了。而且她有她的打算。何文的那套房子处在丰吉市第一中学的学区内，那是全市最好的学区。想上好学校，先要住在好学区。许愿就快上中学了，如果能上一中，高考读重点大学基本上就有保障了。所以，许小雨毅然决然卖掉了自己名下的那个男人补偿给她的房子。何文说他爸妈凑了二十万，许小雨则把卖房子的四十六万块钱都给汇了回去。

"抽空我把房子改到你名下。"何文说。

许小雨白了何文一眼，说："你以后待我们娘俩好点儿，我就心满意足了。"

儿子何许生惹的祸，把他爷何成军的全部积蓄以及许小雨的一套房子搭了进去。好在事情似乎是解决了。但这件事给何文和许小雨着实不小的触动。不是因为钱，而是为了儿子何许梁。他还那么小，长期的留守一来会造成孩子和爸妈之间产生很深的隔阂，二来会给孩子的性格和心理造成难以估量的影响。何许生就是活生生的例子。

所以，何许梁的留守问题必须尽早想出解决办法。

这天傍晚六点多，何文刚下了工，他妈打来电话。何文心里咯噔一下，以为何许生又惹出啥祸了。好在不是孩子的事，是村里的事。

"今儿钱文秀来咱家，跟你爸唠了挺长时间。我在旁边也听着了，说的还都是在村里搞啥旅游项目的事。我听她那个意思，是想让你爸做做你的思想工作，让你回来跟着一起干。"何文他妈说。

何文知道钱文秀。何文知道钱文秀是因为这几年何文他妈经常在电话里提起她。

钱文秀是省农业水利厅 2016 年下派到农村挂职第一书记的干部。原本她可以选择沈阳城周边的农村，但她坚持来了陈家村。最先发现问题端倪的是何文他三舅妈。她跟何文他妈私底下说起，说这个钱文秀看着特别眼熟，想了好几天才突然想起来，跟当年和赵清明乱搞男女关系的王丽娟长得至少有七分相似。

"你还记着不，王丽娟那个傻丈夫叫个啥？"何文他三舅妈问。

何文他妈说："好像姓钱，叫个钱什么来着？"

何文他三舅妈说："钱远途。"

何文他妈说："对对对，好像是这么个名字。你提起他干啥？"

何文他三舅妈说："王丽娟跟赵清明生了个姑娘叫钱二丫，后来被钱远途带回城里了。这个钱文秀也姓钱，岁数跟钱二丫相仿。这几次开村民大会，你没发现吗，她除了长得像王丽娟，她那个眉毛和那一对招风耳，简直跟赵清明一个模子刻出来的。"

何文他妈仔细一想，还真是那么回事。

这事情原本也只是何文他三舅妈的猜测，尽管后来这个猜测在村里私底下传开了，但猜测终究还是猜测。直到钱文秀让服刑期满的赵大壮领着去到赵清明的坟上烧了纸，磕了头，这个猜测就不再是猜测，而是板上钉钉了。钱文秀就是当年的钱二丫，赵清明的私生女儿。

"陈家村能搞啥旅游？要啥啥没有，鸡粪味儿一天到晚醺得人头疼，河也变成了鸡粪汤。鬼才愿意去旅游。"何文说。

何文他爸抢过何文他妈手里的手机，说："你说的那都是多少年前的事了。你想想你都几年没回来了？村里早都不养肉食鸡了。现在养肉食鸡的太多，干赔钱。去年中央搞环保督查，盯上咱村西边那条河了，要求必须整改，还因为这事给县里管环保的副县长记了过。人家钱文秀那是省里下来的干部，跟省里沟通争取来一些钱，说是叫啥专项资金，把河道都给疏通了，大堤也都重新修了，还种上了榆树。不只大堤上种了树，村里挨趟街基本上都种了那种黄色的景观树，现在瞅着可漂亮了。"

不管他爸咋说，就是把大天说破，何文还是难以相信，陈家村能发展旅游。要是能发展，早就发展了，也不至于穷了这么多年，稍微能动弹的劳动力都争着抢着往外跑，最后就剩些干巴老头老太太领着一群留守儿童在村里守着个空巢。

从工地上下了工，何文拖着精疲力尽的身子步行了二十几分钟，又倒了两趟公交车，从城北近郊回到城南近郊的家中已经是接近晚上八点钟了。

许小雨正在厨房里择菜。米饭已经煮上了，水蒸气从电饭锅的排气阀钻出来，呜呜呜地吵着，听起来像有一辆火车要进站。

何文脱了工服，去楼道里使出最后一点力气抖了抖衣服上的泥灰。灰霾瞬间爆表。被吵醒的声控灯下，灯光昏黄，可以清晰地看到泥灰细微的颗粒，数以千万，在狭窄的楼道里毫无头绪地相互拥挤、推搡，碰撞得头破血流。何文原本摸出一根烟想在楼道里抽。许小雨不喜欢烟味，说吸二手烟会影响她和许愿的健康，最主要的是损害吸烟者本人的健康，就不让他抽。其实，所谓的不喜欢烟味和怕影响健康，都只是次要的原因，真正的原因是许小雨心疼买烟的钱。一包烟，最便宜的也要五块钱。要知道，她妈骑着三轮电动车把自家地里种出来的大白菜拉到乡里集市上卖，一斤才三毛二。何文一个月少说也要抽上五六包烟，那可就是一百来斤的大白菜，够他俩吃几个月的。当然，许小雨心疼钱不假，但也不至于过分苛刻了生活。她不想何文抽烟，因为抽烟实在是于人于己除了损人健康，没有哪怕一丁点益处。她也不想何文喝酒，酒比烟贵，但她允许何文每天晚上喝上二两，毕竟在工地上辛苦一天，喝口酒能解乏。当然，她也清楚何文有时烟瘾上来了，就躲在楼道里吞云吐雾，对此她假装没看见。男人，不容易。何文其实也察觉到了，许小雨知道他偶尔躲在楼道里抽烟却不说。他对此心有惭愧，于是抽了烟便晚上坚决不喝酒。不过这次何文躲到楼道里想要抽烟，被自己制造出来的严重灰霾呛得咳嗽了两声，抽烟的兴致一下子就没了，赶忙转身开门，躲进了屋里。

简单洗了一把脸，就手把小半寸长的头发过了过水，浅蓝色洗脸盆里的水俨然稠成了泥浆。许小雨已经做好了饭，把饭菜端上了桌。何文饿坏了，端起饭碗，胡乱地往嘴里扒拉两大口饭，筷子撞击着饭碗叮叮当当作响。何文大口吞咽着食物，伸手端起桌上的杯子喝了一大口水，这才发现许小雨情绪不是很好，沉着脸，眉毛快拧成了麻花。

"怎么了这是？谁又惹你生气了？是不是你们饭店那个张什么芹又挤对你了？"何文边问边往自己碗里夹菜，搅着一大团米饭一起塞进了嘴里。他其实并不关心许小雨的回答，她能有什么要紧的事，无非都是些鸡毛蒜皮。

"不是。"许小雨回答。

何文又问："那就是你们那个姓孙的大堂经理又找你麻烦了？"

许小雨说："谁也没惹我。"

何文捡起桌上的一棵大葱，蘸了蘸碗里从老家寄过来的臭大酱，咬了一大口。大葱独特的刺鼻味道随着何文草草的几下咀嚼，迅速在屋子里蔓延开。他咽下嘴里的葱又问："那你到底是因为什么不高兴了？"从他嘴里呼出的刺鼻的葱味迎面砸向许小雨的脸，并随着许小雨的呼吸钻进鼻子里。许小雨突然作呕，差点吐了。何文心不在焉地打趣说："该不会是又怀了吧？"

许小雨剜了一眼何文，长叹了口气说："这城里卖菜的都疯了，就这么两个土豆，花了两块三，这不是明抢嘛！两块三，这要是在村里，能买一大堆。还有这个大葱，我妈说二道贩子从她手里买的时候一斤还不到一毛钱，这一转手就卖成了三块钱一斤。这不比土匪还土匪啊！"许小雨越想越气，伸手从何文手里把葱夺了下来，说："葱这么贵，可得省着点儿吃。我看以后咱们也别吃它了，吃不起。"

何文看了一眼许小雨，又看了看她手里的葱，咂吧了一下嘴，想说句什么，但没说出口，悻悻地端起碗继续往嘴里扒拉饭。

许愿做完作业睡下以后，何文和许小雨先后洗了澡，没等头发干了，两个人就熄了灯，上床睡觉去了。睡前洗澡已经成为两个人每天例行的事情，许小雨爱干净，打小就爱洗澡。何文每天洗澡倒不是因为爱干净，他不是特别讲究卫生的人，甚至在农村生活的时候，何文一年到头只有到了年根儿，才去一次澡堂，搓下去的泥垢差点儿把澡堂的地漏给堵死了。何文开始每天洗澡是进城之后养成的习惯。进了城，城里人在洗澡这件事情上是很勤快的，即便说不上每天都洗，至少一周还是要洗上一两次的，而且不洗的时候，身上没有异味，也没有泥垢。这是城里的规矩，也是常态。入乡要随俗，入城更要随俗。本来自己就觉得低城里人一头，可不能在个人卫生这么一个简单的事情上让城里人瞧不起。何文每天都泡在汗水和泥灰里，洗澡自然是必需的。

早上五点前后，和往常一样，何文吃过早饭，带好饭盒便出了家门。何文心疼许小雨，反复说了好几次，说："你上班的饭店比我干活的工地近一半路程的时间，孩子七点钟吃上饭就能赶上上学，以后别专门为了给我做饭早起，能多睡会儿就多睡会儿。我随便吃点昨晚上的剩饭剩菜就行了。"许小雨不吱声，第二天还是会早何文半个小时起床，给何文做好饭，看何文吃完热乎乎的早饭走了，自己再回卧室睡个短暂的回笼觉。

五点钟，天还黑着。何文摸着黑去城里的公交站牌。虽然当初买房的时候，售楼处笑得跟蜜糖一样甜的售楼小姑娘一再肯定地回答说小区绿化和亮化半年内就能完工，可这都已经过了七年了，小区里只移栽了十几棵树，立了几根没有通电没有灯泡的路灯杆。有几个业主找售楼处讨说法，售楼小姑娘当初蜜糖一样甜的微笑换成了一副死猪不怕滚水烫的表情，反正楼卖出去了。不满意可以原价退还，等着进城买现房的人多的是，排队能排出二里地。再说，如今房价一平方米比七年前涨了三千多块，开发商还觉得卖亏了呢。

快到公交站牌的时候，何文路过一处通宵亮着灯的门面不大的店铺，门前竖着一块亮着灯的一米多高的招牌，写着"性用品"三个字。这是何文走近了才看清楚的。许是"用品"两个字背后的灯坏掉了，也或许是门店老板刻意而为，只有那个"性"字亮着红得扎眼的光，几十米外都能看清楚。何文莫名其妙地就感到脸有些发烫，低着头快步走开。

第一趟公交车还要二十多分钟后才发车。三月初，已经过了惊蛰，不过东北这座城市的气温仍然没有摆脱冬季模式。何文双手相互插在袖子里，蹲靠着公交站牌等车，嘴里呼出的气体在眼前凝成一小片水雾，很快又散了。距离他等车的公交站牌不远的一处街边，已经有七八个农民装束的人在那里摆地摊卖菜。那是一处不大的早市，像这样的早市在这座城市里不知道有多少处，大多都是骑着三轮车起早进城卖菜的乡下人自发聚集成的，不"合法"。城市对于这种不"合法"的早市，态度往往是比较模糊的。风声紧的时候，它影响城市形象，破坏市场秩序，甚至对城市治安稳定构成威胁，罪名大得很，必须严管严查严惩。风声不紧的时候，它能够给城市提供最新鲜的蔬菜，丰富城市人的餐桌，给市民提供消费方便，而且也体现了城市反哺农村的发展思路，有利于带动周边农村农民致富，推动实现全面建成小康社会。

　　何文突然对这样的早市起了兴致，反正距离公交发车还有些时间，便过去早市那边随便看看。早市上的菜品还真不少。黄瓜、青椒、韭菜、白菜、大葱、萝卜……农贸市场里能见到的蔬菜，早市上至少有一大半能见到，而且新鲜得很。更多载着蔬菜的三轮车还在不断向早市聚集，拎着菜篮或者布袋子逛早市的城里人也三三两两的多了起来。逛早市，关键就在于一个"早"字。去得早，就可以肆无忌惮地对比和挑拣最新鲜的最好的菜。去得迟，要么两手空空而回，要么只能买别人挑拣剩下的。

　　一对头发花白、脸上皱纹深得可以藏进二两韭菜的老夫妻蹲在一处摊位后面。女人边忙着招呼顾客，边从摊开的菠菜里往外挑拣泛了黄的老叶和杂草。男人从身后的三轮车上摸出一个保温杯，拧开盖子，往盖子里倒满了热水，热水蒸腾起的水汽模糊着男人的脸。男人将热水递给女人，又从自己怀里摸出一个塑料袋，从袋子里掏出一个馒头叼在嘴里，再掏出一袋榨菜撕开，把剩下一个馒头的袋子递给女人。城市被雾霾模糊了的路灯灯光昏暗，男人和女人蹲在保温杯杯盖蒸腾起的水雾后面，模糊而潦草地吃着早饭。

"这菜挺新鲜的。"何文在这对老夫妻的摊位前蹲下身子说。

女人赶忙把剩下的一口馒头塞进嘴里，胡乱地吞下肚子，说："这是最新鲜的了，早上三点刚从大棚里拔出来的，不是那种喷了水的。"女人说着，随便捡起一棵菠菜拿给何文看。

何文说："三点就进大棚，你们起得可是够早的。"

女人答话说："不早点儿起，来晚了就抢不到好位子了。"

何文问："你们是哪个村的？"

女人回答说："大柳树村的。"

何文说："大柳树村，离这边得有十四五里地吧？"

女人说："差半里地就二十里了。我家老头子骑了一个半小时的车，才骑过来的。"

何文望了一眼蹲在水雾后面啃着馒头的男人，水雾渐渐淡了，他可以望见男人脸颊上还在向下滚落的汗珠，直滚到男人乱蓬蓬的胡子上，顺着一撮胡子掉落。何文又问："菠菜怎么卖？"女人回答说："三块一斤。"何文皱了皱眉，指着一旁的青椒问："怎么卖？"女人说："五块五一斤。"何文抬头看了一眼女人，说："你这菜挺贵啊。"何文早年在技校学农业，对大棚种植有研究，按照时下的行情，一斤菠菜的成本一般不会高于一块钱，青椒最多不超过两块。所以他才忍不住说女人的菜卖得贵。女人赶忙应声说："一看就知道你不常出来买菜。我家的菜卖得可不贵，这算是便宜的了。"

"你们城里的超市和市场里，卖得可比这要贵，而且也没这个新鲜。你们城里人不是讲究吃绿色菜嘛，我家的菜绝对是绿色的，一点儿农药都没有，吃起来味儿也好。"女人说。

女人的话让何文多少感到有些不舒服。不是因为女人说他不常买菜，而是她连续说了两个"你们城里"的短语。这是一种尊称吗？或者这是一种身份的划分，就好像在说，你是苹果，我是黄瓜，我们不是同一类。何文突然感觉自己与面前这个来自农村的女人尤其的陌生，仿佛脚下站立的大地，一句话的工夫在他们之间骤然开裂，裂成了一道深不见底的大裂谷。这道大裂谷将他和卖菜的女人，将城市和农村遥遥地隔离成两个不同的世界。

何文扯开话题，问女人："多大年纪了？"女人叹了口气说："五十九了，我家老头儿都六十二了。"何文又问："这么大岁数了，怎么还干这个？"女人说："不干不行啊。现在农村的年轻人都时兴进城，在城里没有房子，就娶不上媳妇。俺家俩儿子，都在这城里买的房子，跟亲戚朋友借了不少钱。趁着俺俩身子骨还行，能多挣点儿就多挣点儿，尽可能多还点儿债，给儿子减轻点儿压力。"何文突然就想到了自己的爸妈。他们守在自己的几亩地里，守了大半辈子，他们早出晚归，省吃俭用，难道为的就是要给儿子还债？何文的房子虽是自己挣钱买的，但儿子何许生惹祸欠的债却花了他爸妈整整二十万。

"您儿子在哪儿买的房子？"何文问卖菜的女人。

女人指了指漆黑的远处像一座孤岛一样的何文家所在的小区方向，说："就在那边。"何文说："巧了，我也住那边。"女人上下打量了一番何文，问："你也是农村来的？"何文点头说："是。"女人追问："那你是哪个村的？兴许我知道。"何文说："您不会知道，我老家不在本省。"女人舒了口气说："不管是哪个省的，从农村进城打拼，年轻人都不容易。"女人说话的工夫，拣了一大把菠菜装进塑料袋里，递给何文说："这个你拿着，不要钱。"何文赶忙向后挪了一步，摆手说："使不得。"女人把塑料袋向前伸出一大截，说："拿着吧，没几个钱。我两个儿子都进城好几年了，生活都挺紧巴，老是跟我说城里的菜贵。可不是，不只是菜贵，城里不像农村，吃喝拉撒都要花钱。你们都不容易。"何文回头望了一眼公交站牌那边，公交车正在进站。何文赶忙起身，说："我赶公交上工去呢，谢谢您了，真不能要。"说完，急匆匆跑去赶公交车。

依旧是出汗出力的一天，依旧是浑身上下被汗湿的泥灰包裹。

下了工，何文乘着公交车回家。他是从始发站上的车，他上车的时候车上还没有一个乘客，他本可以随意挑选一个座位坐下，但他没有。他觉得自己脏得很，他怕把座位弄脏了，会有城里人因此弄脏了衣服。他躲在车厢靠近最后一排座位的角落里站着。那里没有扶手，公交车走走停停，有几次他都差一点就摔倒了。但是他喜欢站在那里。他记得自己第一次下工坐公交车回家，站在车厢中央的位置，车上的人越来越多，乘客们相互拥挤着，甚至几乎骑到了对方身上，却唯独特殊照顾他这个农民工，给他留出了一尺多宽的空间。他知道，大家都在谨慎地躲避着他。他把头埋得很低，他觉得自己给农民这个群体丢脸了，他觉得正是他这样的人在城里给农村丢人现眼，城里人在农村人面前才总是昂着头，莫名其妙地洋溢着一种优越感。

公交车快到终点的时候，何文又想起早上那个女人说的那两句"你们城里"的短语。何文心里琢磨着，我现在究竟算是城里人还是农村人？我在城里买了房子，住在城里，在城里有工作。我可以随时把户口迁到城里，如果我愿意的话。可是现在，我的户口毕竟还在农村。而且就算是把户口落到了城里，我就真的是城里人吗？我乘车的时候，就会心安理得地坐在座位上，而不必在意弄脏别的城里人的衣服，不必因为觉得给农村丢脸而自责了吗？我也会因此对农村人莫名其妙地有了那种优越感了吗？

何文拧了一把自己的大腿，看一眼又将在自家楼道里制造出一场爆表级灰霾的衣裤，冷笑了一声。

228

二十二

何文向工地上请了几天假，回了一趟老家。这次回去原本不在何文的计划内，他和许小雨的回家计划定在年底，那工夫大地封冻，工地开不了工，还能赶上许愿放寒假。而此时此刻还没进十一月，正是工地热火朝天最后抢工的时候，请一天假要损失两百多块钱工钱。之所以改变了计划，一来是何文他弟把对象领回了老家。女方头一次上门，何文他爸的意思是家人都到齐，显得隆重热闹。二来是钱文秀诚恳地邀请何文回陈家村，看看村里的变化。钱文秀之前请何文他爸妈给何文打过一次邀请电话，后来又亲自打了一次，这次是第三次。老话说事不过三，钱文秀终究是省里下派的干部，在村里任第一书记，三次发出邀请，再不给面子就显得不识抬举了。许小雨说回去也好，正好看看孩子。看孩子，小的要看，大的也要照顾到。

何文从网上订了火车票，接近半夜十二点发车，第二天五点四十前后到站。出了站台，改坐一趟去往老家县城的小巴车，路经永陵镇时下车，再换乘路过陈家村的中巴车。

何文坐在一个靠窗的位置，一直望向窗外。一路上，何文看到很多蔬菜大棚。那些大棚有些是红砖砌的，有些是水泥石块砌的，它们一行一行连成了片，好大的一片，都横在几十年来甚至几百年来一直种着苞米的黑土地上。那里已经不种粮食了吗？何文在心里发问。车子再行使一段距离，路边的黑土地上便没有了大棚，却也没有烧得焦煳的苞米秸秆，有的是半米多高的荒草，一直荒芜到地平线上的远山。何文感到心里有些不是滋味。

他知道，那些原本肥沃的黑土地的使用权拥有者，多半应是和他一样，搬进了城。不管他们愿意或者不愿意继续当农民，为了摆脱生活的贫穷，为了下一代能够有一个比在农村更好的起跑线，他们都得离开土地。土地没有人打理，久了自然是要荒芜的。何文脑子里突然冒出一个问题，如果大家都像这样不种地了，大家吃什么？不过这个问题很快就不是问题了。何文为自己的杞人忧天冷笑了一声。自己不种地了，总还是有人在种。况其国家每年都进口国外的粮食，大不了以后多进口一些就是了。只要有钱，就不用担心饿肚子。现在该关心的问题是，怎么样才能够让自己有足够到不必为饿肚子而担心的钱。

车子驶过乡政府的时候，太阳已经跳起老高。远远的，何文望见东北方向乡区边缘盖起了二十几栋楼房，每栋楼高六层。何文上次回来的时候，那里还只是一片荒地，想不到才几年的时间，就盖起了这么多新楼。楼群北侧一块不小的土地也被平整过了，有两栋楼盖起了一半，看样子，用不了多久，那里也将盖起一大片楼房。那应该就是乡里前些年为了响应城镇化建设，张罗的"移民"工程吧。几年过去了，听说住进一期楼房的农民不多，几乎一栋楼只有七八户人家入住。何文望向那些楼房，阳光斜在楼房的玻璃窗上，晃得他睁不开眼。

村里变化确实很大。先说路，双向四车道的簇新的柏油路，路两侧用砂石、水泥重修了边沟，栽了手肘粗细的垂柳，进了村则垂柳换成景观榆。再说村容，原本路边随处堆放的草垛、粪堆，甚至临街搭建的简易旱厕都没了，主街两侧东倒西歪的苞米秆篱笆、木杵障子和参差不齐的土墙、石墙、砖墙、瓦片墙都被统一规格的松木皮障子代替，景观树纵横交错延伸到每趟街的末端。的确像何文他爸说的那样，臭了陈家村十几年的鸡粪味没了，没得彻彻底底，瘦了的河水重新照见了底石和水草间追逐的鱼。

这天中午，钱文秀在她驻村的住处请何文吃饭。其实并不单单请了何文一个人，还有赵震和潘老二。赵震和潘老二两个人早何文一天回到陈家村。见了潘老二，何文悄悄问他，晋原城的事后来有没有警察找过他，潘老二说没有，害他白白担心了好几年。正说着话，屋里又一前一后进来两个二十多岁的女人。潘老二介绍说，戴眼镜的那个是赵震谈了一年多的女朋友，扎马尾辫的那个是他潘老二的老婆，已经领证小半年了。

菜很丰盛，比年三十晚上那顿饭还丰盛。爆炒蝲蛄、红烧瞎疙瘩鱼、松伞蘑炖三黄鸡、腌蕨菜炒野猪肉、白肉血肠炖酸菜、酱焖河蛤蟆、凉拌刺果棒，主食是山芹菜馅和榆黄蘑馅蒸饺。

"这蝲蛄可是我天蒙蒙亮就起来去小石头沟里抓的。"赵大壮说。

何文问："我记着头些年后街那个李铁柱在小石头沟拿白灰药蝲蛄，不是把整条沟的蝲蛄都给药绝了吗？"

赵大壮说："我听说了。不过这几年好歹缓过劲儿来了。"

钱文秀挨个碗里给夹了一只蝲蛄。"入乡随俗，我就不穷讲究了，大家伙儿也都别嫌我用的是自己的筷子给大家夹的。咱们边吃边说。"

又说："大家伙儿也都看出来了，今儿咱们这桌子菜，食材都是就地取的。这些个菜大家说说，哪道菜单个拿出来不是硬菜？"

确实。何文心里话说，早先没留意过，陈家村这么个穷了几十上百年的穷乡僻壤，竟然盛产这么多上等食材。

钱文秀夹起一只蝲蛄拎在手里，说："几个老弟小妹，你们都在外面城市里打拼有些年了，肯定也都知道在城里吃小龙虾有多贵，少说也得三四十块钱一斤。就这么个价，吃它的城里人还都乌泱乌泱的，生怕抢不着似的。那小龙虾能比咱这蝲蛄好吃吗？味儿差远了。"

潘老二说："我在深圳夜市吃过一回就再不吃了，賊贵，还不好吃，跟咱这蝲蛄味儿差太多了。"说着，吃完一只，又夹了一只，给他媳妇也夹一只。

钱文秀说:"所以说,咱们陈家村既然能有野生的蝲蛄,为啥没人想着人工养殖呢? 人家南方人养小龙虾都是几百几千甚至上万吨的养。咱没那么大的水域养,不过利用好现有的一些水塘,养几万十几万斤还是可以的。"

又说:"你们想啊,蝲蛄比小龙虾好吃,肉多壳少,就算跟小龙虾一样的价卖,一万斤蝲蛄就是三四十万块钱。要是养十万斤,就是三四百万块钱。"

又说:"再说这个河蛤蟆,城里人管它叫林蛙。一斤母河蛤蟆在城里能卖一百五到两百块钱,一斤河蛤蟆油两千到五六千甚至七八千块钱不等。咱们陈家村四面都是山。这些年封山育林,山里植被恢复得好,野鸡、野兔、野猪都多了起来,最主要的是河蛤蟆的生存环境改善了。咱们村的水塘也多,河蛤蟆繁殖和过冬条件充足。要是村里能大量养殖河蛤蟆,还用愁没钱花吗? "

又说:"还有这个瞎疙瘩鱼。这鱼平时还得三四十块钱一斤,赶上冬天了能卖到七八十一斤。我调查过了,整个新宾县还真没几个地方有这种鱼。"

又说:"我来陈家村这是第三年了。作为下派的驻村第一书记,现在又是精准扶贫工作队的领队,我的任务是带领陈家村整村脱贫致富。陈家村穷了几十上百年了,不能再穷下去了。这三年我把村子周边的沟沟岔岔都走遍了,我也去了很多搞乡村旅游的地方考察,最后我总结出来,咱们这地方搞乡村旅游开发绝对能火。咱们整个新宾县还没有一个地方搞乡村旅游的。现在大部分人都有钱了,尤其是城里人住腻了城里,嫌城里的雾霾重,嫌城里的食材不绿色,时兴往乡下跑,体验农村生活。而咱们陈家村,要山有山,要水有水,而且可以说是山清水秀,物产丰富。多了不说,光是县城就是十几万人,有一半人一年来一次,一次一人消费一百块,那就是几百万的收入。"

钱文秀那天说了关于对陈家村未来发展的很多设想。那些设想说得人眼花缭乱，但也并非天马行空，是有现实基础的。她还特别提到了何文。确切地说，也不只提到了何文，还提到了何文他爷他奶，提到了何文他爸妈。钱文秀说，她尤其佩服何文他爷他奶当年带头在村子周边砍秃了山上种树的睿智和最终把上百亩成材林木无偿捐献给国家的义举。那些粗壮的落叶松木若是换成钱，何止百万。她说当年何文他爷当陈家村的领头人时给村里办来了电，他爸虽未当过村书记，却在他的带领下给村里修了路，带头种人参、种木耳给村子积累了原始资本。如今，陈家村正处在整村脱贫致富的关键期，她找过何文他爸，希望他站出来出任村书记，不过何文他爸说自己老了，可以干些辅助活。而年轻一辈，她想到的能挑起这个重任的第一人选，就是何文。

"你当年在技校学过几年农业，三农的事你在行。我听你家我叔我婶说了，你在城里买了房，可我说句实话你别不爱听，你过得不一定就舒坦。你的户口还在陈家村，你的两个儿子和你的父母都在这，你的根在这。我不强人所难，当然也没有强人所难的本事。但我希望你好好考虑考虑。"钱文秀说。

那天喝的是赵大壮自己酿的高粱小烧。这手艺是他服刑的时候，跟同监的一个狱友学来的。他把自家的几亩地都种了笨高粱，一千多斤高粱酒不出一个月就卖了八百斤。剩下两百多斤，赵大壮说啥也不卖了，一部分留着自己喝，一部分准备留到过年时候挨家挨户分了。用赵大壮的话说，当年在村里横行霸道，没少给大家添堵。在牢里待了这么多年，总算学会了做人。以前他和他爸对不住大家的，往后几十年慢慢还。

赵大壮还非常郑重地敬了何文两杯酒。一杯是对当年欺负何文致歉，一笑泯恩仇。何文一仰脖子先干了，说当年的事早不记得了。由这话，又牵扯出了何文当年在潘老二的怂恿下往赵大壮家的酱缸里扔大粪的事，以及半夜里在赵大壮家大门前挖坑填牛粪，害得赵大壮掉进坑里踩了满脚的稀牛粪。说完，大家哄笑。另一杯酒，赵大壮诚恳地希望何文能回到陈家村接任村书记，带领大家摘了贫困的帽子。

何文说，给他点时间考虑。

回市里一个多月以后，这天何文去找何寅喝酒，想就回老家带领村民脱贫的事听听何寅的意见。因为距离晚饭时间还有三四个小时，何寅开车载着何文驶去了城郊，然后是城郊的城郊，直到城郊隐约成一条模糊的地平线。

车子拐进了一大片大棚区。整个区域有三十几栋单体面积四五百平方米的钢架大棚，四围建了一米半高的木栅障子。车子进入园区时，何文瞥见正门上写着"健瑞有机生态农场"字样。在那里，何文算是长了见识。在其中一栋种了草莓的大棚里，草莓刚开园，十几分钟时间里就先后有三波客人进棚采摘。看来人的穿着和见到土地的那股子兴奋劲儿，准是城里来的。这些人进种草莓的大棚里采摘草莓，进种蔬菜的大棚里采摘黄瓜、茄子、辣椒、西红柿，三波人花了一千七百多块钱，拎着这些城市里几乎随处可见的果蔬心满意足地开车走了。何文觉得不可思议。一斤草莓一百块钱！这么贵也有人买。更想不通的是，竟然有人开车跑几十里路专门来买三十块钱一斤的黄瓜。城里人都钱多得疯了吧！让他觉得更不可思议的是，另外一栋大棚，里面被划分成了一百个小区域，已经有五十多个区域被混种上了黄瓜、辣椒、大葱、西红柿。每个区域都立着一块木牌，上面有不同的名字。何文看着那些木牌，就想起了坟前的墓碑，总感觉背后有阴风嗖嗖刮着。农场的老板说，那是他根据一款叫"QQ农场"的游戏获得的灵感，把土地分成小块，出租给城里人。何文问租这样一块地多少钱？老板说三千块。听了农场老板的话，何文惊讶得下巴差点掉了，半天合不拢嘴。他在心里合计着，农民一亩地出租才两百块，农场老板转手出租给其他城里人，一平方米就是六百块。这土地经承包人这么一转手，价值竟然翻了将近两千倍！

由此，他又想到了老家的土地。许小雨有一次随口跟何文提到过，想回老家把租出去的地要回来自己种。她说她和何文两个人的地加在一起有六亩多，一年的租金才一千三百块钱，出租得太便宜了。凭何文早年的种地经验和当年在技校学来的农业知识，一亩水田正常收成不会低于六百斤大米，自家两亩四分水田，一年就是一千四百多斤大米。那可都是最好的东北大米。而城里超市的大米，最不好的也要两块四五毛钱一斤。一年下来，光是卖大米，少说也能卖三千四五百块钱。四亩旱田，种苞米少说也能卖上三四千块钱。如果冬季扣上大棚，种些白菜、萝卜、豆角，一冬天买菜的钱就省下来了。另外，和许小雨同在饭店打工的一个人说，她是去年才进城里的，家里的三亩地也是出租出去了，一年租金一千块钱，租期十年。这样算来，租地的价格比自己家的贵了一半还多。何文当时没在意，如今想来，今天的中国农村确实是有广阔的发展天地。

"城里有城里的优势，农村有农村的好处。城里有好医院、好学校，有大商场、大市场，城里有农村没有的热闹和繁华，城里有无数种可能成功的机会。农村呢？农村有青山绿水、冰天雪地，有最新鲜的空气和最干净的食材，这是城里的雾霾天和各种农药添加剂催肥的肉蛋果蔬不能相比的。绿水青山就是金山银山，这是新时代发展的趋势。而且现在国家的高铁提速了，交通运输四通八达，城里的好医院农村人花三两个小时车程也能享受得到。"两人碰了酒杯，各自喝了一大口酒后，何寅说。

又说："城里的热闹是优势，农村的清净也是优势。老家我短时间内可能回不去，但我和你嫂子商量过了，等我俩都退休了，一定回村里盖个房子，房前房后种菜栽花，安度晚年。死了还要葬在祖坟里。我可不想死后被埋在城市巴掌大的陵园里。"

喝完酒已经是晚上十点多。何寅找了代驾先送何文回家。到何文家的小区附近，何寅让代驾停一下车，稍等几分钟，然后他和何文一起下了车。两个人远远地眺望此刻正笼罩在夜幕之下的这座城市，街灯像是训练有素的卫兵列队整齐，守卫着通宵不眠的街道、KTV，街头巷尾林林总总的招牌闪着个性十足的光。还有连片的住宅楼，几家醒着几家睡着，灯光斑驳，好像整座城市都打了马赛克。而他们的身后，漆黑笼罩之下的空旷寂寂的荒野，以及更远处等待晨曦照亮炊烟的村庄和等待一场春风牵来耕牛遍地的黑土地，还有不安分的星空，还有睡在村庄身边的没膝深的小河，还有把大半辈子丢在苞米地里的背影，它们匍匐在黑夜里，它们借着黑夜的掩护，大海退潮一般越退越遥远。何文侧过身子，左手边是他现在生活的城市，右手边是他熟悉的乡村。他站在城市和乡村之间这个让他没有太多好感却也并不反感的城乡接合地带，他觉得迷茫，觉得压抑，觉得自己被卡在了两块巨大得超乎想象的石头之间，腹背都是巨石，自己只能螃蟹一样横着身子在夹扁石狭窄的缝隙里穿行，进不得，退不得。

几天后的下午，何文接许愿下补习班回家。回到家的时候，小区物业正在小区里栽最后一棵树。何文大致数了一下，十四棵，和几年前栽的数目差不多。此前小区物业象征性地在小区里栽了十几棵树，因为树木伤了根，栽植后期照护不好，死了四棵，剩下的几棵也半死不活。何文心里清楚，那些树怎么可能活得精神。它们原本生在天高地阔、水清气爽的农村，它们可以无拘无束、无所忌惮、无法无天地生长。可偏偏被人挖断了根须，移植到城市里，被四围的水泥路面枷锁得只剩下不足一平方米的空间站立，还要看着别人的眼色谄媚和赔笑，呼吸着令人窒息的雾霾。何文老家山上的树，这些年也被不知什么人偷偷挖走了不少，不知道它们在哪座城市里被枷锁在了哪里，它们活着还是已经死了。

何文抚摸着一棵刚刚栽好的树，感觉那树就是自己。

"回去吧。"许小雨说。

何文说："都回去，许愿上学怎么办？"

许小雨说："你先回去。我在这边陪孩子读完初中，等她上了高中可以住校，那时候我再回去。"

关于回陈家村以后何文如何发展，怎样带领村民脱贫致富，何文和许小雨从腊月初一直商量到第二年的正月结束。其实何文回村可做的项目不少，比如创办一个小型的野菜、野菇加工厂。陈家村地处长白山余脉，周边散落着几十个村落，山区开春野菜资源非常丰富，秋季野蘑菇遍山生长。过去大量的野菜都老死在了山里，野蘑菇则是零散地被低价卖给了二道贩子。这些野菜、野蘑菇在村里不受重视，却是城里人眼中的稀罕食材。尤其是像山胡萝卜、刺果棒、榆蘑、羊肚菌等这类的药食同源的养生食材，简单加工一下就能卖出个好价钱。再比如承包山林散养三黄鸡。何文他奶生前捐献给国家的上百亩落叶松成材林，林下散养笨鸡非常适合。如今人们对饲料药物催生的肉食鸡越发失去兴趣，反而愿意多花两三倍甚至更高的价钱去到农村买散养的笨鸡。而陈家村的三黄鸡几十年前就是出了名的好，甚至听说当年跟当地的河蛤蟆一起进了北京。

但这一切设想的前提，是要有资金支撑。而问题是，何文缺的就是这个赖以支撑的资金。

许小雨把家里的存折翻出来，全部存款只有九万六，这钱多半是两个人从牙缝里省下来的，而其中的一部分要用来供许愿上学。何寅说他可以拿出十万块钱，算是入股何文的项目。但仅仅是这十几万块钱，距离何文预计的最低八十万启动资金缺口太大。

"要不，把咱这个房子卖了吧，反正过两年我也回村里。房子早晚都是得卖。"许小雨说。

何文说："卖了房子，这两年你跟许愿去哪儿住？"

许小雨说："先租个房子住，不打紧。"

何文说："不行，我不能让你们娘俩出去租房子。这事没商量。"

何文和许小雨正在为钱的事情犯愁，一个打进何文手机里的号码显示为华西的电话让钱的问题突然就迎刃而解了。

打电话的人是刘梅。

据刘梅说，这年春末，全省开展扫黑除恶行动，把以任盈为首的黑恶组织团伙一网打尽。

"我举报这事的时候，本来只是想把那两家被任盈霸占改成酒吧的门市店要回来。没承想，政府给咱老百姓撑腰，把坏人都给抓了。"刘梅说。

何文说："妹子，你这胆子也真是够大的。万一这事没告成，你也不怕人家找你麻烦！"

刘梅说："哥，我就是想着替你和高大哥要回门市店。我一直都信，咱们这社会主义国家，不会让老实人吃亏的。"

高革接过电话，说："老弟，你认这个妹子赚大了。这事多亏了有她。通知你一声，打今儿起，她也是我妹子了。往后，我是老大，你是老二，刘梅是老三。改天我跟妹子过去丰吉找你，到时候再把结拜的仪式补上。"

两家门市店失而复得。刘梅不知道何文去了哪里，先是去林溪，花了一个多月时间，终于找到了开刀削面馆的高革。通过高革，这才找到了何文在丰吉的手机号。高革和刘梅一起回了晋原城，两家门市店出兑，卖了三百五十四万。高革的意思是，零头的五十四万给刘梅，剩下的三百万，他、何文和潘老二一人一百万。

何文是下午一点十五分给刘梅发过去的银行卡号，一点十七分收到短信提示，一百五十四万转账款到账。

"妹子，你咋把你那份儿钱也汇我这了？那是你应得的。赶紧把你的银行卡号告诉我，我给你转过去。"何文给刘梅拨过去电话，说。

刘梅说："哥，刚才在电话里听你说要回老家当村书记，带领乡亲脱贫致富。我觉着你要做的那个项目肯定有前途，这钱就当是我入股。有钱赚，你总不会是想吃独食吧？"

何文说："好吧，回头真要是赚了钱，给你分红。"

又说："一定能赚钱，一定能。"

刘梅说："妥嘞，那我就等着分红了。"

挂了电话，何文又给钱文秀打了电话。

"姐，最迟这周末，我回村里。"何文说。

二十三

2020 年 1 月 22 日这天上午，何文在火车站接上了高革夫妇和刘梅。再过两天就是除夕，这个时间段的返乡人多，乡下跑线的客车载不过来，出租车也不好打。何文索性开着他在年前买的那辆二手红旗轿车，高革坐副驾驶位置，高革媳妇和刘梅坐在后排，四个人不紧不慢往陈家村去。

"你们这边山可真多。"高革望着公路两侧远处近处的群山说。说完，又跟上一句："山上的树也多。"

何文说："这是长白山余脉。最近这二三十年，全县封山育林，生态恢复得确实不错。树都长起来了，不像我小时候那会儿，山都被砍秃瓢了。"

又说："你等到开春，等到夏天树都绿起来的时候，再看，老舒服了。山里空气也好，那才真正叫天然氧吧。"

高革说："你在电话里说的那个河蛤蟆，这山上就有吗？"

何文说："有啊。它就在这山上。不过这会儿是冬天，都下山了，在山下沟沟岔岔的河里，冬眠呢。等开春产完卵，它再上山。"

又说："对了，妹子，去年底的分红还没给你呢。我听村会计说，给你打钱你不要。正好，待会儿到了村部，把钱领了。"

刘梅说："还是算了。你们这事业刚起步没多久，钱肯定不宽松。等过些年事业做大了，那时候你不给，我打官司也得跟你要。"

刘梅的话把何文、高革夫妻俩都逗笑了。她自己也跟着笑。

何文说："妹子，你还真别小瞧了咱这乡村企业。去年这一年，我那个小公司净利润有小一百万呢，要是算上给工人开的工钱，得有这个数。"说着，何文右手比出两根手指。

高革说："你这是雇了多少工人，开工钱一年就开出去一百多万？"

何文说："三十二个。"说完，又补充说："雇的都是陈家村和周边村的村民。这些人要么有残疾，要么身体底子不太好，要么就是五六十岁，在外不好找工作。我雇的那个给我看鱼塘的，过完这个除夕就七十了。"

又说："自打我决定回来当这个村书记，就想好了，一定得带着所有村民过上好日子。啥叫所有？就是全部，就是一个都不能落下。咱们国家现在搞精准扶贫，要全面建成小康社会，不是也说嘛，全面就是一个都不能少。这么多年，我从农村走到城市，又从城市回到农村，改革开放这四十多年，我有深刻体会，我能理解国家和政府有多不容易。咱中国人是最讲究骨气的。党和政府可怜咱们贫困，要帮咱脱贫过好日子，这咱得领情。但话说回来，咱不能啥都指望着靠国家帮忙拉扯。咱有手有脚的，能自力更生的话，还是少给国家添麻烦的好。毛主席不是说过嘛，自己动手，丰衣足食。"

又说："俺们陈家村，我刚回来那会儿，有五个低保户，另外还有三户被扶贫队给‘精准识别’了。现在这些贫困户人均收入都超过了一万五。咱不用国家来给兜底。”

四个人说话的工夫，车子就开进了村子。村子不大，村容蛮整洁的，早年农村的标志性柴草垛和路边粪堆，不见一处。百余座房子清一色新换了琉璃红瓦，七八栋二层小楼分布其间。

“那个是打算盖几层？”刘梅指着车子右前方的一栋已经盖了两层半的楼房问。

何文说：“三层。等开了春，用不了几天就盖完了。”

话音未落，不远处传来两声二踢脚爆炸的声音，像是在提醒大家，午饭时间到了。

车子拐进何文家。何文家的院子蛮宽敞的，足有一百几十平方米大小。男男女女七八个人正围在院子里，有人蹲在地上剁排骨，有人拎着猪肠子配合另一个人灌血肠，有人一手掐腰一手提溜着一根长柄铁勺子守在支起的临时灶台旁烀肉，有人打扫地上散落的猪毛和溅落的血……

“何书记回来了。”蹲在地上剁排骨的男人说。

“回来了。”何文说完，指着旁边的高革、高革媳妇和刘梅说，“这就是我跟你们说的，我在城里认下的大哥大嫂和老妹。”

何文介绍完，扫地的和烀肉的都凑了过来。扫地的把扫把往怀里一揽，空出两手跟高革、高革媳妇和刘梅先后握手，说：“欢迎来咱们陈家村参观。”烀肉的也把勺子往胳膊底下一夹，分别跟三人握手，说：“何书记的亲戚就是咱村人的亲戚，晚上来俺家，我给你们做好吃的。”

拎着猪肠子的说：“俺俩就不跟你们握手了，满手是血的。”说着，咧嘴嘿嘿笑了起来，露出一口黄牙。

何文他爸何成军的那个拼板加工厂不做了，原来的厂房改成了何文的陈家绿色有机生态公司的办公间。不做拼板，一来是生意不好做，原材料难进货，产品利润也不高。二来是工人不好雇，早先厂子里的工人都被何文给"撬"光了，就连何成军也被何文安排了看猪场的任务，成了给何文打工的。打工就打工吧，看着何文出息了，何成军心里高兴。

"尝尝这个，自家猪场养的，野猪肉。"何文夹了一大片五花肉送到高革碗里，又夹了两片分别给高革媳妇和刘梅，"这肉又脆又香，最关键是纯绿色，吃野草吃橡子长大的。"

高革夹起猪肉塞进嘴里，猪油顺着嘴角直往下淌。"嗯，香！"揩了一把嘴角，边嚼着肉边问，"这猪，你养了多少？"

何文说："现在山上还有七十多头，年前被市里、县里买走了一百多头。"

刘梅说："现在猪肉正是贵的时候，一百多头猪，哥你可是赚大了。"

潘老二说："最挣钱的还得是蝲蛄。蝲蛄你们知道吧？就是小龙虾。文哥年前卖了能有八万多斤。"说完，呷了一口白酒，接着说："刚才他说他去年利润有小一百万，其实不止。他说的是揣进自己兜里的有这些钱。除了这，他给村里好几户留守老人翻修了房子，还给村里盖了一个澡堂子，每个礼拜六开放，全村人都可以去洗，不要钱。别的不说，就说前些天过元旦，文哥杀了五头两百多斤的野猪，请全村六百多口人吃猪肉，没吃完的也都分给大家了。这一年算下来，零零碎碎的少说也得大几十万。"

何文说："这钱又不都是我出的，你不是也有份啊。你可是咱这个村集体企业的第二大股东。"说完，冲着刘梅又说："上次你打给他的那一百万，一分没动，都入股了。"

潘老二说："好兄弟，没的说。你当村书记，兄弟我必须全力支持。要是有人要，我把裤衩当了，换的钱也入股。"

说完，大家哄笑。

"这是笑啥呢？"

循着声音看去，钱文秀和赵大壮一前一后进了屋。钱文秀端着满满一盆还冒着热气的大闸蟹，赵大壮两手各提溜着一桶十斤装的六十度小烧。

钱文秀说："何书记，家里来了贵客，也不说知会咱一声。没把咱当自家人啊。"说着，自己搬了两把凳子，进厨房拿了碗筷，和赵大壮都挤上了桌。

何文说："当不当自家人的，你这不是也都上桌了嘛。厨房碗筷放在哪儿，你比我都熟悉，还敢说没拿你当自家人。"

说完，大家又笑。

"都喝啥酒呢？"赵大壮挺着脖子瞅了一圈，"都换了换了，喝咱拿来的这个'大壮烧酒'。"说着，拎起一桶白酒，又说，"放了五年了。"

何文说："想好了，就叫'大壮烧酒'了？"

"就叫'大壮烧酒'了。"

何文指着赵大壮冲高革和刘梅说："刚才看见的那个盖了两层半的楼，就是他家的。他就是我早先说的那个赵大壮，酿酒酿得好。这不，去年也办起了一家小酒厂，酿了七八万斤烧酒。"

说完，冲着赵大壮又说："酒卖得怎么样？"

"还剩不到五千斤。"说完，咧嘴嘿嘿笑了两声，又说，"多亏了何书记。说起来不怕大家伙儿笑话，早年因为吸毒，还蹲了好些年监狱。出来的时候，家也没了，连身换洗的衣服都没有。后来我姐帮着我盖了个酿酒的作坊，算是饿不着肚子了。现在能办起酒厂，是何书记从头到尾帮着办起来的。又给投钱又给跑手续又给联系买家的。想想当年总是欺负他，我这真是没脸见他啊。"

何文说："别说得好像小时候我多好欺负似的。你不是也被我抽过嘴巴子嘛。"

潘老二捂嘴忍着笑说："还吃过他那啥。"潘老二用"那啥"代替了"大粪"，毕竟是在饭桌上。

虽是没说"大粪"两个字，不过高革和刘梅都听何文说过这事，自然知道这个典故。几个人又都笑了。

钱文秀说："何书记这个人，我没看走眼。我来咱陈家村有几年了，虽是省里派下来的扶贫队长，但我知道我没那么大本事让大家都富裕起来。真正让大家脱贫致富，还得是靠陈家村自己。何书记生在、长在陈家村，对村子有回忆，有情怀。不光是何书记，村里外出打工的，天南海北定居下来的，对村子都是有感情的。这份感情，才是帮助村子脱贫致富的最大动力。而何书记激发了这份感情。现在，好多在外打工的村民都回来了，有钱的出钱，有力的出力，支持村里脱贫致富。所以，我提议，咱们敬何书记一杯。"

说着，大家都站了起来，举杯一饮而尽。

何文帮高革夹了一只螃蟹，高革掰下一只螃蟹腿咬碎了吃。

"刚才进村的时候，我看村里起了七八栋二层小楼。老弟你没想着也盖一栋啊？"高革问。

何文说："先这样吧。现在这个房子住着够用。"

钱文秀接过话说："何书记前些天跟我说了，他想今年再扩大一些养殖规模。陈家村现在虽然是达到整体脱贫的标准了，可是离真正的小康水平还有些差距。按说何书记要是想起个楼房，十天半个月就能盖起来。村里头有几户给何书记打工的都盖上了小楼，何书记坚持不盖，是想着把钱投到企业里，领着全村挣大钱。"

正说着话，又有人开门进屋。来人叫王强，之前何文口中所说的陈家村被扶贫队"精准识别"的三个人中，就有他一个。王强并非老弱病残，四十出头，生得一副好身板，脑子也够用，之所以被识别成扶贫对象，关键在于一个懒字。精准扶贫工程开始前一年，王强他爸因为交通事故死了，肇事司机赔偿了二十万块钱。二十万块钱，对于一个农村人来说，这不是一笔小钱，重新盖一座三间大瓦房，至少还能剩下十万块。可不出半年，他爸用命换来的这笔钱就被王强给败光了。房子还是之前那个四面漏风的房子，不同的是，他爸活着的时候，地里每年都长庄稼，他爸死了以后，庄稼地就荒废了。不仅庄稼地荒废了，家里的菜园子王强也懒得打理。他只在一件事情上表现得不懒，就是吃喝。进山套野鸡、撵兔子，下水捉河鱼、捕蝲蛄，去水渠边摸蛤蟆、逮毒蛇，只要是能吃的肉，他都弄来吃。甚至有一年竟然把自家房檐下的燕子窝给端了，四只毛还没长全的雏燕被架在火上烤熟，就着二两白酒下了肚。精准扶贫开始以后，县里农业水利局的一个副局长包保王强，按照王强要搞庭院养殖的意愿，给他弄来了五十只雏鸡、五十只雏鸭和一头猪崽。结果半年以后回访，发现鸡鸭和猪崽都被王强给吃了。对此，王强摆出一副无赖嘴脸："要不再给我弄些小鸡、小鸭和猪崽来，这回我好好养。反正这是政治任务，我脱不了贫，包保我的领导就得被追责。"这话传到那位副局长的耳朵里，气得人家直跺脚，怕是千刀万剐了王强的心都有。王强的懒，是病，很严重的心病。志气扶不起来，这贫困没法扶。何文回到陈家村当起村书记以后，为了治王强的这个病，想出一条妙计——跟王强打赌，如果王强能在五十天内吃掉一百只鸡，何文保证王强以后每天都有酒喝有肉吃；如果王强赌输了，就当着全村人的面，吃自己屙出来的屎。吃屎的这个赌注，是王强自己提出来的。结果王强只吃了二十一只鸡，就告降了。兑现赌注那天，王强哭了。此前村里人从来没见王强哭过，包括他爸出车祸死的时候。但是那天他哭了。王强是赖皮，可赖皮也是有尊严的。真要是吃了屎，以后真就没脸在陈家村生活了。但不在陈家村，又能去哪儿呢？最终何文没让王强吃屎，而是跟他达成一个协议：王强负责给何文照看蝲蛄养殖基地，何文按月支付工钱，并答应每周供给王强两斤蝲蛄和一斤烧酒。当然，如果蝲蛄吃腻了，可以根据市值变现，或者等价兑换成鸡肉、猪肉等。谁都没承想，不出一年时间，王强居然脱胎换骨了一般，吃喝收敛了许多，工作有了积极性，银行里也有了存款。用他的话说，好日子得好好过，还想着攒钱娶媳妇呢。

"王强来了。"何文说，"来，过来一起吃吧。"

王强放下拎来的两瓶五粮液酒，一脸诚恳地说："谢谢何书记教我重新当了一回人。以后我一定跟着你好好干。饭就不在这吃了，家里有客人。提前给你和钱书记拜个年。"说完，拱手作揖，然后转身出了门。

赵大壮坏笑说："他家里确实有客人，我姐给他介绍了一个对象。虽是离过一次婚，但人品还是不错的，也是农村的，会过日子。"

潘老二说："原来是想娶老婆了，难怪溜得这么快。"

酒足饭饱以后，何文领着高革、高革媳妇和刘梅进山，参观了在半山腰圈养的野猪和溜达鸡，参观了山沟里的蛤蟆塘和蝲蛄养殖基地，并且详细介绍了自己未来的发展规划。高革和刘梅对此都颇感兴趣，而最感兴趣的是高革媳妇。高革媳妇甚至说想要把老家的刀削面馆关了，把孩子接过来，跟着何文合伙做企业。这话在山上说了，在后来的年夜饭上也说了。

高革等人原本订的大年初二的返程车票，不承想，因为一场新冠肺炎疫情，大年初一辽宁省启动了重大突发公共卫生事件Ⅰ级响应，火车、客车都停运了。整整两个月时间，连陈家村都出不去，更别说回华西了。

恢复通车那天，高革和媳妇做了一个决定：关了老家的刀削面馆，入股陈家村。

"你成功了。"高革举着半瓶天湖啤酒对何文说。

"被你看出来了。是，我邀你们来过年，确实是有这个想法。不过，这次是上天要你们留下。"何文在自己嘴上比画了一个口罩的形状，然后目光眺向远山的夕阳里。流云紫红间，几只野鸭子排成一列飞过。